KB069063

슬픔이
설렘이
될 때까지

슬픔이 설렘이 될 때 까지

초 판 1쇄 2023년 10월 31일

지은이 이영란
펴낸이 류종렬

펴낸곳 미다스북스
본부장 임종익
편집장 이다경
책임진행 김가영, 신은서, 박유진, 윤가희, 윤서영, 이예나

등록 2001년 3월 21일 제2001-000040호
주소 서울시 마포구 양화로 133 서교타워 711호
전화 02) 322-7802~3
팩스 02) 6007-1845
블로그 http://blog.naver.com/midasbooks
전자주소 midasbooks@hanmail.net
페이스북 https://www.facebook.com/midasbooks425
인스타그램 https://www.instagram/midasbooks

ISBN 979-11-6910-351-0 03810

값 **21,000원**

🏃 **미다스북스**는 다음세대에게 필요한 지혜와 교양을 생각합니다.

여기가 끝이 아니라 다시 살아갑니다

슬픔이
설렘이
될 때까지

이영란 지음

미다스북스

백세 시대를 넘어 이제는 백이십 세까지의 수명 연장을 말합니다. 장수 만만세를 외치며 백년해로를 기대했습니다. 결혼식에서 검은 머리 파 뿌리가 될 때까지 그 사랑 변치 않겠노라 서약서도 썼습니다. 인생이 서약서 대로 되지 않는다는 걸 결혼 18년 만에 알아버렸습니다.

준비 없이 맞은 남편의 과로사. 내 인생에서는 결코 있을 수 없는, 아니 상상도 못 했던 일이었습니다. 누구에게나 피하고 싶은 끔찍한 악몽일 겁니다. 남편은 특별히 아픈 곳 없이 건장했던 대한민국의 성실한 공무원이었습니다. 주변에서 들려오는 40대 중년의 과로사 소식도 제게는 그저 남의 집 이야기였습니다. 남들도 다 그렇게 사니까 남편은 사무실에서 불 꺼질 줄 모르고 야근하고 주말에도 출근하며 살았습니다. 그래야만 하는 줄 알았고 정말 그래도 되는 줄 알았습니다.

내 남편은 나라를 위해 목숨 바칠 것을 각오한 독립운동가도 아니요, 애국지사도 아니었습니다. 24시간 불 꺼지지 않는 세종청사에서 야근과 주말 근무가 일상이던 평범한 가장이었습니다. 든든한 남편이었고 다정한 아빠였습니다. 속 한 번 썩인 적 없는 더 없는 효자였고, 자랑스러운 동생이자 오빠였던 집안의 '기둥'이었습니다. 그 기둥이 쿵! 무너지던 날, 가족 모두는 길을 잃었습니다. 사실 아직도 우리는 길을 헤매고 있습니다.

대한민국에서 가장으로 살아간다는 것. 참 무겁고 힘겨운 숙제입니다. 과로를 묵인하는 근무상황에서 끊임없는 경쟁과 실적 위주의 업무추진. 그 어느 직업을 막론하고 앞집, 옆집, 뒷집 이야기입니다. 나도 모르는 사이에 과로를 향해 내달리는 경주마들이 넘쳐납니다. 설마 했던 그 끔찍한 일을 당하고 남편의 사후 처리를 하며 그제야 일터에서 얼마나 고된 삶을 살았는지 알게 되었습니다. 과묵했던 그 입으로 구구절절 알려주지 않았던 과중한 업무의 민낯을 마주했습니다. 과로로 인한 사망 원인을 건강관리를 하지 못한 개인 탓으로 전가하는 보훈처 판결에 분노했습니다. 억울한 죽음으로 기억되게 할 수 없었습니다. 국가배상 항소 소송을 진행하며 국가를 상대로 한 법정 소송의 힘겨움을 알게 됐습니다. 지금도 법정 싸움을 하는 유가족들의 아픔이 남의 일이 아닌 이유입니다.

불 꺼질 줄 모르는 사무실을 바라봅니다. 그 안에서 퇴근을 잊고 오늘도 밤늦게까지 일하고 있을 누군가의 남편이자 아내이자 아빠이자 엄마들이 그려집니다. 시한폭탄 하나씩 가슴에 안고 누구 것이 먼저 터지나 기다리고 있는 그림도 떠오릅니다. 내 주변 누군가가 자기 삶을 돌보지 못하고 폭주처럼 내달리면 이젠 걱정이 먼저 앞섭니다. 괜한 오지랖을 떨게 됩니다. 우리 사회의 일그러진 단면을 꼬집어 사회비판을 하려는 게 아닙니다. 과로사의 현실을 들춰내 중년의 가장들이 얼마나 치열한 생존 전쟁터에서 가족을 위해 목숨 걸고 일하는지 호소하고 싶은 것도 아닙니다. 그건 이미 너도 알고 나도 알지만 어쩔 수 없지 않냐며 암묵적으로 체념하는 현실입니다.

내 목소리를 통해 세상 밖으로 쏟아내고 싶은 이야기는 단란했던 평범한 가정에서 아무런 준비 없이 닥친 가장의 과로사가 남아 있는 가족의 일상을 어떻게 뒤흔들 수 있는지, 그 흔들림 속에서 또 어떻게 서로를 보듬으며 회복하고 있는지 현재 진행형의 희망과 절망의 무한반복을 이야기하고 싶습니다. 힘들었지만 그래도 이만큼 잘 버티고 있다는 안부 편지가 될 것 같습니다. 나만 알고 있는 그의 이야기, 그가 말하지 못했던 속앓이들을 세상 밖으로 속 시원히 꺼내 보일 수 있게 기꺼이 내 두 손을 빌려주고 싶었습니다. 아빠의 삶을, 남편의 인생을 헛된 죽음으로 남기고 싶지 않았습니다. 어느 누구도 아닌 나만이 해결할 수 있는 마지막 숙제이자 약속이었습니다. 순직 처리에 이어 국가유공자 보훈 보상대상자 선정까지 그를 대신해 싸워 온 2년간의 법정 투쟁을 모두 끝내고 나서야 명치 끝에 달렸던 돌덩어리를 걷어냈습니다. 나라를 위해 목숨 걸고 일하다 희생된 숭고한 삶이었음을 증명해냈습니다. 6년 묵은 긴 편지를 이제야 하늘로 띄워 보냅니다.

이를 악물며 3년 고개를 넘겼고, 다섯 고개쯤 넘으면 한숨이 좀 가벼워질 거라 기대했습니다. 이젠 정말 제대로 가벼워지고 싶습니다. 슬픔 가득했던 이야기가 책으로 엮어지는 모든 과정이 긴 애도의 시간이었습니다. 6주기를 앞두고 뒤늦게서야 굳이 아픈 손가락을 꺼내 보이는 이유는 가슴에 꼭꼭 숨겨두고 곪아가던 아픔이 누군가에게는 위로와 공감이 되었으면 하는 바람 때문입니다. 어느 한 대목이라도 희망을 만드는 마중물이 될 수 있을 거란 기대 때문입니다. 내가 펌프질을 시작하게 만든 마중물을 누군가에게 돌려주고 싶습니다. 내 안의 고인 깊은 우물을 먼저 퍼내고 싶었습니다. 옹달샘의 맑은 물은 그다음에 가득 채워질 테지요.

가족 상실의 아픔은 누구에게나 다가올 수 있습니다. 그것이 준비 없는 이별이든 예약된 이별이든 죽음은 누구도 피할 수 없는 가장 분명한 진실이니까요. 저마다의 아픈 사연으로 사랑하는 가족을 가슴에 품고 삽니다. 그런 사람들이 꽤 많다는 걸 겪어보고 나서야 알았습니다. 가장 힘겨웠던 시간에 위로가 되었던 건 힘내라는 구호 섞인 희망 메시지보다 그들이 지난 온 어두운 터널 속 이야기였습니다. '나만 그런 게 아니구나!' 공감이 충분히 쌓인 뒤에야 '그럼 이제부터 나는 어떻게 살아야 하지?' 나만의 답을 찾기 시작했습니다. 힘겹게 통과한 내 터널 속 이야기가 누군가에게 지금보다 조금은 더 괜찮아질 거라 말해주는 따뜻한 손길이 되면 좋겠습니다.

두 딸에게는 함께 통과한 터널의 시간이 우리에게 어떤 의미였는지 잘 정리해서 보여주고 싶었습니다. 자기 몫의 고개를 또 넘어야 할 때가 오겠지요. 그때마다 다시 펼쳐보며 단단한 버팀목이 되길 바랍니다. '이 또한 지나가리'는 그저 아무것도 하지 않고 가만히 기다리라는 말이 아닙니다. 체념이 아니라 희망을 끌어올리는 주문입니다. 슬픔이 설렘이 되기까지 시간의 기록은 힘들었던 시기에 남은 가족이 어떻게 버티며 함께 그 터널을 빠져나왔는지가 담긴 우리만의 '역사'입니다. 함께 어른이 되어가는 세 모녀의 터널 탈출기이자 성장 스토리입니다. '엄마처럼 살고 싶지 않아요'가 아니라, 따라 해보고 싶은 게 한두 개쯤 있는 그럭저럭 괜찮은 엄마로 기억되면 좋겠습니다.

차마 묻지 못하는 안부를 꼭 쥐고 있을 누군가에게 내가 먼저 건네는 긴 답장이기도 합니다. 이만큼 홀로서기까지 곁에서 응원과 격려를 보내주신 모든 분께 뒤늦은 안부와 감사의 마음을 전합니다. 여기가 끝이 아니라 다시 살아가는 출발점입니다. 설레며 시작하는 나만의 시간 여행 지금, 출발합니다.

2023년 8월
뜨거운 여름날
이영란

목차

<u>__1장__ 상실의 시간 : 준비 없는 이별을 맞았습니다</u>

2장 방황의 시간 : 애써 마음을 추슬러봅니다

5장 챙김의 시간 : 아무도 알려주지 않더군요

1장

상실의
시간

준비 없는
이별을
맞았습니다

이게 정말 마지막이라고?

'도대체 왜 이렇게 전화를 안 받지?'

전화를 안 받았을 때 바로 뛰쳐나갔어야 했다. 다 놓고 내 남편을 먼저 찾았어야만 했다. 곧 들어오겠지 하며 기다린 지 벌써 6년이 다 되어간다.

2017년 크리스마스는 악몽이었다. 이브를 가족과 함께 보내려고 12월 23일 밤, 시댁에 갔다. 아이들과 함께 아파트 입구에 내려 미리 주문한 피자를 찾아서 먼저 집으로 올라갔다. 주차 후 곧바로 따라 들어올 줄 알았는데 한참 걸렸다. 늘 그랬듯 주차 등록하고 오느라 늦어지나 싶었다. 시어머니는 무릎 수술 후 회복 중이었고, 몸 상태가 안 좋아서 빨리 병원에 모시고 가야 할 상황이었다. 남겨둔 피자는 식어가는데 왜 안 들어오냐며 또 전화만 했다. 그렇게 그의 몸도 피자처럼 차디차게 식어가는 줄도 모르고.

지하 주차장에 주차한 후 곧바로 쓰러진 남편은 한참 뒤에서야 발견되었다. 두 딸에게 아빠 좀 찾아보라고 해놓고 난 시어머니에게 영양제를 맞게 하려고 집 근처 병원으로 모시고 갔었다. 접수하고 기다리는데 큰딸에게서 전화가 왔다.

"엄마, 할머니 안 들리는데 가서 전화 받아요. 아빠가 주차장에서 쓰러져 있는 걸 찾았고, 119 불러서 병원으로 가니까 엄마만 지금 빨리 와요. 할머니한테는 말하지 말고…."

두 딸은 지하 주차장을 두 바퀴째 돌다가 기둥과 차 사이에 잘 보이지도 않는 곳에서 아빠를 찾아냈다. 발견하자마자 비상벨을 누르고 119에 전화를 했다. 구급차가 올 때까지 제 손목이 부러져라 심폐소생술을 했던 것도 딸들이었다. 온기가 남아 있을 때 아빠를 살리겠다고 몸부림쳤다.

전화를 끊자마자 힘 풀린 다리를 끌고 죽을힘을 다해 주차장까지 뛰어갔다. 아파트 입구에서 요란하게 빠져나가는 구급차 뒷모습만 멍하니 바라봤다. 도대체 저 지하 주차장 안에서 무슨 일이 있었고, 내 남편은 왜 저렇게 실려가는 건지, 순간 멍했다.

　아무 손도 못 쓰고 그렇게 준비 없는 이별을 했다. 불과 몇 시간 전까지만 해도 차 안에서 내년에는 뭘 할까를 함께 떠들었다. 드라마에서는 응급실에서 흰 천 덮인 시신을 확인하고 오열하며 쓰러지기도 하던데 너무 어이가 없어 나도 시체처럼 굳어버렸다. 죽음을 죽음으로 받아들여야 눈물도 나는 거였다. 이미 죽음의 강을 건너버린 남편은 한없이 멀고 낯설었다. 이게 정말 마지막이라고? 통곡하며 소리 내서 울면 죽은 이가 편히 눈감지 못한다는 말이 떠올랐다. 가장 편안하게 보내줘야 한다는 생각이 스쳤다. 이를 악물고 소리 없이 눈물만 흘렸다. 얼굴에 쓰인 천을 끌어다가 입가에 묻은 피를 닦아주었다. 흐트러진 머리를 가지런히 매만졌다.
　'여보, 무서웠지? 당신 너무 힘들었었나 보다. 그냥 아무 걱정하지 말고 가요. 근데… 이제 나는 어떡하라고….'
　보내주기는 해야겠고, 할 말은 많은데 뭐부터 말해야 할지 몰랐다. 그렇게 얼떨결에 마지막 인사를 나눴다.

　장례식장에 자리가 없어 그 차디찬 시신을 영안실 냉동실에 모셔

놓고 집으로 돌아왔다. 꼬박 지새웠던 폭풍우 치던 밤. 베개가 흠뻑 젖도록 소리죽여 울었다. 밤새 수만 가지 생각이 스쳤다. 이 대형사고를 어떻게 수습해야 하나 긴긴밤은 한없이 무거웠다.

장례식 3일 동안의 기억은 아직도 꿈같다. 나를 대신한 여배우가 청상과부 역을 맡아 세상 슬픈 얼굴로 장례식 연기를 하듯 손님을 맞았다.

'이게 날벼락이지! 이럴 거면 왜 그렇게 열심히 살았대? 말 잘 듣던 남편 대형사고 제대로 쳤네. 이젠 나보고 어쩌라고!'

세상 편안한 미소로 웃고 있는 영정사진에 대고 따져 물었다. 남편 있는 지인들을 붙잡고는 '그냥 무조건 잘 해줘라.' 뼈아픈 후회를 전했다. 그냥 옆에 있는 것만으로도 고마운 거라며 어설픈 부부특강을 쏟아냈다.

유난히 아빠를 좋아했던 두 딸은 장래 배우자 이상형이 그냥 '아빠'였다. 더도 덜도 말고 딱 아빠만 같아라였다.

"엄마는 아빠 같은 사람 만나서 좋겠다. 어떻게 하면 저런 사람을 만날 수 있어?"

그런 아빠를 하루아침에 잃었으니 화가 나도 단단히 났었다. 그래서였을까? 두 딸은 장례식장에서 눈물을 보이지 않았다. 엄마를 지

켜야 한다는 결연한 표정으로 아무렇지 않은 척 의연했다. 큰딸은
조문 온 장관에게 매섭게 호통쳤다.

"장관님, 저 드릴 말씀이 있습니다. 우리 아빠는 주말이면 기숙사
에 있는 저를 보러와야 하는데도 출근하느라 못 올 때가 많았습니
다. 어쩌다 저를 보러 왔을 때도 잠시라도 일을 잊을 수 있어서 좋다
고 했습니다. 매일 야근하고 주말에도 출근해서 일했던 아빠가 얼마
나 힘들었는지 장관님은 꼭 아셔야 합니다…."

당신의 직원이 지병도 없었는데 일만 알고 살다가 갑자기 죽었으
니 그 사안을 제대로 처리하라는 날 선 항의였다. 장례식장에서 숨
죽여 듣던 손님들은 그 대쪽 같은 항의에 고개만 끄덕였다. 장관은
끝내 고개를 들지 못했다. 입관식에서 큰딸은 아빠에게 마지막 인사
를 건네며 평소에 늘 부르던 노래 한 소절을 불렀다.

"아빠 힘내세요! 우리가 있잖아요. 아빠 사랑해요."

유난히 노래 불러주는 걸 좋아했던 아빠는 마지막 순간까지 딸내
미 노래를 듣고 갔다. 세상 밝고 아름답던 그 노래가 이젠 가장 아픈
노래가 됐다. 다시 부를 수 없는 노래가 됐다.

제발 받으라며 수없이 눌러댔던 남편의 전화번호. 아직도 지우지
못한 채 그대로다. 애타게 하고 싶던 전화 한 통. 혹여 누군가가 받
아버리면 진짜 이 세상에 없는 사람임을 확인하게 될까 봐 누르지도

못한다. 다정하게 찍은 사진과 함께 바라보는 번호로 남았다.

　삶은 무작위적이고 불분명하며 예측 불가능하다. 그 사실을 겸허히 받아들이기까지 꽤 오랜 시간이 걸렸다. 찬란한 태양 빛으로 가득했던 내 삶은 가장 가까운 사람의 예고 없는 죽음 앞에서 어둠과 마주했다. 준비 없는 이별 앞에 운명을 사랑하라는 '아모르 파티'가 커다란 숙제로 남았다. 나는 과연 이 파티를 잘 즐길 수 있을까?

떠나고 나서야 비로소

    장례식이 끝나고 다시 돌아온 세종은 낯설었다. 2012년 8월에 정부세종청사 개청과 함께 밥줄 쫓아 온 가족이 이주했다. 황무지 벌판이 신도시가 되는 모습을 낱낱이 지켜봤다. 편의시설 하나 없던 그 시절. 한솔동 첫마을 아파트 단지에 마트 하나만 생겨도 동네 축제처럼 구경꾼이 모여들었다. 낯설었지만 정겨운 동네였다. 더없이 사랑했던 세종이었다. 최종 보금자리라 정한 새롬동 새 아파트에 입주한 지 6개월이 막 지나던 터에 일이 터졌다. 남편 따라 이주해 온 그 동네에 이젠 남편이 없었다. 세종청사를 다시 보는 순간 그 거대한 용트림이 내 남편을 집어삼킨 괴물처럼 느껴졌다. 24시간 불 꺼질 줄 모르던 청사 안에서 제 목숨과 맞바꾸며 사지로 걸어 들어갔을 남편이 그려졌다. 죽음으로 몰고 간 모든 상황에 분노했다. 아직도 밤새 불 꺼질 줄 모르는 청사는 오늘도 휘영청 밝기도 밝다.

장례식을 마치고 집에 돌아오던 길. 함께 살던 그 공간에 발을 디딜 수 있을까 두려웠다. 속옷 바람에 이 방 저 방 돌아다니던 커다란 몸짓이 그대로 잔상으로 남아 있었다. 현관 비밀번호 누르는 소리에 두 딸과 나는 서로 먼저 달려가 첫인사 뽀뽀를 하겠다고 아빠 쟁탈전을 벌였다. 현관을 볼 때마다 퇴근하고 쓱 들어오는 환영이 오래도록 아른거렸다. 그 집은 그냥 분양받을 때부터 설렘을 주었던, 입주하면서 더없이 행복했던 집이었다. 마지막 삶의 터전이기를 바랐다.

소중한 대상을 잃으면 가장 먼저 치솟는 감정이 '분노'라고 한다. 어떻게 그렇게 허망하게 가버릴 수 있냐고 화가 치밀어 올랐다. 장례식장에서 꾹꾹 눌러 놓았던 내 안의 분노가 그제야 폭발했다. 장례식이 끝나고 현관문을 열고 집에 들어서자마자 불도저가 되어 싹 다 밀어버릴 기세로 안방으로 돌진했다. 네 칸 붙박이장에 가득 찬 남편의 옷을 꺼내다가 현관 바닥에 던져버렸다. 차마 표현하지 못했던 내 안의 공격성은 그가 걸쳤던 허물 위로 쏟아졌다. 나를 자극할 그의 흔적을 한 시라도 빨리 없애야 내가 숨 쉴 수 있을 것 같았다.

내동댕이친 앙상한 철사 옷걸이는 타고 남은 뼈 무덤이 되었다. 내 눈앞에서 당장 치워버리겠다며 미친 듯이 옷 정리를 했지만, 옷 수거업체는 연말연시 휴무였다. 결국 일주일 넘게 옷 무덤을 바라봐야만 했다. 몇 날 며칠을 그 앞에 주저앉아 그제야 목 놓아 울었다. 이게… 도대체… 뭐냐고….

엄마가 실성한 듯 울고 있는 동안 두 딸은 아빠의 흔적을 주섬주섬 챙겼다. 큰딸은 아빠가 즐겨 입던 하늘색 줄무늬 남방을 접어 입고 학교에 갔다. 둘째는 아빠가 사무실에서 늘 입고 있던 청록색 플리스를 교복 위에 걸치고 등교했다. 그렇게 한동안 아빠 껍데기를 걸치고 학교에 갔다. 아빠 옷을 걸치고 다니는 게 안쓰러웠는지 작은고모는 아빠를 연상시키는 푸 그림이 그려진 커플티를 사줬다. 할머니도 큰고모도 이제 아빠 옷 좀 그만 입게 하라고 했지만 말릴 수가 없었다. 그렇게라도 마음 달래는 딸들에게서 차마 그리움까지 뺏을 수가 없었다. 쓸데없는 집착이 아닌 자기 나름의 애도였음을 뒤늦게서야 깨달았다.
1년 이상 가족 상담 치료를 받고 나서야 큰딸은 빛바랜 하늘색 줄무늬 남방을 제 손으로 보내줬다. 플리스는 아직도 둘째 딸 방 옷걸이에 걸려 있다. 저마다 삶의 속도가 다르듯 떠나보냄도 각자의 시계가 있는 거다. 흘러가는 대로 그냥 그렇게.

8개월 뒤에서야 이사를 앞두고 다시 남편의 흔적을 뒤적였다. 옷장 안쪽 깊숙이 중요한 문서를 보관하는 서류 가방이 있었다. 각종 계약서와 증명서들이라 내 손길 닿을 일 없어 굳이 열어볼 생각도 없었다. 유품을 정리하며 무심코 그 가방을 열었다. 총각 때부터 삶의 중요한 순간마다 써왔던 일기장, 첫 월급 명세서, 몇 년 묵은 신용카드 명세표 묶음, 대학교 성적 증명서, 공무원 면접시험 준비했던 원고 뭉치, 자기소개서, 막내 여동생이 대학생 때 써 준 편지, 대학원 시절 힘든 시기에 큰누나한테 받았던 편지가 들어 있었다. 자기 삶의 중요한 순간들이 고스란히 담겨 있었다. 일기장을 들추다가 그의 스물여덟 어느 날과 떡하니 마주쳤다. 나를 처음 만난 날 느꼈던 설렘이 한가득 담겨 있었다. 데이트하고 난 저녁마다 그날의 생각과 감정을 고스란히 남겨놓았다. 결혼을 앞두고는 가장으로서 느껴지는 책임감과 좋은 남편이 되어 나를 잘 지켜주겠다는 다짐도 가득했다. 평소 말이 별로 없고 감정표현이 그다지 풍부하지 않았던 남편이었다. 수첩과 일기장에 담긴 핑크빛 고백들은 떠난 뒤 다시 내게 보내는 편지 같았다. 읽고 또 읽으며 그리워했다.

'이 좋은 말 그냥 나한테 직접 해주지. 뭣 하러 아꼈대? 아끼다가 똥 됐잖아…'

말이 없다고 진심이 없는 게 아니었다. 표현하지 않는다고 그 안에 담긴 사랑이 뜨겁지 않은 게 아니었다. 내가 늘 쫑알거리고 남편은 늘 들어주며 그저 몇 마디 거들어주는 추임새였다. 그 짧은 추임새가 때로는 온전한 공감이 아닌 솔루션을 제시하는 재판관이라 나는 또 투덜거렸다. 남자와 여자가 뇌 구조가 다르다는 걸 알면서도 내 맘 같지 않은 대화 속 평행선은 늘 제자리였다. 그 2% 아쉬웠던 평행선은 남겨진 그의 기록 덕분에 재편집되었다. 속으로는 이렇게나 나를 좋아했었구나! 다시 고백받았다. 그의 비밀스러운 혼자만의 끄적임이 뒤늦게 나를 위로해줬다. 내가 이만큼이나 너를 사랑했으니까 너무 슬퍼하지 말라고. 떠난 이는 말이 없었지만 남겨진 흔적에선 그의 목소리가 또렷이 들렸다.

손에서 놓쳐버린 구슬이 가장 예쁘고 빛났던 것처럼 상실한 것은 늘 가장 좋았던 것으로 편집된다. 떠나고 나서야 비로소 얼마나 좋은 사람이었는지 알게 되었다. 세상에서 더없이 좋았던 사람으로 추앙하고 있다. 이렇게 슬퍼할 만한 가치가 있는 존재로 만들어놓고 내 상실감을 셀프 치유 중이다. 그의 흔적에 기대 아름다웠던 추억 한 줌 손에 쥐고, 다시 살아갈 힘을 애써 만드는 중이다.

그 빈 자리는 거대한 싱크홀이었다

.

자욱한 구름이었나? 희뿌연 안개였나? 마음 한편에 실체 모를 답답함이 시야를 가리고 있었다. 걷어냈다 싶으면 어느새 또 가득 차올랐다. 처음에는 그 마음이 내 것이 아닌 듯 외면하고 모른 척했다.

'난 참 명랑한 사람인데….'

묵직한 쇠사슬에 질질 끌려다니는 게 자존심 상했다. 빨리 끊어내고 다시 원래의 나로 되돌아가야 한다는 숙제는 늘 무거웠다.

장례식이 끝나고 집에 돌아와 셋이 되어 함께 했던 첫 식사. 힘든 일 겪어내느라 고생한 딸들에게 고기를 먹여주고 싶었다. 집 근처에 자주 갔던 돼지갈빗집을 찾았다. 묵직했던 장례식 3일간의 기억도 저 시뻘건 불판에 지글지글 구워버리리라! 고기가 나오기를 기다리며 넋 놓고 있던 순간, 출입구에서 식당으로 들어오는 손님들이 눈에 들어왔다. 그냥 가족 단위 손님이었다. 그런데 나는 가족 속에 빠짐없이 들어 있는 남편과 아빠를 세고 있었다. 저 집도 아빠가 있네. 이 집도 남편이 있구나. 남편 옆에 있는 아내는 어떻게 생겼는지가 아니라 그냥 남편과 함께 있는 모습만으로도 빛났다. 보려 하지 않아도 자동 반사적으로 스캔 돼버리는 내 눈을 제발 그만 굴리고 싶었다. 고기 굽고 있는 손님한테 눈길을 돌렸다. 앞 테이블에서 고기를 굽는 사람도 아빠였다. 딸에게 고기 구워주는 아빠. 말 없이 딸 앞에 부지런히 날라다 주었다. 투박한 아빠의 손길이 그대로 눈에 들어왔다.

아빠와 남편의 빈 자리를 그 고깃집에서 처음 실감했다. 이젠 우리 딸들은 아빠가 구워주는 고기는 못 먹는구나. 4인 가족의 조화로운 그림이라고 생각했던 아빠, 엄마, 언니, 동생은 이제 퍼즐 조각 하나를 잃어버린 거구나. 고기를 기다리다가 그만 수도꼭지가 터져버렸다. 고기를 굽는 건 늘 아빠의 몫이었다. 그래서 우리 세 모녀, 가위와 집게는 거의 손도 댄 적이 없었다. 이제 누가 집게를 쥐고 고기를 구워야 하나? 엄마는 이미 수도꼭지 터져버려서 냅킨 뽑아 눈물 콧물 닦느라 정신없었다. 동생이 집게 들어 고기 올리고 언니가 가위 들고 잘랐다. 엄마는 이제 아무도 안 보고 오직 불판에 익어가는 고기만 쳐다봤다. 한동안 가족이 모이는 식당을 피하게 된 이유는 눈물겨운 고깃집 사건 때문이었다.

일요일 아침. 분당 정자역에서 수내역 방향으로 산책하던 중이었다. 길가에 떨어진 은행을 피해서 땅바닥만 쳐다보며 걸었다. 성당에서 나온 어느 중년 부부가 내 앞에 나란히 걷고 있었다. 부부의 '비읍' 자만 봐도 울렁울렁 파도가 일고 턱에 호두가 만들어질 때였다. 눈길 피하고 싶어 얼른 앞질러 가고 싶었다. 길이 좁아 가로질러 갈 수도 없었다. 땅바닥에 떨어진 은행만 보고 걸었어도 앞서 나란히 걷는 부부의 다정한 뒤꿈치가 눈동자 언저리에서 앞서 걸었다. 그렇게 한참을 걷더니 내 앞에서 딱 멈춰 섰다. 나도 멈췄다. 남편이 쭈그려 앉더니 등짝을 내어주며 업혀 봐! 아내는 까르르 웃으며 그 등에 포개어 안겼다. 함께 걷는 뒤꿈치도 못 봐주겠는데 남편한테 업혀 가는 세상 다정한 깨소금 뿌려대는 장면 앞에 당황스러웠다. 어디에다 눈을 둬야 할지 몰랐다.

'칫! 나도 우리 남편이 많이 업어줬었거든!'

골난 표정으로 빤히 쳐다보며 속으로 외쳤다. 소심하게 들리지도 않은 작은 목소리로 '흥, 칫, 뿡'을 날렸다. 땅바닥에 떨어져 뭉그러져 터진 냄새 나는 은행. 딱 나 같았다.

벼랑 끝에 서 본 자만이 그 두려움에 온전히 공감할 수 있다. 공감의 마음은 자기의 경험 스펙트럼에 따라 확장된다. 겪어 본 만큼 헤아려지고 마음이 다가가 관심으로 표현된다. 내가 딱 그랬다. 부족함을 모르고 이보다 더 좋을 순 없다며 내가 가진 행복을 지키는 데만 관심이 컸다. 꽉 채워진 내 삶에 만족하며 내가 기울인 노력에 대한 정당한 보상이라 여겼다. 복 많은 내 인생처럼 당신들도 열심히 복을 쌓으라 함부로 충고했다.

어느 날 갑자기 덮친 가족 상실의 슬픔은 내 삶을 뒤흔드는 변곡점이 되었다. 나에게도 결핍이 생긴 것이다. 나와는 거리가 멀었던 수많은 결핍된 삶이 어느 순간 내 이야기가 되었다. 가족이라면 당연히 누려왔을 일상의 소소한 몸짓도 이제는 낯선 경험이 되었다. 결코 당연하지 않은 특별하고 감사한 순간이었다. 내게 뻥 뚫린 구멍이 생기고 나니 그 구멍 사이로 내 것과 닮은 구멍이 보인다. 그들도 나만큼 힘들었겠구나! 짐작이 간다. 겉으로 드러나지 않는다고 안 보이는 게 아니라 관심이 가면 보이지 않는 곳까지 마음의 눈이 미치는 법이다. 내가 누군가에게 위로받고 싶어 봤기 때문에 어느 포인트가 가려운지 그냥 훅 읽어진다. 먼저 알아차려주고 가려운 곳을 긁어줄 효자손, 미리 준비하고 있다.

어느 날 내 안부가 궁금했다며 걸어온 전화 한 통. 얼마나 깊은 마음이 담겨있는지 헤아려진다. 얼마만큼의 마음이 겹겹이 쌓여야 통화 버튼을 누를 수 있는지 알기 때문이다. 스치는 마음이 아니라 고이고 담기는 마음이라야 관심을 표현할 용기도 생기는 거니까. 지인이 갑상샘암 수술을 하고 병 휴직을 하고 나니 내가 떠올랐다며 먼저 연락을 주었다. 서로의 아픔을 쓰다듬으며 5시간도 넘게 통화하는 사이가 됐다. 스칠뻔한 인연이 이젠 오래도록 함께하는 사이로 다시 새로운 관계 맺음이 시작됐다.

남편은 영원히 남의 편이라는데 곁에 있을 땐 늘 내 편이라 자만했었다. 이제 우주 저 끝으로 떠나버려 영영 남의 편이 돼버렸다. 나보다 더 나에게 관심이 많았던 그 마음이 뒤늦게 그립고 고마운 걸 보면 그의 마음이 내 것보다 더 컸나 보다. 다시 볼 수 없는 사이지만 마음은 기억한다. 우리가 주고받던 추억은 영원히 함께하리라는 걸. 남편과 나도 이렇게 새로운 '관계 맺음'을 시작하고 있다.

있어야 할 것이 없어지거나 모자람을 뜻하는 '결핍'. 남편은 나를 둘러싼 수많은 현재 진행형 관계 중 단연 0순위였다. 그래서 그 빈

자리가 거대한 싱크홀이었다. 정신 차리고 둘러보니 남편뿐 아니라 나를 둘러싼 수많은 관계가 나를 지탱해준 단단한 뿌리였다. 그들과 다시 새로운 관계 맺음으로 연결되고 새로운 만남으로 잔뿌리를 뻗어가고 있다. 커다란 구멍은 천천히 채워지는 중이다.

18년 만에 막을 내린 결혼기념일

장례식이 끝나고 돌아와 바닥난 체력을 끌어올리기 위해 뭐라도 해야 할 것 같았다. 두 딸을 데리고 한의원에 갔다. 대기실 의자에 앉아 기다리는데 7080의 정겨운 멜로디가 들렸다. 전주를 듣자마자 그 흥겨운 리듬에 발을 흔들었다. 가사가 나오자마자 헉! 숨이 멎었다.

'나 어떡해. 너 갑자기 가버리면. 나 어떻게. 너를 잃고 살아갈까….'

흥겨운 리듬 너머에 구구절절 내 얘기가 숨어 있었다. 응급실에서 나눈 마지막 인사말도 '나 어떡해'였다. 남편 없이 살아갈 두려운 심

정이 딱 그 한마디였다. 끝날 때까지 무한반복으로 외쳐대는 네 글
자 후렴에 잠기지 않는 수도꼭지가 또 터져버렸다.

예전엔 노래를 들을 때 가사를 듣지 않았다. 멜로디만 귀에 들어
왔다. 가사에 슬픔이 담겼는지 기쁨이 담겼는지 그게 그리 중요하지
않았다. 결혼도 그 노래 때문에 만난 지 6개월 만에 초고속으로 해치
웠다. 스물다섯 살, 첫 발령 받던 해 5월 1일에 만났다. 보자마자 이
사람이다 싶었다. 결혼을 한다면 해 넘기지 말고 너무 춥지 않은 가
을이 좋겠고, 가을 하면 뭐니 뭐니 해도 '시월의 마지막 날'이 떠올랐
다. 이용의 〈잊혀진 계절〉 때문에 10월 31일에 결혼을 했다. 그냥 만
나자마자 짧고 굵게 연애하면서 결혼 준비를 한 셈이다.

18년을 함께하는 동안 매년 시월의 마지막 밤을 결혼기념일로 챙
겼다. 낭만과 사랑으로 가을밤을 물들였다.
'지금도 기억하고 있어요. 시월의 마지막 밤을….'
첫 소절이 주는 낭만적인 로맨스에 푹 빠져 있었다. 그다음 가사
가 뭔지도 모르고 오직 멜로디만 흥얼거렸다. 그러거나 말거나 내
인생은 핑크빛으로 마냥 행복했으니까. 연애 기간이 짧았으면 신혼
이라도 좀 더 즐겼어야 했다. 허니문 베이비로 태어난 큰딸 덕분에
우린 결혼과 동시에 여보 자기를 건너뛰고 엄마 아빠로 넘어갔다.

그래서 결혼기념일은 우리가 온전히 하나와 하나로 함께 했던 순간이었다.

그가 없는 결혼기념일을 이젠 어찌 맞이해야 하나 낯설고 두려웠다. 10월이 다가오기도 전부터 걱정과 불안으로 날짜를 꼽았다. 홀로 맞은 첫 결혼기념일. 1주기를 두어 달 앞둔 시기였다. 처음으로 혼자 남편을 찾아갔다. 슬플 줄 뻔히 알면서 용기 내서 찾았다. 시월을 맞기 전부터 울렁거리던 울컥증은 역시나 한꺼번에 터져 나왔다. 편지를 써볼까 싶다가도 적당한 첫인사를 찾지 못했다. 생각 속에서만 첫 문장을 수없이 다시 썼다. 그날은 추모 공원 구석진 의자에 앉아 핸드폰 메모장을 꺼냈다. '여보'라는 첫 단어에서 벌써 눈물이 쏟아졌다. 뒤이어 나오는 수만 가지 생각들이 문장으로 맺어지지 못했다. 한없이 흔들거리며 눈물로 말 줄임표를 찍어댔다. 눈물과 콧물이 뒤범벅된 채 주절거리며 첫 편지를 써냈다.

어떻게 이렇게 어이없이 떠날 수 있냐고 원망하고 분노했다. 배신도 이런 배신은 없다고 질타했다. 말 잘 듣던 모범생이 대형사고 제대로 쳤다고 비아냥거렸다. 한참을 쏟아내고 나니 그가 없는 빈 자리를 채우느라 힘든 내 마음을 털어놓고 있었다. 10개월 동안 버텨내느라 힘들었던 내 속앓이를 주절주절 쏟아냈다. 투정 부리고 응석

받이였던 철없던 마누라는 여전히 그대로였다. 큰딸이 수능을 앞둔 시기여서 끝까지 지켜달라고 간절히 부탁했다. 미안하면 거기서라도 잘 지켜주라고.

그날 집에 돌아오자마자 〈잊혀진 계절〉을 다시 제대로 들었다. 첫 소절 가사만 들어왔던 내 귀는 그제야 그리움에 절규하고 있는 이별 노래 가사를 또렷이 들었다. 낭만적이던 그 노래가 '뜻 모를 이야기만 남긴 채 우리는 헤어졌'다며 나를 울렸다. 가수도 자기가 부르던 노래 가사 같은 인생을 살게 된다는데 멜로디 좋아 흥얼거리던 내 사랑 노래처럼 나도 잊혀진 계절을 더듬고 있다.

18년간 잘 챙겨왔던 결혼기념일. 그날부터 바로 시즌 개편에 들어갔다. 아빠라는 단어조차 모두에게 아픈 기억이었기에 결혼기념일은 그 빈 자리를 다시 확인하는 힘든 순간이었다. 없애버리고 외면하는 대신 '가족의 날'로 개명했다. 두 딸과 가을밤 가족 단합 대회하는 날로 업그레이드 했다. 잘 살아내고 있는 엄마와 두 딸을 응원하는 날로 3.0 버전으로 업데이트했다. 떠난 이의 빈자리를 보던 눈을 돌려 '지금', '여기'의 '우리'를 바라본다. 더는 시월의 마지막 밤은 슬프지 않다. 좋은 음식을 나누며 도란도란 이야기를 나누는 지극히 평범한 일상은 절대 사소하지 않다. 소중하고, 귀하고, 사랑스럽다.

세상 슬펐던 노래 〈나 어떡해〉는 요즘 나만의 이야기를 담아 '나 이렇게'로, 〈잊혀진 계절〉은 '추억의 계절'로 리메이크 중이다. 이젠 나답게 지금 내 삶을 노래한다.

운명을 믿지 않았다. 숙명이라는 말도 사슬에 얽매이는 부정적인 단어라 가까이하고 싶지 않았다. 뭐든 노력하는 만큼 맺어지는 결실이라 믿었다. 그래서 공부든 관계든 뭐든지 노력했고, 내게 주어지는 행복은 내 노력의 결과라고 생각했다. 내 인생도 계획대로 성실하게 실천하면 기대하는 결과가 따라오는 거라 믿었다. 남편의 죽음은 통제 불가능한 '사건'이었다. 그제야 운명과 숙명의 의미를 조금씩 이해하기 시작했다. 그동안의 내 노력을 허망하게 결말짓고 싶지 않은 보호막인지도 모르겠다. 통제할 수 없는 영역임을 인정하고 나니 내가 노력을 덜 해서 벌어진 일이 아니었다. 땅파기, 그만 멈추기로 했다.

외부에서 닥친 운명의 사건은 통제 불가능하다. 벌어진 사건은 어쩔 수 없겠지만 그 사건에 어떤 의미를 부여하는가는 내 마음대로다. 숙명에 끌려다니지 않고 내게 가장 유리한 의미만을 취사선택할 수 있는 '의미부여 선택권'은 내가 쥐고 있다. 외상 후 트라우마에 발목 잡힐 것인가, 외상 후 성장을 선택할 것인가는 내가 부여하는 의미 한 끝에 달렸다. 스토아 철학에 의하면 내가 통제할 수 있는 것은 '내 마음' 하나뿐이라고 한다. 마음 하나라도 통제할 수 있으니 얼마나 다행인가. 떼로 몰려와 나를 공격할 땐 그 '마음' 한 놈만 잡으면 된다. '마음의 스승이 될지언정 마음을 스승으로 삼지 말라.'는 가르침은 아침마다 챙기는 명상의 화두다.

액자를 뒤집어야 했습니다

"으앙!"

태어난 순간 가족의 든든한 울타리 안에서 함께하는 삶이 주는 따뜻함을 처음 경험한다. 부모, 형제, 자매, 친척들과의 관계 맺음을 통해 타인과 어떻게 공감하고 소통하는지 자연스럽게 터득한다. 결혼을 하면서 가족과 함께하던 삶에서 첫 분리 독립을 경험한다. 기쁠 때나 슬플 때나 건강할 때나 아플 때나 죽음이 갈라놓는 그 순간까지 서로 사랑할 것을 서약하는 결혼식. 새로운 함께하기를 다짐하는 가장 거창하고 공식적인 약속의 장이다. 나도 그랬다. 처음 만나던 날. 이 사람이라면 평생을 같이해도 될 것 같은 확신이 들었다.

그 믿음은 살면서 순간순간 '그래, 이 사람과 함께하길 참 잘했어.'라고 확신했다. 우린 서로 "딱 걸렸어!"를 외치며 감사했다. 스물다섯에 씌워졌던 콩깍지는 끝내 벗겨지지 않았다.

언제나 함께 할 거라 믿었다. 사진 한 장을 찍어도 하나, 둘, 셋! 3초는 기다려준다. 어느 날 갑자기 통보받은 이별은 지금도 받아들이기 힘들다. 혼인 서약서 속 나란히 적힌 이름은 죽음까지 함께 할 걸 보장해주는 증명서 같았다. 이런 사전 예고 없이 뚝 끊겨버리는 약속 파기는 일방적인 계약위반이요, 명백한 반칙이었다. 남들은 배우자상은 3년 간다더라. 시간이 약이라 위로했다. 그래서 자고 나면 한 3년이 훌쩍 지나가 버렸으면 했다. 2주기를 앞두고는 이를 갈았다. 그 괜찮아진다는 3년, 이제 1년 남았으니 진짜 3년 후면 아무렇지 않을까? 그게 아니면 3년 간다더라며 함부로 충고했던 사람들한테 가서 따져 묻고 A/S 받을 수 있는 건가? 괜한 트집거리 만들어놓고 심술부리며 버텼다. 실은 그렇게 말한 사람이 한두 명도 아니고 누군지 기억에도 없다.

남편을 떠나보내고 홀로 맞은 첫봄, 몹시도 시리고 추웠다. 거실 안쪽까지 스며든 따사로운 봄볕, 너무 예뻐서 바라보다가도 이내 일렁였다. 새로 돋아나는 새싹을 보다가도 흔들거렸다. 그래서 그 봄에 내겐 꽃이 없었다. 사후 처리로 여기저기 쫓아다니며 죽음의 흔적을 뒤적거리느라 봄을 잊어버렸다. 앞으로 두 딸과 어떻게 살아야 할지 막막했지만, 대책을 세울 여력이 없었다. 당장 이사를 해야 하나? 학교 근무지 이동은 가능한가? 아이 전학은 어떻게 하나? 수없이 뒤엉켜 떠오르는 또 다른 환경 변화가 두려워서 일단 살던 대로 살기로 했다. 나와 둘째 딸은 다시 세종으로 내려오고, 큰딸은 학교 기숙사로 꾸겨 넣었다. 각자 바쁜 생활에 파묻혀 지내면 시간이 약이 돼서 새살이 솔솔 돋을 줄 알았다. 그렇게 서로가 괜찮은지 챙겨 볼 새도 없이 봄은 지나갔다. 학교에 출근해 있는 동안은 나에게 전혀 아무 일이 없었다는 듯 '아무렇지 않아' 가면을 뒤집어썼다. 이 어처구니없는 상황을 어떻게 위로할지 몰라 애처로운 눈빛으로 다가올 때면 내가 더 환하게 웃으며 괜찮다 말했다. 그럼에도 불구하고 나는 이렇게 강하게 잘 견딘다는 걸 증명하듯 더 활기차게 일에 몰입했다. 퇴근 후에는 둘째 딸을 살뜰히 챙기며 엄마의 존재감을 보란 듯이 증명했다. 집에서도 '위대한 어머니 표 가면'을 쓰고 살았다.

주말에 혼자 있을 때가 돼서야 비로소 솔직한 나와 마주했다. 빨래를 널다가 문득 떠오른 생각.

'이 많고 많은 빨래 더미 속에 그 사람 건 양말 한 짝도 없네. 빨래는 그냥 살아 있다는 증거구나.'

죽은 사람에게서는 더는 빨래가 안 나온다. 내 하루를 열심히 살아낸 허물이자 삶의 흔적이 바로 빨래였다. 장례식이 끝나고 집에 돌아와 세탁기 속에 숨어 있던 미처 버리지 못한 그의 마지막 흔적을 여러 날 널어놨다. 내 눈물이 마를 때까지 다시 물에 적셔 말리고 또 말렸다.

혼자 있는 시간에 제일 마주하기 힘들었던 건 가족사진이었다. 눈 마주칠 때마다 그의 부재가 확인되어 똑바로 바라볼 수가 없었다. 모두 그대로인데 그 사람만 이 세상에 없다는 쓸쓸함이 묵직하게 나를 잡아당겼다. 한 번 터진 수도꼭지는 걷잡을 수 없이 새어 나왔다. 울상이 되면 내 턱에는 호두 주름이 만들어졌다. 밤늦게 학원 갔다 돌아온 딸은 우리 엄마 오늘도 호두 만들었냐며 금세 알아챘다. 그렇게 주말마다 혼자 호두를 만들어댔다. 다시는 눈 마주치지 않게 가족사진 액자를 모조리 뒤집어놓아야 했다.

1주기를 보내고 다시 돌아온 봄. 그제야 꽃이 보였다. 탄천에 흐드러지게 핀 벚꽃을 보며 내 안의 슬픔을 조금씩 비워냈다. 흩날리는 벚꽃 따라 추억도 나풀거렸다. 이 좋은 걸 함께 보지 못해 아쉬웠지만, 그의 몫까지 내가 더 잘 채우며 살겠다 다짐했다. 우리 동네 벚꽃도 모자라 옆 동네 벚꽃까지 챙겨보러 탄천을 헤집고 다녔다. 벚꽃은 나를 다시 웃게 했다.

세 모녀 각자 자기 삶을 채워가는 편안한 모습이 되기까지 꼬박 사계절이 필요했다. 밥순이 엄마가 해댄 집밥의 위대함은 두 아이의 뱃구레를 든든하게 채워줬다. 슬픔은 저 아래로 조금씩 가라앉았다. 우린 다시 '함께' 채우며 '같이' 아파했다. 그러다가 또 부딪히고 소리 나면 미안하고 후회하며 보듬어갔다. 천천히 마음에 굳은살이 자리 잡으면서 뒤집어놓았던 가족사진 액자도 하나둘 제자리로 돌아왔다. 다시 봐도 일찍 떠나보내기 너무 아까운 얼굴이라 때론 울컥증이 올라오기도 했다. 어느 포인트에서 수도꼭지가 터질지 몰라 정면에서 바라보지 못하고 늘 곁눈질로 힐끗거렸다. 다시 마주 바라볼 준비운동이 필요했다. 여전히 환하게 웃고 있다. 이젠 내 마음속 든든한 보디가드로 보이니 다행이다. 사진 속 남편에게 웃으며 말한다.

'내 삶의 가장 빛나는 순간을 함께 해줘서 고맙고, 행복한 추억으로 가득 채워줘서 감사해요.'

아직도 홀로서기 연습 중이다. 세상에 나올 때 혼자 나왔고, 팀으로 한세상 살다가 결국에 다시 혼자로 돌아간다. 그 인생살이 사이클이 나에게도 예외 없이 다가오고 있다. 예상보다 너무 빨리 와버려 당황스럽지만 내가 어찌할 수 없는 영역은 절대 애달파 하지 않기로 했다. 그냥 내 결혼 이야기는 좀 짧고 굵게 끝난 거란다. 백년해로하는 다른 사람 결혼 이야기와는 비교하지 않기로 했다. 부부가 함께 오래 산다고 반드시 행복한 건 아니다. 함께 있어도 불행한 부부도 넘쳐난다. 우린 남들 100세까지 주고받을 사랑 18년 동안 찐하게 나눴다. 저마다의 인생 스토리는 비교할 수 없는 절대 가치가 숨겨져 있는 법이다.

이제는 당당하고, 우아하게 혼밥을 즐긴다. 나에게 집중하며 내 삶을 채워가는 놀이도 장만했다. 다가올 새봄은 또 어떤 빛깔로 내게 다가와 위로해줄지 '함께' 놀자고 말 걸어볼까 한다. 홀로서기는 아마도 네버엔딩 스토리가 될 것 같다.

2장

방황의
시간

애써
마음을
추슬러봅니다

엄마, 내가 좀 이상해요

고3을 앞둔 12월 말. 큰딸은 아빠를 잃었다. 쓰러진 아빠를 처음 주차장에서 발견한 것도 그 아이였다. 비상벨을 눌러 사람을 부르고 119에 신고하고 최초 심폐소생술도 했다. 나는 쓰러진 남편을 못 봤지만, 그 애는 아빠의 마지막 체온을 느꼈다. 그 순간이 얼마나 무섭고 떨렸을지 감히 짐작할 수가 없었다. 누구 하나 그 아픔을 어루만져 줄 여력이 없었다. 각자의 몫으로 안고 갈 수밖에 없는 출입 통제 구역이었다.

입학하고 딱 1년 기숙사 생활을 하다가 못 견디고 뛰쳐 나왔었다.

1시간 걸리는 등교 시간을 감수하며 할머니 댁에서 통학하던 아이를 어쩔 수 없이 다시 기숙사에 꾸겨 넣었다. 고3 수험생들이 가장 열심히 공부한다는 1월. 장례식을 마치고 돌아와서도 흔들림 없이 공부에 몰입했다. 고맙고 다행스러웠다. 2월이 끝날 때까지 웃지도 않고 공부만 했다. 3월 첫 모의고사를 제법 잘 봤다. 그 기쁨에 잠시 잃었던 웃음을 되찾았고, 그렇게 일상으로 돌아가는 줄 알았다.

4월 초부터 방황이 시작됐다. 수능을 안 보겠다고. 유학 가겠다고. 그림을 그리겠다고. 애니메이션 공부를 하겠다고. 픽사에 가는 게 목표라고. 우리나라의 과로를 강요하는 직장문화가 싫다고. 이 나라를 떠나고 싶다고. 엄마 돈 있냐고. 나중에 결혼할 때 줄 돈으로 미리 공부시켜주면 안 되냐고. 첫 학기 학비만 대주면 돈 벌면서 학비 마련하겠다고. 유학을 준비해야 하니까 어학 준비를 해야지 수능은 의미가 없다고. 그래서 수능을 안 보겠다고.

결연했다. 흔들림이 없었다. 엄마는 그럴 만한 돈이 없었다. 며칠 뒤 학비 안 드는 프랑스와 독일 유학 중장기 계획을 준비해와서 또 설득했다. 일단 수능 보고 대학을 가면 교환학생도 있고 어학연수도 있으니 그때 가서 유학 여부를 고민해도 늦지 않는다고 달래봐도 철 벽을 쳤다. 아무 말도 들리지 않았고 아무것도 듣지 않았다. 때늦은 사춘기는 핵폭탄이었다.

고3은 거의 수업이 없었고 온종일 자율학습이었다. 수능이 마음에서 떠난 그 아이는 자율학습 긴긴 시간에 그림만 그렸다. 교실에서 공부하는 친구들 틈 속에서 그림만 그리는 게 불편했던지 담임과 교장 선생님을 찾아가 대놓고 미술실을 쓰게 해달라 건의했단다. 여태 아무 준비도 없던 고3이 그것도 미술실을 내놓으라니 학교장이 학부모 면담을 요청해왔다.

"어머님, 학교 좀 오셔야겠습니다. 교장 선생님께서 뵙자고 하십니다."

출근길 담임 선생님의 전화에 숨이 턱 막혔다. 실기를 준비할 학원에 안 보내주니 스스로 해보겠다는데 교장 선생님이 왜 엄마를 오라고 하냐며 분노의 화살이 학교를 향했다. 누구 하나 걸리기만 해라 벼르던 찰나에 불씨를 댕겼다.

급기야 대입 진로에 중요한 6월 모의고사 보던 날. 등교 직전 기숙사에서 상한 우유를 일부러 들이마셨다. 복통을 일으켜 모의고사를 안 보고 조퇴를 했다. 왜 그랬냐 물으니 '수능 안 볼 거니까.' 할 말을 잃었다. 어떻게 해야 할지 엄마도 길을 잃었다.

그해 여름 결국 곪았던 상처가 터졌다.

"엄마, 내가 좀 이상해요. 자꾸 나쁜 생각이 나요. 그냥 다 놓고 나한테 와주면 안 돼요?"

마지막 경고였다. 함께 있어달라는 애원을 이번에는 그냥 무시하면 안 된다는 섬뜩한 예감이 왔다.

"어머니, 담임입니다. 학교에서 아이가 이상행동을 보이는데 그대로 두어서는 안 될 것 같습니다."

깊은 우울증에 자살 충동까지 보이며 나 좀 봐달라 소리쳤다.

결단을 내려야만 했다. 일단 급한 불 먼저 꺼야 했다. 또 한 번 가족을 잃을 수 없다는 절박함에 휴직했다. 둘째 딸을 설득해 강제 전학시키고 번갯불에 콩 볶듯 큰딸 학교 옆으로 이사했다. 그렇게 나는 18년 직장맘에서 하루아침에 엄마로 돌아왔다. 상처투성이로 멍든 가슴을 치유하고 내 아이의 상처를 보듬어주기 위해, 학교에서 빛나던 나를 내려놓고 아이를 지키는 엄마로 돌아왔다. 스스로 선택한 멈춤 버튼은 긴급 구조 요청을 외치는 큰딸의 마지막 절규 덕분이었다.

매일 함께 등하교를 챙겨주고 집밥을 나누며 그냥 옆에 있어 줬다. 텅 빈 마음의 상처는 조금씩 천천히 아물어갔다. 이사하고 함께 지낸 지 보름이 지났다. 고3 여름방학이 끝날 무렵에서야 수시 원서를 내보겠다고 마음을 돌렸다. 뒤늦게 혼자 자소서를 썼다. 철학과 예술을 좋아하던 그 아이는 아빠를 잃은 슬픔을 〈코코〉라는 애니메이션으로 처음 위로받았고 거기서 예술의 힘을 느꼈다고 했다. 그 당시 심리상태를 표현한 그림을 인스타에 올리고 세계적인 예술가들과 공감과 응원의 댓글로 소통하며 예술의 힘을 느꼈다고 했다. 방황하던 시기에 느꼈던 진정성 있는 자기 이야기를 쏟아냈다. 철학과 예술을 접목한 위대한 예술가가 되겠다는 포부까지 담아냈다. 결연함의 색깔이 달라졌다. 몇 날 며칠 자소서를 쓰고 다듬으며 자신의 아픔을 정면으로 마주했다. 글쓰기를 통해 스스로를 돌보는 시간이었다.

수능 하루 전날, 수시 합격 발표가 났다. 원하던 학교 원하던 학과에 합격했다. 더는 마음고생 하지 말라고 아빠가 지켜준 것 같았다. 3개월 전까지만 해도 수능 절대 안 보겠다 생떼를 쓰던 아이가 그래도 수능은 볼 거라며 수능 당일 해뜨기 전 집을 나섰다. 보지 않아도 되는 수능을 챙겨보겠다며 신새벽에 수능 시험장에 들어갔다.

복도 창가 쪽 맨 뒷자리라기에 남편에게 부탁했다.
'나는 시험장 못 들어가도 당신은 어디든 갈 수 있으니까 창가에 딱 붙어서서 끝까지 지켜줘요.'
첫 시간 국어가 역대급 고난도였다. 그런데 그 국어를 1등급을 찍었다. 그것만으로도 그 아이가 얼마나 온 힘을 다해 모든 것을 쏟아 냈을지 느껴졌다. 포기하지 않고 여기까지 와준 게 그저 감사했다. 지금도 수능은 끔찍하다고 고개를 절레절레 흔든다. 2018년은 열아홉 인생 중 다시 떠올리고 싶지 않을 만큼 몹시도 사납고 거친 한해였을 거다.

엄마의 긴급 돌봄이 필요한 시기는 만 3세까지만이 아니다. 급격한 환경 변화를 겪는 초등학교 입학 때는 물론이고, 인생에서 불어닥친 태풍 속을 함께 걸어가야 할 때도 있다. 꼭 필요한 순간 아이 곁에서 엄마로만 살았던 시간에 '참 잘했어요' 도장을 꾹 찍어주고 싶다. 방황의 시간이 또 오더라도 언제든 나는 '엄마'를 선택할 거다.

나 이제 학교 그만 다닐래

"언니가 좀 이상하대. 우리가 이사 가야 할 거 같아."

언니를 살려야 한다는 명목으로 강제 전학을 당한 둘째는 뿌리째 뽑힌 나무가 되었다. 양지바른 곳에서 누구보다 푸르게 잘 자라던 나무를 그냥 우두둑 뽑아다 사막 한가운데 턱 심어버렸다. 그나마 이름이라도 좀 낯설지 않게 똑같은 이름의 학교로 옮겨 심었다. 그게 배려심 넘치는 엄마의 서툰 처방전이었다.

전학생으로 처음 학교에 가던 날. 도살장에 끌려가는 소처럼 학교에 갔다. 이전 학교에서는 복도를 지나칠 때면 친구들에게 여기저기 손 흔들어주며 주목받고 사랑받았던 아이였다. 말 붙일 사람 하나 없이 묵묵히 등교하던 순둥이가 전학 간 지 9일째 되던 날 폭탄선언을 했다.

"나 이제 학교 그만 다닐래!"

남의 집 이야기로만 듣던 등교 거부. 말 잘 듣고 공부 잘하던 우리집 순둥이에게는 절대 일어날 수 없는 일이었다. 충격적인 아침이었다.

존재감이 사라진 아이는 더는 투명 인간으로 살기 싫다며 언니와 쌍으로 절규 대합창을 시작했다. 어린 시절 어리광 한 번 부리지 않고 그림처럼 커 주던 두 딸이었다. 그때 못 부렸던 응석받이를 이자에 이자를 보태 복리 이자로 갚아줬다. 지랄 총량의 법칙은 불변의 법칙이었다. 지랄 누적의 결과는 가히 상상을 초월했다. 언니는 애정 결핍에 분리 불안까지 와버린 고3이요, 동생은 등교 거부하는 삐딱선 타버린 고1이었다. 엄마는 그렇게 남편 잃은 슬픔을 꼬깃꼬깃 꾸겨 넣고 두 딸의 방황 사이에서 시소를 탔다.

선생님 엄마에게 학교는 당연히 가야 하는 곳이었다. 학교에서 마음 떠난 딸내미는 그 좋은 학교 엄마나 다니라며 눈빛에서부터 날이 섰다. 아이에게 학교는 하루 가면 이틀 쉬고 잊을 만하면 한 번씩 들러주는 참새 방앗간이 되어갔다. 등교 시간은 아랑곳하지 않았다. 가기 싫은 학교에 억지로 갈 준비를 하며 천근만근 거북이 한 마리가 욕실로 기어들어 갔다. 느려터진 몸짓을 보고 있자니 속에서 천불이 났다. 거북이 등짝에 있는 힘껏 스매싱을 날렸다. 딱 두 대였다. 내 손이 얼얼할 만큼 그동안 참고 참았던 분노가 폭발했다. 두 대 맞고 나흘 학교에 안 갔다. 그나마 밖으로 기어 다니던 거북이를 방구석 깊은 동굴로 숨게 만든 결정타였다.

도대체 왜 학교에 가기 싫은지 따져 물었다. 엄마는 늘 언니가 먼저였단다. 어렸을 때부터 식탁에서 밥 먹을 때도 엄마의 고개는 늘 언니를 향해 있었다. 전학시킬 때도 나는 나대로 급한 불 먼저 꺼야 한다는 조급함에 왜 전학 가야 하는지 충분한 설명과 설득이 없었다. 그냥 어느 학교로 갈래부터 물었다. 언니가 그 당시 얼마나 심각했는지 자세한 설명도 없이 잘 살고 있던 자기를 아무런 동의 없이 강제 전학을 시킨 엄마가 이해되지 않았단다. 잘 자라던 묘목을 혹뽑아 옮겨 심어놓고 왜 학교 가기 싫냐며 등짝 스매싱까지 날렸던 거다. 곪아가는 상처가 있으니 새로운 친구와 마음을 못 나눈 거였다. 친구가 없어 학교 가기가 싫었고 공부는 먼 산 보듯 제 할 일이 아니었다. 그냥 세종에 있었더라면 지금보다는 더 좋은 성적을 얻었을 거고, 지금처럼 마음 주는 친구 없이 외롭지 않았을 테고, 마음에 들지 않는 대학교를 고르느라 고민하지도 않았을 거라며 끊임없는 원망과 미련 속에서 허우적댔다.

수시 원서접수를 앞두고 다시 등교 거부가 반복됐다. 상처로 남아 있는 찌꺼기 감정들이 다시 수면 위로 떠 올랐다. 아뿔싸! 2년이나 시간이 지나왔고 나름 잘 적응해왔다고 생각했는데 나만의 착각이었다. 그런 속내도 모르고 언제까지 전학 온 거 엄마 탓만 하며 지낼 거냐고 냅다 소리쳤다. 각자 감당해야 할 몫이었다고 쏘아붙였다. 곪은 상처를 후벼 팠다. 다시 문 쾅 닫고 동굴 안으로 들어간 순간, 불현듯 아이의 감정을 인정해주고 지지해주는 게 자존감을 챙겨주는 거라는 상담 선생님의 말씀이 떠올랐다. 이제라도 그 곪아 터진 감정을 드러내 주니 감사한 거였다. 2년 넘게 상담 치료 덕분에 둘째는 그제야 자기감정을 드러내고 불합리한 것에 항의할 줄도 알게 되었다. 말 잘 듣는 순둥이가 이제 매서운 호랑이가 돼버렸다. 마음은 더 건강하고 단단해진 호랑이였다.

다시 마주 앉아 차분하게 2년 전으로 타이머를 돌렸다. 기숙사에 혼자 남겨진 언니가 얼마나 방황했었는지 되짚어주었다. 당장 모든 것을 내려놓고 곁을 지켜주지 않으면 안 될 만큼 얼마나 위험한 상황이었는지 낱낱이 묶은 사연을 풀어헤쳤다. 엄마는 모든 것을 멈추고 휴직해야 했고, 학교와의 마찰을 피할 수 없었다. 급하게 이사 준비와 전학 절차를 알아보며 혼자 감당하기 버거운 혼란이었다. 너의 마음을 세심히 챙겨볼 여력이 없었음을 솔직하게 털어놨다. 미안하다 진심으로 사과하고 엄마의 부족함을 탓했다. 딸은 다시 그때로 되돌린다면 혼자 세종에 살고 전학 오지 않았을 거라며 닭똥 같은 눈물을 뚝뚝 흘렸다. 나는 혼자 둔 언니가 얼마나 힘들었는지를 봤기에 다시 그때로 돌아가도 너와 같이 지내기 위해 전학을 택했을 거고 좀 더 자세히 상의해서 동의를 구했을 거라 뒤늦은 후회를 고백했다. 의견 차이는 여전했지만 계속 대화를 나눌 수 있는 우리가 되었다. 그 아이의 눈물에 나도 따라 울었다. 그렇게 묵은 찌꺼기를 어루만지며 토닥여줬다.

아이는 마음이 아파서 학교에 갈 수 없는 상태였다. 상담 치료를 위해 출결 관리에서 배려를 받을 수 있도록 신경정신과 진단서를 조용히 준비했다. 엄마의 욕심을 걷어내고 아이의 마음이 얼마나 힘들까만 바라보기로 했다. 내 새끼를 0순위에 두었다. 충분히 고민할 시간을 줘야 했다. 마음이 풀릴 때까지 기다려줘야 했다. 아이는 종일 방 안에 틀어박혀 잠만 잤다. 누구보다 자기 인생에 대해 깊이 생각하는 아이다. 그런 아이가 학교를 거부하는 데에는 그만한 이유가 있을 거다. 그 영역을 감히 이해할 수 없는 엄마는 조급함과 불안함에 우격다짐으로 교문 안으로 밀어 넣었다. 마음은 교문 밖에 둔 채 몸뚱이만 등교시킨 거였다. 온종일 잠만 자는 아이의 방을 바라보며 혼잣말을 중얼거렸다. 김치든 장이든 발효의 미학이 아니던가. 자기다운 길을 선택하는데 이 정도의 고강도 발효 시간은 기본이지. 다 익을 때까지 기다려주면 돼. 반드시 저 문을 열고 제 발로 나올 테니까.

아이가 생각을 정리하는 데 도움을 줄 만한 멘토를 찾았다. 내 아이를 잡아줄 동아 밧줄이 필요했다. 마음을 열었던 고마운 얼굴들이 하나둘씩 떠올랐다. 초등학교 때부터 중요한 시기마다 마음 잡아주셨던 논술 선생님께 도움을 요청해 상담 데이트를 다녀왔다. 오고 가며 뭔 얘기를 나눴는지는 끝내 입을 열지 않았다. 그런데 아이가 웃고 있었다. 학교 복도에서 2학년 담임 선생님께 납치당해 상담을 받았다는데 비밀이라며 또 웃었다. 뭔가 채워진 듯한 저 여유는 대체 뭘까?

저 녀석이 학교 가는 것과 나의 하루는 별개의 삶이다. 학교에 보내면 내 하루가 행복한가? 누구를 위한 행복인가? 내 아이는 학교 가면 울상이 되는데 그저 내 눈에만 안 보이면 행복한 건가? 그렇다고 학교에 안 가고 집에서 온종일 잠만 자는 아이와 함께 있으면 내 하루가 불행한가? 문 닫아주고 그냥 학교 간 듯 내 하루를 채우면 똑같은 거다. 저 아이가 학교에 있거나 집에 있거나 혼밥을 하고 빨래를 하고 설거지를 하고 청소를 하고 운동을 하고 책을 보고 명상을 하는 내 하루는 별 상관없이 채워지는 내 하루일 뿐이다. 거울 맞은편의 자기를 응시하며 치열하게 고민하는 저 아이를 더 감싸주고 응원해야 하는 게 내 몫이다. 뽀송하게 말려놓은 이불을 깔아주고 깨끗하게 빨아놓은 인형 친구들을 침대 머리맡에 가득 채워줬다. 한숨 푹 자고 나면 또 충전되리라 믿으며 내 한숨 거두고 방문만 닫아주면 된다. 나나 잘살자! 구호 외치고 내 하루를 우선 잘 채워보기로 했다. 일기장 속에는 나의 하루를 챙기는 다짐들로 가득했다. 딸의 모습에 일희일비하지 않고 딱 버티고 서있는 엄마가 보였다.

뒤늦게 엄마 공부 제대로

온전히 엄마로만 산 적이 없었다. 엄마가 먼저가 아니라 늘 선생님이 먼저였다. 워킹맘으로 두 마리 토끼를 다 잡기는 어려웠다. 학교 일을 먼저 챙기고 남은 시간을 엄마로 살았다. 방학이 되면 그동안 못 했던 엄마 노릇을 단기 집중 프로젝트로 해치웠다. 여름 한 달, 겨울 두 달 짧은 시간임에도 일하던 워킹맘이 엄마로만 살다 보면 그 잡다한 집안일 속에 파묻혀 나의 존재감을 잃어가는 것 같았다. 무한 반복되는 집안일에 정 붙이지 못했다. 단기 아르바이트생 엄마는 그렇게 돌아갈 학교가 있음에 감사하며 개학 날만 손꼽아 기다렸다.

그만큼 집보다 학교를 더 좋아하는 엄마였다. 그랬던 내가 큰딸의 방황으로 또 가족을 잃을 수 없다는 절박함에 휴직했다. 단기 아르바이트가 아니라 이번엔 진짜 엄마만 하는 전업주부였다. 따뜻한 밥 해주고 학교 오고 가는 길 말벗 해주는 운전사뿐 아니라 청소, 빨래까지 책임지는 가사도우미로 전직했다. 그 또한 전문직 못지않게 엄청난 에너지가 들어가는 위대한 일이었다. 요리사, 심리치료사, 진로 상담사, 가정의학과 주치의, 운동 트레이너, 물리치료사, 개그맨, 가수, 댄서까지. 홀로 남겨진 엄마는 두 딸의 잃어버린 웃음을 되찾아주기 위해 직업전선을 넘나들며 그제야 찐 엄마를 경험했다.

"밥 먹었어?"

밖에 나간 딸들과 통화할 때 제일 먼저 하는 말이다.

"밥 먹을래?"

집에 들어오는 딸을 맞이하는 내 첫소리다. 어쩔 수 없는 토종 밥순이다. 아침마다 새로 밥을 지었다. 밥솥을 열어 얼굴 가득 첫 김을 쐬고 주걱으로 밥을 휘휘 저을 때 나는 밥 냄새가 참 좋았다. 그건 그냥 엄마 냄새였다. 울 엄마가 그래왔고, 또 내가 그러고 있는 닮은꼴 몸짓이었다. 내가 오늘도 엄마로 잘 살고 있음을 알려주는 따뜻한 냄새였다.

여고생 두 딸의 아침 등교 준비는 정신없는 시장통 같았다. 샤워

하기, 머리 감기, 머리 말리기. 화장하기, 교복 입기, 책가방 챙기기로 분주했다. 아침밥 먹기는 매번 제대로 한 술도 못 뜨고 밀려났다. 부산스러운 등교 준비과정 어디에라도 끼워 넣어 보겠다고 밥공기 들고 좇아다녔다. 정신없는 틈 사이를 비집고 한 숟갈씩 입에 떠 넣었다. 세 살 버릇 사춘기 때 다시 소환되는 순간이었다. 제 손으로 떠먹을 시간 없어 늘 밀리던 밥. 입에 한술 떠 넣어주면 오물거리며 머리를 말렸고 옷 입으며 "엄마, 아!" 하고 또 입을 벌렸다. 나는 어미 새, 너는 새끼 새. 네다섯 술이면 한 그릇 뚝딱이었다. 싹싹 비운 빈 그릇을 보면 뿌듯하고 든든했다. 밥심으로 그날 하루 잘 싸우고 오리라 믿음을 주는 총알 장전식이었다.

큰딸이 철창에 끌려가듯 다시 기숙사에 들어갔던 고3 때. 삼시 세 끼 학교 급식으로 먹는 재미를 잃어갔던 5월 어느 날. 근무했던 학교가 개교기념일로 쉬는 날이어서 아침부터 부지런히 도시락을 쌌다. 세종에서 고속버스를 타고 성남 터미널에 내려서 택시를 갈아타고 학교까지 갔다. 딱 3시간 걸렸다. 저녁 식사 시간에 맞춰 짠 나타나 엄마표 유부초밥과 군고구마, 과일 도시락으로 서프라이즈를 해줬다. 복도 한쪽에서 도시락을 먹이며 지쳐가는 고3 수험생 딸을 토닥여주었다. 떠올릴 때마다 기분 좋은 한 컷이다. 그렇게 엄마표 도시락은 큰딸과 나를 이어준 단단한 끈이 되었다.

큰딸이 대학교 1학년 때에도 금요일마다 도시락을 썼다. 3개 강의가 연달아 있어 밥 먹으러 갈 시간이 없었다.

"친구들은 점심밥 어떻게 해결해?"

"그냥 편의점에서 빵 같은 거 사서 들고 오면서 먹어."

밥순이 엄마에게는 절대 있을 수 없는 일이었다. 거창한 도시락은 아니지만 갓 지은 밥에 김 가루와 달걀 스크램블로 조물조물 뭉친 미니 주먹밥과 과일 몇 조각을 싸줬다. 유난스럽다고 말할지도 모르지만 그렇게라도 밥을 먹었으면 했다. 편의점 빵으로 대충 끼니 때우고 속 껄끄럽게 또 앉아서 수업 듣는 모습이 왠지 짠했다. 주먹밥 몇 개라도 엄마 손길 느끼며 배 속에 넣어주면 마음마저 든든해질 것 같았다. 큰딸은 강의실 이동 시간 잠깐 과방에서 혼자 도시락을 먹었다.

"엄마, 오늘 엄마 밥 덕분에 살았어요. 진짜 잘 먹었어요."

싹싹 비운 빈 도시락통을 꺼내 놓으며 감사 메아리가 돌아왔다.

"엄마, 나 친구랑 밥 먹고 갈게."

전학 와서 친구 하나 없이 외롭던 둘째 딸에게 드디어 내 밥보다 더 좋은 게 생겼다. '2019.4.30. 정○이와 점심 먹고 옴.' 너무 좋아서 날짜까지 써놨다. 전학 온 지 딱 8개월 만이었다. 같이 밥을 먹고 싶을 만큼 친해진 친구가 생겼다는 건 학교에 갈 이유를 찾은 거였다.

천만다행이었다. 그렇게 한번 튼 밥 친구는 어느 날 하굣길에 집으로 데려와 한솥밥을 먹는 사이가 되었다. 집으로 친구를 데려오기까지 딱 1년 걸렸다. 집 가다 배고프거나 화장실 급할 때 거리낌 없이 데리고 오는 친구들이 내 딸의 든든한 한 편인 것 같아 고마웠다. 혹시 또 누굴 달고 오지 않을까 싶어 하교 시간에 맞춰 따뜻한 밥 해놓고 기다렸다. 까똑!

"엄마, 나 친구랑 떡볶이 먹고 갈게."

내 밥은 밀렸지만 얼마든지 괜찮았다. 외롭던 그 아이에게 다시 웃음을 찾아준 건 친구와 함께 먹는 떡볶이였으니까.

1년 휴직이 끝나갈 무렵, 우선 내 심리치료가 아직 끝나지 않았고, 둘째가 고3을 앞두고 있던 터라 엄마 손길이 필요한 마지막 순간 그냥 '밥 잘 챙겨주는 예쁜 엄마'로 살기로 했다. 그 챙김 속에 내 마음도 뜨끈한 밥처럼 든든히 채워질 거라 믿었다. '밥 잘 사주는 예쁜 누나'는 그 연하남과 찐한 사랑을 이뤘다지? 밥 잘 챙겨주는 예쁜 엄마는 추억 소환 보장성 효도 쿠폰이었다. 휴직 2년간 밥순이 엄마 장기 프로젝트 덕분에 온전히 아이에게 집중하는 딸바보가 됐다. 한없이 흔들거릴 때 딱 버티고 서 있었다. 언제든 기댈 수 있는 마음 튼튼한 엄마로 진화했다. 뒤늦게 엄마 공부 제대로 했다.

깜냥이 안되는 아빠 노릇까지

그리움을 대변하는 말 '보고 싶다'. 찬 바람이 불기 시작하면 그 계절의 기억이 소환된다. 2주기를 앞둔 어느 가을 아침. 큰딸이 거울 앞에서 화장하면서 수다를 떨었다.

"엄마, 저번에 지영이네 가족이랑 밥 먹었잖아. 걔네 집에는 아빠 있더라. 나 요즘 아빠가 자꾸 보고 싶어."

아빠가 보고 싶다는 말에 엄마는 말문이 막혔다. 응급처치 답변이 필요한데 순간 아무 말도 생각이 안 났다. 이미 울렁울렁 버튼은 눌러져 버렸다. 턱에 호두를 가득 싣고 울먹이며 자동 반사적으로 나온 말.

"나도….."

이럴 때 드라마에선 "우리 딸 속상했겠네. 아빠 대신 엄마가 옆에 있잖아. 아빠는 우리 곁에 늘 있어."라며 어른스럽게 잘도 달래 주더만 가볍게 꺼낸 투정에 내가 더 크게 요동쳤다. 그 뒤로 아빠 보고 싶다는 말은 우리 집 금기어가 돼버렸다.

마음에 바람이 통하지 않았다. 엄마가 아빠 몫까지 해야 할 일들은 의식주 해결뿐만이 아니었다. 무게중심이 없어진 오뚝이는 '툭' 건드리기만 해도 '픽' 나자빠졌다. 넉넉히 품어주기는커녕 엄마가 더 힘들다 칭얼댔다. 애만도 못한 엄마 똥 방귀였다.

의식주야 어떻게 해결했다 치더라도 아빠와 함께 살 때 내 영역이 아니던 분야는 두려웠다. 수학에 약한 머리로 미래를 내다보는 경영까지 하기엔 용량이 달렸다. 나는 완벽한 문과요, 아빠는 타고난 이과 성향이라 우리는 서로 잘하는 걸 철저히 업무 분담하며 살았다. 내가 번 돈은 먹고사는 생활비와 애들 가르치는 교육비로 몽땅 지출했고, 집 관련 대출금이나 재테크는 남편의 몫이었다. 나는 그저 매달 월급 들어오자마자 따박따박 내보내는 단순 입출금 관리 정도가 딱 내 깜냥이었다. 아빠가 없으니 그 무시무시한 집 문제가 내 몫이 되고 말았다.

미루고 미루던 세종집 처분을 해결해야만 했다. 앞으로 내 노후를 보장해줄 집 갈아타기 미션은 고강도 정신노동이 필요했다. 집도 사람처럼 정 떼기가 어려웠다. 정도 그냥 보통 정이었어야 말이지. 세종에 내려가 특별분양을 받아 마련했던 보금자리였다. 더는 이사 안다녀도 되겠다 싶었던 마지막 우리 집이었다. 평생 살 생각으로 입주하면서 붙박이장도 짜 넣고 중문, 줄눈, 인덕션, 광파 오븐, 베란다 탄성 코팅까지 집에 바를 수 있는 돈을 원 없이 썼다. 그렇게 평생 살 집에 입주하고 6개월 만에 일이 터졌고, 그 공간에서의 모든 추억은 아픔으로 남았다. 1년을 겨우 채우고 전세를 놓고 급히 큰딸 곁으로 이사하면서 그 집은 멀리서 바라보는 추억 상자가 되었다.

집값이 다시 출렁인다는 소식에 집을 내놓으려고 부동산에 문의했더니 덜컥 임자가 나타났다. 한두 푼 하는 것도 아닌 큰돈 왔다 갔다 하는 일을 하려니 겁쟁이가 돼버렸다. 내 추억 상자를 산 임자는 생애 최초 내 집 마련을 하는 신혼부부였다. 첫 집 계약서에 도장 찍는다고 호기롭게 새 도장까지 파왔다. 남편, 친정 부모님까지 함께 와서 희희낙락 흥분했다. 그들에겐 내가 지금 어떤 마음으로 이 계약서에 도장을 찍는지는 중요하지 않았다. 그 집에 어떤 사연이 숨어있는지 상상도 못 하겠지만 이젠 추억을 비워내고 남에게 넘겨야 하는 아픈 숙제였다. 파란 중문을 열고 거실로 쑥 들어올 것 같았다.

속옷 차림으로 주방에서 나를 위한 요리를 하던 민낯 가득한 공간이었다. 소파에 벌러덩 누워 야구 보면서 손에 기름 묻는다고 젓가락으로 과자 집어 먹던 쉼터였다.

담담하게 계약서에 도장 꾹 눌러 찍고 터미널로 오는 길. 물먹은 솜처럼 발걸음이 무거웠다. 고속버스 안에서 창밖으로 세종에서의 마지막 풍경을 눈에 담았다. 풍경 사이 떠오르던 수많은 기억을 파노라마로 시청했다. 마지막 추억을 말끔히 씻어냈다. 수화기 너머 지하세계로 파고드는 엄마 목소리를 감지한 큰딸. 미세먼지 최악이던 그날 밤에 전철역으로 마중 나와 두 팔 딱 벌리고 서 있었다.
"엄마, 잘했어! 우리 엄마 기특해! 고생했어."
그제야 잔뜩 오그라들었던 마음 내려놓고 펑펑 울었다.

저마다의 사연으로 집과 만나고 헤어진다. 늘 새 보금자리를 위한 갈아타기였기에 떠나는 집에 대한 미련 따위 없었다. 뒤도 안 보고 돌아섰다. 집 이별도 사람과의 이별 못지않음을 알게 되었다. 정 붙이기도 전에 억지로 정 떼야 해서 심통이 났었다. 뺏기는 것 같기도 하고 억울하기도 했다. 가계약금 받아놓고 배액으로 변상하고라도 좀 더 있다 팔아야 하나 고민했다. 남에게 주고 싶지 않은 똥고집이었다.

깜냥이 안되는 아빠 노릇까지 하고 결국 입술이 터져버렸다. 며칠 집 문제로 온 마음을 다해 고민했더니 긴장이 풀리면서 입술 포진이 크게 터지고 몸살까지 왔다. 기운을 차리고 생각해보니 내가 손에 쥐고 놓지 않으면 새로운 추억 상자를 집어 들지 못하는 거였다. 놓아야 다시 담을 수 있는 손이 생긴다. 잘 놓은 거였다. 미련 없이 후회 없이.

세종집을 처분하고 나서 다급해진 마음으로 집을 구하러 다녔다. 노후까지 쭉 눌러살 나만의 실버타운이 필요했다. 매일 걷던 탄천에 정이 들어 탄천을 끼고 있었으면 좋겠고, 불곡산을 바라볼 수 있었으면 했다. 분당 이쪽 끝에서 저쪽 끝까지 샅샅이 뒤지고 다녔다. 코로나가 시작될 무렵이라 집 보러 다니기도 조심스러웠다. 돈에 맞춰 마음에 드는 집을 찾지 못해 한 걱정이던 차에 갑자기 원하던 위치에 집이 나왔다. 세입자가 끼어 있었고, 어린아이가 있던 집이라 코로나 감염에 불안해서 대충 집안 구조만 확인하고 급하게 계약했다. 2년간의 휴직을 끝내고 다시 복직하면서 수원 외곽지역으로 발령이 났다. 출퇴근이 어려워 수원으로 전셋집을 얻어 살다가 집 계약 후 2년 만에서야 내 집으로 이사했다. 세입자가 이사 나가고 난 뒤, 그제야 집 안 구조를 자세히 살펴볼 수 있었다. 베란다를 가려놓았던 어두운 블라인드를 걷어내자 꿈에 그리던 숲 뷰가 전면에 펼쳐져 있었다. 이 집이 이렇게나 멋진 뷰를 숨겨둔 집이었다니! 순간 숨이 멎을 뻔했다. 입이 다물어지지 않았다. 나무라면 환장하게 좋아하는 나다. 출근 전에도 나무 보러 아침 산책을 챙기고, 단지 내 나무 이름 40개 넘게 줄줄이 읊고 다녔다. 전원주택에서 나무 키우고 텃밭 가꾸며 살고 싶지만, 집 관리할 자신도 없고 그냥 나무 실컷 볼 수 있는 전망 좋은 아파트에서 살아보는 게 꿈이었다. 내가 원했던 딱 그런 집이었다. 쥐고 있던 추억 상자를 놓고 나니 더 좋은 보물상자가 기다리고 있었다.

내 마지막 터전이었으면 하는 집으로 이사했다. 숲 뷰 바라보며 하늘 맛, 구름 맛, 비 오는 운무 맛 골고루 즐기며 밥 한 그릇 들고 나가 베란다 캠핑을 즐긴다. 새 보금자리에서 다시 행복은 무한 리필 중이다.

"걱정하지 마. 내가 다 준비해놨어!"

늘 허풍떨며 너스레 떨던 남편의 목소리가 저 산자락 사이에서 들려온다. 구름 사이로 씩 웃어 보인다.

마음에 불길이 치솟아

불이 났다. 마음에 난 불이다. 소화기가 있어도 소용없고 119에 신고해도 받아주지도 않는다. 걷잡을 수 없이 번져 나를 집어삼키기 전에 무슨 수를 내야만 했다. 화(火)의 뜻은 '몹시 못마땅하거나 언짢아서 나는 성'이지만, 못마땅하거나 언짢다는 표현으로는 그 복잡 미묘한 의미를 다 담아낼 수 없었다.

바로 몇 시간 전에 옆에서 웃고 떠들며 함께 있던 남편을 응급실에서 시신으로 마주해야 했다. 준비된 이별이 아니었기에 마음에 불길이 먼저 치솟았다. 그렇게 불덩이를 안은 채 우리는 각자의 돌을 짊어진 시시포스가 되어갔다. 억울함, 분노, 원망, 슬픔, 후회, 미련 등 온갖 땅 파고 들어가는 감정들이 뒤섞여 꼼짝 못 하게 만들어버렸다. 시간이 지나면 낫겠지…. 한숨 자고 나면 낫겠지…. 관심을 딴 데 돌리며 바쁘게 살면 잊히겠지…. 아니었다. 꼭꼭 숨겨둔 불씨는 언제든 탈 거리가 조금만 가까이 가도 다시 솟구쳐 올랐다.

"그래도 운전하고 오다가 쓰러졌으면 고속도로 한복판에서 일가족 다 저세상 갈 뻔했어요. 시댁에 도착해서 가족들 올려보내고 주차장에서 혼자 쓰러진 거 보면 그래도 끝까지 우리를 지켜준 거 같아요."

나중에 정신 차리고 보니 내가 내뱉은 이 말에 더 화가 났다. 뭐가 다행이고 뭐를 지켜줬다는 말인가! 이렇게 우리만 덩그러니 남겨놓고 가버렸는데 나보고 뭘 어쩌라고!

준비 없이 맞이한 아프고 쓰린 이별은 그 추스름이 그리 호락호락하지 않았다. 남편은 업무 과로가 누적된 상태였고 사망 직전 회식으로 인한 과음으로 두통을 호소했었다. 업무 연관성을 밝히는 사후 처리에 매달려 이리 뛰고 저리 뛰어다녔다. 남편을 허망하게 떠나보낸 뒤 밀려오는 슬픔과 분노를 제대로 어루만져 주지 못했다. 슬픔에 빠져 있을 여유가 없었다. 그냥 철저히 외면했다. 오히려 이런 슬품 따위에 쓰러질 내가 아님을 만천하에 드러내 보이듯 아무렇지 않게 출근하고 일에 몰두했다. 그렇게 7개월을 보내고 나니 악으로 깡으로 버틴 내 체력과 정신력은 한순간에 와르르 무너져버렸다.

갑자기 혼자가 되었을 때 당황스러운 건 나 혼자 두 아이를 어떻게 키우지? 내 슬픔을 돌보기에 앞서 남은 가족과 함께할 미래에 대한 걱정과 불안이었다. 아이의 상처를 어떻게 감싸줘야 하는지가 더 절박했다. 심리적으로 위험수위를 찍고 있는 두 딸을 신경정신과에 데리고 가서 상담 치료를 시작했다. 그런데 부모 상담을 위해 심리 검사를 해본 결과 가장 심각한 건 바로 나였다. 나도 이미 빨간불이 켜져서 터지기 일보 직전이었다. 사별 후 8개월이 지나서야 '살고 싶어서' 상담을 시작했다. 초기 진압을 하지 못하고 8개월 동안 방치한 불길은 걷잡을 수 없이 번져 있었다. 매주 수요일 오후 3시. 그렇게 일주일에 한 번씩 불길을 잡으러 상담실 문을 열었다.

내가 왜 화가 나 있는지를 들여다 봤다. 내 언어로 내 감정을 표현해내는 과정은 화를 객관화시켰다. 내 안에 담고 있을 땐 불길이 잡히지 않더니 남의 집 불구경하듯 바라보니 불길이 보였다. 화가 났다는 건 내가 정해놓은 기준틀에서 벗어난 상황에 대한 감정 신호등이었다. 그 신호를 무시하지 말았어야 했다. 화가 난 결과물만 볼

게 아니라 원인을 알아 차려줘야 했다. 상담 선생님은 그 원인을 들여다보게 도와주었다. 오랜 세월 끊임없이 공부하며 살아왔지만, 내 안의 감정을 들여다보고 처리하는 '감정 공부'는 아무도 시켜주지 않았다. 심리치료라는 새로운 배움에 눈 떠갔다. 생각하는 방법을 바꾸기만 해도 치솟던 감정이 다스려지는 '인지심리학'의 신세계를 경험했다.

세상을 향해 쳐 놓았던 내 안의 고정된 틀을 하나둘 걷어냈다. 해야 할 일 목록을 줄여가기 시작했다. 내게 다가온 모든 상황에 '왜 나에게?'라는 물음표 거두고 '누구에게나 일어날 수 있어.'라는 마침표를 찍었다. 사춘기 딸들과 상처 주지 않게 말하는 법도 배웠다. 더이상 뜨거운 돌을 서로 주고받지 않게 됐다. 내가 뜨거운 돌을 도로 상대에게 집어 던지지 않고 그냥 내 옆에 가만히 내려놓을 수도 있는 거였다. 감정도 교육을 통해 통제구역 안으로 들어오는 게 신기했다.

상담실 문을 처음 열었을 땐 우울증이 최고조였다. 그땐 한없이 흔들리는 여리디여린 코스모스였다. 툭 치면 부러질 것 같은 가느다란 줄기에 헝클어진 머리카락 같은 이파리. 상담실에 갈 때마다 응어리졌던 이야기를 쏟아내며 울었다. 휴지로 눈물범벅인 얼굴을 훔

쳐내면 얼굴 여기저기 얇은 휴짓조각이 딱 달라붙었다. 다음에는 꼭 손수건을 챙겨 가야지 결심했지만 준비된 손수건으로 눈물을 닦은 적은 한 번도 없었다. 그 눈물은 그렇게 작정하고 준비해서 나오는 게 아니었다. 미처 드러내지 못했던 생각을 딱 잡아채서 다독여주었을 때 무방비 상태로 훅 터져 나오는 생방송이었다. 쏟고 나면 후련했다. 헤집어놓은 감정의 흙탕물이 가라앉을 때까지 침침하고 묵직한 우울감이 따라다녔다. 그렇게 한 달, 또 한 달, 열두 고개를 넘으면서 감정을 마주 대하는 마음 근육이 붙어갔다. 그러다가 언제 그랬냐는 듯 또 곤두박질쳐서 저 지하세계로 땅 파고 들어가기를 몇 번이던지. 매번 상담실에서 나눈 대화를 기록했다. 돌아서면 잊어버리고 또 땅 파고 들어갈까 봐 그날그날 정리해서 잊을만하면 또 들여다 봤다. 알려주시는 행동수정 기법들을 철저히 실천했다. 아이가 내 기대와 다른 행동이 보일 때면 당위적 바람을 소망적 바람, 인간적 바람으로 바꾸는 연습을 했다. 치솟는 화를 습관으로 만들지 않으려는 나와의 싸움이었다. 수없이 반복된 감정의 도돌이표 속에서 나는 아주 조금씩 달라졌다. 후회와 다짐 속에 성장하고 있었다.

상담 선생님 개인 사정으로 수요일 상담을 종료하면서 마지막 인사를 나눴다. 그동안 잘 이끌어주신 노고에 감사드리며 코스모스 캘리 엽서를 액자에 끼워서 선물했다. 주는 기쁨을 다시 느꼈다. 온 마음을 담아 정성 들여 선물을 준비하는 시간 또한 치유의 과정이었다. 헤어짐이 아니라 다시 새로운 관계가 시작된 거였다. 병원 상담실을 벗어나 이제 자연인으로 마주 앉아 딸내미 흉도 보고 자랑도 할 수 있는 온전한 내 편 하나가 생겼다.

새로 만난 상담 선생님은 '대상관계이론'을 소개해주었다. 권경인의 『엄마가 늘 여기 있을게』를 통해 관계 맺기에 대해 새롭게 눈떴다. 경험과 이론을 접목해 정보력을 갖춘 객관적 글쓰기에도 관심이 생겼다. 또 다른 인연이 진짜 공부를 위한 길 안내 역할을 해주었다. 내 삶이 한 뼘 더 확장됐다. 또 하나의 우주를 만났으니 새로운 관계 맺기는 성공이었다.

더 이상 코스모스가 아니다. 힘없이 이리저리 휘청거리던 꽃이 아니다. 흔들릴지언정 저마다의 빛깔로 반드시 꽃 피워내고야 마는 '코스모스(Cosmos)'다. '나'라는 우주에 다시 눈뜨고 있다. 불길은 차츰 잡히고 있다. 불씨가 아직 남아 때론 다시 치솟기도 하지만 이젠 소화기 대신 책을 보고 생각을 하고 글을 쓴다. 산책하고 명상을 하며 '내 감정의 주인은 나'임을 확인한다. 마음에 뿌리는 빨간약 소화기를 쥐고 언제든 안전핀 뽑고 손잡이를 "꽉" 움켜쥔다.

내가 정신 못 차려서 이런 일이 생긴 겁니까?

휴직을 결정하던 날. 혼자가 된 상실감보다 휴직 처리 과정에서 오히려 더 크게 마음을 다쳤다. 관리자는 나를 위로한답시고 훈계를 했다.

"엄마가 정신 똑바로 차리고 마음 단단히 먹어야지. 정신력이 그렇게 약해서 어떻게 딸들을 지키며 살 거냐!"

공자님 말씀은 하나도 위로가 되지 않았다. 오히려 아픈 상처에 소금을 뿌린 듯 쓰라렸다. 그냥 아무 말 없이 얼마나 힘드냐 손잡아 주었더라면 더 많은 위로가 전해졌을 거다. 말 안 해도 나도 다 아니까.

장례식 끝나고 특별휴가 일주일이 끝나자마자 병가 하루도 없이 한 학기 내내 출근했었다. 갑작스러운 도중하차로 업무 공석이 가져올 여파를 걱정해서 버티고 또 버텼다. 교무부장 업무 하나만으로도 벅찼던 시기에 미덥지 못한 안전부장이 해야 할 1억짜리 안전 체험관 공사 업무까지 내게 얹어주었다. 일에 파묻혀 슬플 겨를이 없게 뺑뺑이를 돌렸다. 그게 관리자의 위로 방식이었다. 휴직 직전 심각한 스트레스로 먹기만 하면 체했다. 몸무게는 급격히 떨어지며 피골이 상접했고, 교무실 바닥이 이마로 올라오는 어지럼증까지 왔다.

　휴직은 내가 사라질 것 같은 위기감에 내린 어려운 결단이었다. 매일 교무실에서 얼굴 보며 지냈던 관리자는 병 휴직 이야기를 꺼내자마자 숨겨두었던 속마음을 드러냈다. "딴 데서 교무할 사람 데리고 올 수 있었는데 왜 한다고 했냐"며 냅다 소리부터 질렀다. 비난의 화살은 그대로 비수가 되어 가슴에 박혔다.

　내가 이것밖에 안 되는 존재였던가? 지금까지 뭘 위해 누구를 위해 가정보다 학교를 먼저 챙기며 살아왔지? 열정을 다했던 지난 시간에 대해 회의가 찾아왔다. 사람 사는 곳 어딜 가나 내 맘 같지 않더라는 진리였다. 사람이 참 무서워졌다. 그 좋아했던 학교, 오만 정이 다 떨어져 나갔다.

　사회생활 속에서 '그럼에도 불구하고'를 이해받는 건 참 어려운 일이었다. 내 입장을 나만큼 이해할 수도 없고, 그런 배려심은 업무의 세계에서는 통하지 않았다. 무슨 사정이 있든 개인은 거대한 톱니바퀴 속에 숨은 그저 작은 나사 부품 하나에 불과했다. 휴직하고 상담 치료를 받는 동안에도 뜬금없이 불쑥불쑥 떠오르는 그 말. 말. 말….그 자리에서 시원하게 되받아치지 못한 아쉬움은 때론 억울함으로 분노로 미움으로 원망으로 곪아갔다. 휴직 연장을 위해 발 들여놓고 싶지 않았던 학교를 다시 찾았을 때도 학교는 아직 아물지 않은 상처를 또 휘저었다.

"그만큼 쉬었으면 이제 출근해도 되잖아?"

신경정신과 전문의가 심리검사와 상담 진행 과정을 고려해 발급한 진단서를 무시했다. 치료의 종결을 판단하는 건 학교가 아니다. 힘겹게 치료하고 있었고 아직 출근할 만큼 호전되지 않았었다. 치료 기간이 더 필요해 진단서를 근거로 휴직을 연장하겠다는데, 치료 종결을 말할 자격 없는 이가 함부로 그걸 판단하고 있었다. 함부로 휴직 연장을 해주면 감사에 걸린다며 휴직 연장을 거부했다.

교육청에 문의해 휴직 연장의 근거가 진단서임을 직접 확인했다. 휴직 연장으로 인한 감사 사유는 어떤 연관성도 찾지 못했다. 휴직을 연장하려면 다른 학교로 전출 가서 하라고 말했다. 관리자의 지위와 권한을 내세워 교사의 정당한 권리를 함부로 침해했다. 명백한 교권 침해이자 관리자 갑질이었다.

꽤 긴 시간을 그때 그 장면에 발목 잡혀 있었다. 관리자는 아무 생각 없이 돌 하나 던졌을 뿐인데 나는 맞아 죽을 뻔했다. 2년 가까이 상담 치료를 했지만, 사별 후 애도에 대한 치유보다 존재감 상실에 대해 허탈함을 치료하는 게 더 오래 걸렸다. 2년의 병 휴직을 마치고 타 시도 전입으로 새로운 학교로 복직했다. 갑질 연수를 받으면서 지난 시간이 고스란히 복기 되어 오열했다. 학급 내 하루 세 건의 학교 폭력 사건을 처리하며 정신적으로 힘들었다. 절박한 마음으로 '정혜신과 함께하는 심리적 CPR' 교사 상담 프로그램에 참여했다. 학생 상담을 위해 신청했는데 정작 내가 가장 힘들었던 기억이 떠올랐다. 덮어둔 상처는 곪아가고 있었다. 메타버스 웹 아일랜드라는 안전지대에는 내 이야기에 귀 기울여주는 공감의 여전사들이 가득했다. 묵혀 있던 내 안의 감정을 몽땅 꺼냈다. 공감이 필요한 곳에 정확한 CPR을 해주자 다시 가슴에 바람이 통했다. 다시 맞서 싸울 기세로 갑질 신고와 소송을 준비하던 나는 그 뜨거운 공을 그제야 가만히 내려놓았다. 상대할 가치 없는 이들에게 다시는 발목 잡혀 살지 않기로 했다.

뒤돌아볼 새도 없이 앞으로의 삶을 준비하고 지금을 채우는 곳에 내 소중한 에너지를 쓰기로 했다. 그들은 딱 그 시기에 나에게 필요한 악역이었을 뿐이다. 그 덕분에 내 분노는 남편에게 쏠리지 않고 분산되었던 게 아닐까? 쥐어 짜내듯 그 악역의 쓸모를 의미 있게 건져냈다. 유통기한 한참 지나버린 썩은 통조림 힘겹게 뚜껑 열어 헤집지 않고 그냥 폐기 처분했다. 그야말로 이젠 잘 가. 싹뚝이다. 내삶의 무대에서 퇴장시켰다. 이제 스포트라이트는 이 삶의 주인공인 '나'에게만 비춰야 할 시간이다.

비로소 지나온 시간 속의 내가 보였다. 외향적이고, 인정욕구가 강하고, 그 칭찬에 온몸을 내던지며 끊임없이 일을 만들었다. 운이 좋게도 결과가 늘 눈에 띄게 빛났다. 그게 잘 사는 건 줄 알았다. 남들도 다 승진을 위해 학교 일에 파묻혀 사니까 나도 그래야 하는 줄 알았다. 그 길을 가는 필수과정이니까 억울하고 분해도 그냥 참았다. 관리자와 교사 사이에 끼어 제대로 된 내 목소리를 내기보다 눈치 보고 맞춰주는 추임새 장단이었다. 거기엔 교실에서 아이들과 함께 있을 때 활기찬 내 모습이 없었다. 나다운 빛깔을 잃어버렸다. 교무실에서 온종일 공문서제조기가 되어가는 행정가의 삶은 그다지 나를 가슴 뛰게 하지 않았다. 휴직 후 학교를 떠나 있는 동안 굶주렸던 허기를 채우듯 나에게 집중하며 시간을 보냈다. 끊임없이 묻고 또 물었다.

'그래서 너는 앞으로는 어떻게 하고 싶은데?'

교실 속에서 아이들과 함께였을 때 빛나던 내가 떠올랐다. 이젠 온전히 내가 원하는 삶을 살기로 했다. 남 보기에 그럴듯해 보이는 타이틀에 매달리지 말고 실속있게 나를 채우며 살기로 했다. 아직 아이들과 나누고 싶은 이야기가 많아서인지 교실로 돌아갈 생각만 하면 다시 가슴이 뛰었다.

엄마가 정신 똑바로 차리고 살아야지 충고했던가? 처음부터 나는 정신줄 꽉 잡고 잘 살고 있었다. 때늦은 답변을 이제야 전한다. 그럼 나는 내 삶을 잘 챙기느라 바빠서 이만.

그래, 지금 이걸 겪어내기 딱 좋은 나이야

누구나 속을 까보면 남에게 말 못 할 사연 하나쯤을 갖고 산다. 장례식장에서 친구에게 처음 고백받았다. '이건 날벼락이야!'라고 외치는 내 모습을 보며 꽁꽁 숨겨두었던 아픈 손가락을 꺼내 보였다. 캐나다에 사는 언니도 딸아이 돌 무렵에 갑자기 사별했단다. 외국에서 마냥 행복해 보였던 그 언니도 혼자 딸을 키우고 있었다. 그녀는 그 모진 세월을 타국에서 어떻게 견디고 살아왔을지. 그래도 우리 딸들은 저만큼이라도 컸으니 다행인 건가?

장례식이 끝나고 세종에 내려왔을 때 후배가 집 앞으로 찾아왔다.

입맛 없어도 꼭 밥 챙겨 먹으라며 일부러 대전 맛집까지 가서 갈비 탕을 포장해왔다. 차 안에서 잠깐 서로의 안부를 물으며 나눈 대화 가 아직도 마음에 머문다. 한때 능력 있고 잘 나갔던 변호사 형부가 젊은 나이에 뇌출혈로 쓰러졌고 공무원인 언니가 아직도 형부 병시 중을 들며 워킹맘으로 살고 있다고 했다. 조카들이 점점 커갈수록 침대에서 아무것도 해주지 못하는 아빠를 이제 더는 보고 싶어 하지 않는다고 했다. 그러니 남편이 만약에 살았어도 어떻게 될지 모르는 상황일 수 있고 차라리 내가 고생하지 않게 된 것도 지나고 보면 다 행일 수 있다며 위로했다. 그래, 나도 그랬을 수도 있지. 그러므로 나는 지금 이 상황을 감사해야 하는 건가? 그냥 말없이 떠나준걸?

지인이 장례식이 끝난 뒤 한참 만에 전화를 했다. 칠십을 바라보 는 나이에 자식 없이 남편과 살고 있었다. 조문도 못 가보고 미안하 다고 하며 속을 꺼내 보였다. 남편이 그래도 이쁜 딸들 둘이나 남겨 주고 갔잖아. 당신은 자식 하나 없이 살아온 인생이라 남편 떠나면 진짜 혼자라고. 너무 슬퍼하지 말고 딸들 바라보며 힘내라고. 자식 이 없는 아픔을 가슴에 묻고 혼자 남겨질 당신의 걱정이 묵직하게 다가왔다. 그럼 남편은 나에게 선물을 남겨주고 간 건가? 앞으로 굽 이굽이 그 험한 길을 나 혼자 딸들을 데리고 어떻게 가야 하나 걱정 이 태산이었다. 그래도 혼자 가지 않게 여전사를 둘이나 남겨준 건가?

　칠십이 넘은 나이에 사업을 크게 하던 남편이 갑자기 죽어 혼자
된 지인도 있다. 자식도 없이 풍족한 경제력을 누리며 세상 부러울
것 없이 공주님처럼 살아왔다. 사후 처리 과정에서 수십억의 채무를
떠안을 엄두가 안 나 상속 포기를 했단다. 하루아침에 압류 딱지 가
득한 대궐 같던 집에서 쫓겨났다. 식당에서 일하며 숙식을 해결하고
1년 만에 겨우 방 한 칸 얻을 돈을 마련하며 악착같이 살고 있었다.
평소에는 아르바이트 두세 개를 뛰면서 어떻게든 혼자 살아내느라
외로울 틈이 없었다. 명절 때만 되면 아무도 없는 자기 신세가 너무
서럽고 안쓰럽다고 했다. 그분도 나에게 딸들이 있어서 얼마나 다행
이냐 부러워했다. 자식이 없어 평생 엄마 소리를 들어보지 못하셨다
길래 마음 나누는 딸이라 생각하시라며 엄마라 불러드리니 눈물을
흘리셨다. 그래도 나이 들어 혼자 되지 않고 회복 능력 왕성한 이 나
이에 혼자된 걸 감사해야 하는 건가? 나는 진짜 엄마여서 다행인 건
가?

　내 안의 슬픔에 갇혀 세상을 바라보는 눈이 삐딱해져 있었다. 나
를 위로해주려고 힘겹게 꺼낸 타인의 아픔 앞에서도 순수하게 공감
하지 못했다. 감사보다는 그래서 어쩌라고! 성난 황소처럼 들이받고
싶었다.

상담 선생님과 집 문제로 힘들었던 일을 꺼내놓다가 선생님 가정사를 듣게 되었다. 어느 날 갑자기 부도를 맞아 온 집안에 붙은 압류 딱지를 뒤로하고 빈 몸으로 나와야 하는 드라마 속 이야기였다. 삶의 안정기에 접어든 오십을 바라보는 나이에 모든 걸 잃고 처음부터 다시 시작해야 했다. 하지만, 그녀는 결연했다. 위기였지만 흔들리기 쉬운 이 나이에 전념해서 해결해야 할 새로운 목표가 생긴 거라 말했다. 얘들도 다 컸고, 아직 몸도 건강하고, 당장 할 수 있는 일이 있고, 그 일을 통해 남에 대한 격려가 오히려 힘을 주니 다행이라 말했다.

내 인생에서 어차피 겪어야 할 일이었다면 "그래, 지금 이걸 겪어내기 딱 좋은 나이야!"라며 헤쳐가고 있다 말했다. 유행가 가사처럼 사랑하기 딱 좋은 나이야만 외칠 게 아니었다. 내 운명을 사랑하는 '아모르 파티'하기에 지금이 가장 적기라고 정면 돌파했다. 위기 속에서 더 강해지는 근성이 내 것과 닮아 있었다. 서로 아픔의 색깔은 다를지언정 마음은 통했고, 우린 함께 울며 찌찌뽕을 외쳤다.

들춰보면 저마다의 아픔에는 굴곡진 인생 스토리가 담겨 있다. 누가 더 불행하고 누가 더 다행이라 비교할 수 없다. 누구도 함부로 타인의 인생에 종결어미를 찍을 수 없다. 하지만, 타인의 더 아픈 구석을 보며 내 상처가 더 가벼움에 감사했다. 저마다의 시련은 비교 불가지만 내게 감사한 것들만 다시 주섬주섬 헤아리는 중이다. 혼자가 아니라 딸이 둘이나 곁에 있어서 다행이고, 그 딸들이 엄마 손 많이 타지 않고 저만큼 커 주어서 다행이다. 일할 수 있는 직업이 있어 남에게 손 벌릴 일은 없어서 다행이고, 아직 건강하고 뭐든 다시 시작할 수 있는 나이여서 다행이다. 그날 도로 한 복판에서 운전 중에 쓰러지지 않아서 다행이고, 가족이 모두 함께 있는 곳에 데려다 놓고 떠나서 혼자 감당하기 어려웠을 상황을 피하게 해줘서 다행이다. 무엇보다 이만큼 시간이 지나주어 다행이고, 내 한숨이 조금 가벼워져서 다행이다.

'다행이다' 옷을 한 겹 두 겹 껴입다 보니 어느새 나도 모르게 '감사하다'를 읊고 있다. 2018년 9월 7일부터 하루에 세 가지 감사일기를 쓰기 시작했다. 처음엔 이벤트 같은 일에 감사했다. 매일 기록하다 보니 별다른 이벤트 없이 사소한 변화에도 감사하게 됐다. 하루에도 수십 번 출렁대던 마음이 고요해지던 순간에도 감사했다. 내가 만든 반찬이 맛있어도 감사했다. 마트에 갔는데 마침 세일이라 싼 가격에 장을 봐도 감사했다. 햇볕 좋은 날 베란다에 이불 빨래해서 널고 뽀송하게 말랐을 때도 감사했다. 감사를 그러모으다 보니 다섯 가지, 열 가지로 늘어났고, 스무 가지를 넘기는 날도 많아졌다. 별것 아닌 것에도 호들갑 떨며 별스럽게 감사했다.

지금은 매일 아침 눈 뜨자마자 긍정 확언을 외친다. 새벽 루틴으로 명상을 하며 감사일기를 쓴다. 하루의 시작을 불평과 푸념이 아닌 나의 수고로움을 칭찬하고 내 소소한 일상에 대한 감사로 채우는 힘. 내 한숨이 깃털처럼 가벼워지는 비법이다. 미라클 모닝은 신새벽에 잠만 깬다고 되는 게 아니다. 그 시간을 무엇으로 채우는가로 미라클은 시작된다. 1,500자 넘어가는 감사일기 속에 기적은 이미 일어나고 있다.

곪아 터진 가슴을 세상 밖으로 꺼내다

　꼭꼭 숨었다. 휴직과 동시에 지인들과 연락을 '뚝' 끊었다. 관리자들에게 깊은 상처를 받고 떠난 학교였기에 학교와 관련된 모든 인연조차 듣추고 싶지 않았다. 내가 이런 일을 당했다는 억울함과 푸념이 입 밖으로 새 나갈 것만 같았다. 그래서 '꾹' 입을 다물었다. 맞서 싸울 에너지가 없었다. 조금이라도 에너지를 긁어모아 나와 아이들을 추스르는 데 써야 했다. 해결되지 못한 껄끄러움은 아직도 여전하다. 그렇게 판도라 상자를 굳게 닫고 세종에서의 모든 인연을 봉인해버렸다.

　사람들 속에서 늘 나누고 북적거리던 일상을 내려놓고 온전히 혼

자가 되었다. 워킹맘이 전업주부가 되었고 아는 사람 하나 없는 곳
으로 이사를 왔다. 새로운 가면을 뒤집어썼다. 내게 무슨 일이 있었
는지 아무도 아는 사람이 없었다. 다시 자유인이 되었다. 스스로 멈
춤 버튼을 누르고 여태껏 살아보지 않은 휴직자의 삶을 선택했지만
그래도 시시때때로 외로웠다.

휴직 후 6개월이 지나고 나서야 우울함을 벗어나고 싶어 새로운
일에 도전해보기로 했다. 2019년 새해를 맞이하며 주민센터에서 캘
리그라피를 배우기 시작했다. 초급부터 함께 시작한 이웃 주민들은
나보다 한참 언니들이었다. 막내인 나는 눈치껏 조용히 분위기 맞
춰주기가 내 임무였다. 붓잡이 동기들은 획 긋기부터 함께 시작하며
작은 변화에도 크게 공감해줬다. 붓끝을 동그랗게 말아 긋는 '역입'
에서부터 곁눈질해가며 어깨너머로 주워 담은 배움이 가득했다. 매
주 월요일 10시부터 12시까지 3개월 단위로 초급, 중급, 고급 과정
을 뚜벅뚜벅 함께했다. 나이를 초월해 끈끈한 전우애가 쌓였다. 여
덟 명으로 출발한 동기들은 중간에 아홉 명으로 늘었다가 이사, 공
부 등의 사연으로 고급 과정은 결국 여섯 명만 남았다.

고급 과정을 마치고 단합대회를 했다. 생선구이, 갈치 조림, 김치
찌개에 맛있는 점심을 먹고 이야기는 2차로 카페에서까지 이어졌

다. 간 보기는 10개월로 끝났다. 내 이야기를 그제야 꺼내놓을 용기
가 생겼다. 차 마시며 내가 먼저 꺼냈다. 남편과는 준비 없이 사별했
고, 이사 후 아이들로 인해 힘든 시간을 보내며 심리치료를 위해 캘
리를 하게 됐는데 언니들 덕분에 즐겁게 배울 수 있어서 감사하다
고. 늘 밝게 웃어서 전혀 상상도 못 했다며 놀랐다. 내 이야기에 함
께 울어주며 격려해줬다. 그게 시작이었다. 다들 가슴 속 아픔을 꺼
내놓으며 공개 릴레이가 이어졌다. 지금은 신경정신과 상담 치료가
보편화되었다. 하지만 오륙십 대 언니들 연배에서 가족들과의 갈등
은 그저 참고 인내해야 하는 속앓이 숙제였다. 다들 책 한 권씩 쓸
만큼 구구절절한 이야기들을 끌어안고 살고 있었다. 나만 아프고 슬
프고 힘든 게 아니었다. 타인의 아픔을 들여다보며 내 아픔이 별거
아닌 듯 조금씩 무뎌졌다.

　2020년 1월 즈음. 실천 교사 모임에 나갔다가 그림책에 관심 있
는 몇몇 선생님들과 연구회를 만들어 보기로 했다. 옆자리에 앉았던
선생님들과 의기투합을 했었다. 그 뒤로 매주 토요일 오전 10시 과
천 타샤의 책방에서 그림책 독서 모임이 시작됐다. "겨우내 꽁꽁 얼
었던 눈이 녹으면?" 질문에 물이 된다는 식상한 답보다 "봄이 와요!"
할 수 있는 감성을 채우는 곳이 '그림책 약방, 눈 봄'이다. 열아홉 명
의 그림책 빠순이 선생님들의 열정 가득한 배움은 계속되었다. 마음

은 있었어도 학교를 쉬고 있는 내가 당장 써먹을 수 있는 것도 아니었다. 괜한 시간 낭비인가 싶어 카톡방으로 공유되는 소식에 눈빛만 날리며 먼 산 바라보듯 구경했다.

깨똑! 그림책 저자 특강이 있다며 초대장이 날아들었다. 『세상에서 가장 힘이 센 말』의 작가 이달, 힘이 센 작가와의 만남' 제목이 주는 강렬한 흡입력에 이끌렸다. 작가로부터 생생한 그림책 이야기를 들을 수 있다기에 나도 꼭 함께하고 싶었다. 아니! 그 '센' 말을 듣고 힘을 좀 얻고 싶었나 보다. 용기 내어 약방에 처음 발을 들였다.

올해 만난 그림책 중 인상 깊은 책 이어가기 시간이었다. 그림책 전문가 선생님들이라 골라온 책마다 고개가 끄덕여지고 눈빛이 빛나게 했다. 첫인사 기념으로 내가 제일 먼저 『천둥 치는 밤에』 그림책을 소개했다. 큰딸이 희망학교 교육봉사에서 보고 와서 꼭 같이 읽고 싶다고 추천했다. 책이 도착한 날, 저녁 식탁에서 두 딸과 돌아가며 낭독회를 하며 세 모녀가 다시 그림책을 함께 읽었다.

소년은 무서움에 떨며 잠 못 이루다 문득 떠오르던 수천 가지 질문들이 떠올랐다. 무한의 끝은 어디일까? 하늘에 구멍을 뚫으면 무한이 보일까? 정말 황당하고 답이 없는 질문들이 이어졌다. 그러다가 우리는 어디에서 왔지? 나는 누굴까? 범상치 않은 질문들이 계속

되었다. 정말 내 앞날을 나 혼자서 헤쳐나가야 하는 걸까? 나는 불행한 일을 한 번도 겪지 않고 살 수 있을까? 누군가가 하늘에서 날 지켜줄까? '운명', 그게 도대체 정확하게 뭘까? 우연은 뭐지? 누가 그걸 정하지? 이 세상의 끝이란 게 있을까? 우리가 영원히 산다면? 끝도 없는 질문이 이어졌다. 결국 영원히 산다면 지구의 신비와 우주의 신비를 이해하고 어디서나 친구를 사귈 수 있어서 정말 신날 거라는 긍정적인 희망 메시지로 끝난다.

삶과 죽음을 관통하는 제법 묵직한 질문들과 마주했다. 살다 보니 '천둥 치는 날'은 날씨에서만 오는 게 아니었다. 어느 날 내게 갑작스럽게 다가온 남편과의 이별도 우르르 쾅쾅 천둥 번개였다. 당연하고 막연했던 삶과 죽음은 먼 이야기가 아닌 내 이야기가 되었다. '나에게 왜?'라는 의문이 '그래서 아!'가 되기까지 수많은 질문과 성찰을 함께하는 중이다. 그리고 이제는 메멘토 모리(네 죽음을 기억하라)하고 아모르 파티(네 운명을 사랑하라)를 준비하고 있다. 그림책은 내게 지난 시간으로 돌아가 천둥치는 밤이 더 이상 무섭지 않다고 조용히 속삭여주었다. 그렇게 그림책에 기대어 낯선 사람들 앞에서 가장 아픈 손가락을 꺼내 보였다. 그림책 약방에 갈 때면 마음에 새싹이 돋고 꽃이 핀다. 그림책 속 세상이 내 삶에도 가득하다. 매월 첫째 토요일 10시면 나는 또 약 챙겨 먹으러 '뜻밖의 여행'을 떠난다.

괜찮은 하루, 썩 괜찮은 나를 만난다.

　속으로 곪아가는 상처는 더 이상 감추면 안 된다. 꺼내 보이고 그 속에 있는 피고름을 '쭉' 짜내야 한다. 새 살이 돋아날 공간을 억지로라도 만들어줘야 한다. 내 아픔은 창피한 게 아니었다. 그럼에도 나는 지금을 잘 살아내고 있다는 내 '배경음악' 같은 거다. 울타리를 걷어내고 내가 먼저 세상 밖으로 나가니 내게 손잡아 주는 사람들이 넘쳐났다. 새살은 그렇게 돋아났다.

딸이 네 남편이냐?

"엄마, 저 자취하면 안 돼요?"

대학생이 된 큰딸이 1시간 반 걸려 서울로 통학하면서 통금시간 해제를 쟁취했다. 다음 단계는 자취였다. 전철을 세 번씩이나 갈아 타고 전철역에서 또 버스 타야 하는 통학길이 힘들었을 거다. 통금 시간 조정이야 좀 늦더라도 집에 들어오는 건 확실하니 접수했다. 자취는 전혀 다른 문제였다. 온전히 자기 삶에 책임져야 하는 어른 이 할 수 있는 영역이었다.

집세, 생활비, 살림살이, 시간 관리 등 혼자 살 때 온전히 해결해야 할 여러 잡다한 문제들이 동시다발적으로 떠올랐다. 게다가 한창 혈기 왕성한 청춘이 무방비로 해방된 그 자유를 어찌 감당할지 아찔했다. 단칼에 단호박을 내리쳤다.

"안돼! 그럼 엄마는 어떡하라고! 엄마가 휴직해서 그나마 너희들 챙겨줄 수 있을 때 엄마 곁에 있어. 아직은 엄마한테도 네가 필요해. 독립을 시킬 마음의 준비가 안 됐다고!"

구구절절 안되는 이유를 대다가 결국 나한테 네가 필요하다, 지금 엄마한테는 너희들밖에 없는데 굳이 지금 엄마 곁을 떠나야겠냐며 매달렸다. 바람 난 남편 바짓가랑이 붙잡고 매달리는 조강지처. 딱 그 모양새였다.

일단 독립시킬 만큼의 충분한 여윳돈이 없었다. 휴직으로 월급이 반 토막 났고 생활비조차 빠듯한 상황에서 두 집 살림이라니. 스스로 온전한 경제적 독립으로 자취를 하는 거라면 대환영했을 거다. 돈은 나한테 얻다가 자유로운 공간을 소비하겠다니 내겐 그저 사치였다. 자기 힘으로 준비해서 독립하라고 했다. 내가 줄 수 있는 건 한 달 용돈 정도이니 보증금, 월세, 살림살이 장만할 경제적 독립이 되면 그때 다시 얘기하자고 단칼에 선을 그었다.

독립투사가 된 큰딸. 학교 근처에 방을 알아보고, 청년 독립자금을 지원하는 은행 대출을 알아보고, 생활비 지원을 받을 수 있는 각종 서비스를 샅샅이 뒤지고 다녔다. 과외 아르바이트를 늘리고 맘시터 도우미, 서빙 아르바이트까지 알아보며 독립자금을 모았다. 스무살이 독립적으로 제 삶을 경영해보겠다는 말. 옆집 친구 딸 이야기였으면 나도 손뼉 치며 응원했을 거다. 얼마나 기특하냐고. 내 딸 이야기가 됐을 땐 그 야무진 독립 준비과정이 그냥 나 버리고 제 살길 찾아가겠다는 이기적인 몸짓으로 보였다. 서운했고 섭섭했고 괘씸했다. 내 딸 옆에 그냥 서 있던 남의 집 귀한 아들내미도 함께 싸잡아 미웠다.

자취 문제로 날이 서 있던 날, 설전이 오갔다. 잠자리에 누워도 귓가에 맴도는 서운한 말들을 곱씹으며 분이 풀리지 않았다. 뭔가 충격요법이 필요하다 싶어 다음날 눈 뜨자마자 집을 나와버렸다. 핸드폰도 꺼버렸다. 내가 이만큼 속상하다는 걸 똑같이 갚아 주고 싶었다. 어디 너도 한번 당해 봐라.

하루가 참 길었다. 카페, 식당, 책방을 전전하다 저녁이 다 돼서야 집으로 향했다. 집 앞 건널목에 서 있는데 반대편에 큰딸이 서 있었다. 길 건너 전철역으로 가는 듯 보였다. 엄마가 종일 연락도 안 되고 가출했는데 너는 외출을 하시겠다? 옷차림을 보아하니 엄마를 찾아 나서는 딸은 아니었고, 남자친구 만나러 가는 청춘 모드였다. 순간, 내가 건널목을 건너며 서로 얼굴을 마주쳤을 때 과연 너는 나를 버리고 가던 길을 계속 가면 어쩌지? 내가 한없이 초라해질지 모르는 상황이 그려졌다. 그냥 고개를 푹 숙이고 모르는 척하며 길을 건넜다. 나는 더 이상 엄마가 아니라 지나가는 행인 1이었다.

분노 게이지가 솟구쳤고, 심장은 두근거렸다. 다리에 힘이 풀렸다. 내 하루의 방황은 그냥 혼자만의 청승이었다. 집에는 도저히 못 들어가겠고, 차 안에서 음악 틀어놓고 대성통곡을 했다. 딱 분노 조절 능력 상실한 미친 엄마였다.

'너한테 나는 이것밖에 안 되는 거였어? 내가 어떤 걸 포기하고 너를 위해 여기까지 왔는데 어떻게 나한테 이럴 수가 있어. 나보다 남자친구가 그렇게 소중해? 괘씸한 년…. 할 줄도 모르는 욕까지 끼얹으며 악다구니를 썼다.

처음 상담을 시작했을 때, 의사 선생님은 감정 조절이 안 되고 우울증이 심해 상담 치료와 더불어 약물치료를 병행하자고 했다. 위급시에 먹을 수 있는 항우울제 약도 처방해주셨다. 약에 의존하는 환자가 되고 싶지는 않았다. 약을 지어놓고도 알량한 자존심과 불안감에 손도 대지 않았다. 그런데 그날 밤은 거부하던 그 약을 꿀꺽 삼켰다. 요동치던 심장이 잠잠해졌고, 다음 날 아침 수면제 효과로 온종일 정신은 몽롱했다. 나 좀 제발 어떻게 해달라는 심정으로 신경정신과 주치의를 다시 찾았다.

"어머니, 그럼 어머니가 느끼는 외로움을 스무 살 아이가 그대로 똑같이 느껴주기를 바라세요? 우울증 약 같이 먹어가며 함께 끌어안고 울어주기를 원하세요? 딸이 자기 삶을 신나고 즐겁게 살아가겠다는 건 감사해야 할 일이에요. 왜 딸내미 발목을 잡고 나 좀 봐달라 매달리고 계시냐고요!"

호통치셨다. 정신이 번쩍 났다. 분리 독립이 안 된 초보 엄마가 또 헷갈렸다. 내 슬프고 불안한 정서를 아이에게 투사해 나와 똑같은 심정으로 공감받으려 했다. '나는 너 없이는 안 돼'를 외치며 물귀신 엄마가 돼 있었다. 내가 내 딸을 망치고 있었구나!

'정신 차려라! 이 똥 방귀 엄마야! 딸이 네 남편이냐? 딸은 딸이고 남편은 남편이야. 남편의 빈 자리는 누구도 채워줄 수 없는 대체 불가의 자리다. 왜 그걸 채우려고 용을 쓰냐. 넌….'

한바탕 요란스럽게 독립운동 만만세가 지나갔다. 큰딸은 의기양양하게 자취를 시작하며 거국적인 독립기념일을 맞았다. 우리 집엔 새로운 가훈이 생겼다.

"나의 삶은 나의 것! 너의 삶은 너의 것! 나는 내가 될 테니, 너는 네가 돼라!"

태극기 높이 들고 엄마 독립운동이 다시 시작됐다.

초등학교 입학 후 첫 아이 첫 시험에 내가 더 떨렸다. 첫 아이 첫 독립에도 여전히 긴장했다. 엄마는 매 순간이 처음이라 당황한다. 아무리 어른인 척해봐도 그리 대범하지 못한 졸보란 걸 결국 들키고 만다. 내 인생 맡겨도 좋겠다 싶어 결혼한 남편의 빈자리를 딸한테서 채우려 했다. 이제 막 성인이 된 스무 살 딸에게 가혹한 짐을 얹었다. 아빠 잃은 자기 슬픔을 달래기도 힘들었던 시기였다. 엄마까지 물귀신이 되어 매달렸으니 어쩌면 생존본능으로 독립했던 게 아닌가 싶다. 적당한 거리두기 덕분에 너와 나 사이에 바람이 통했을 거다.

이젠 딸한테 의지하는 엄마가 아니라 딸이 나에게 마음껏 기댈 수 있는 엄마가 되고 싶다. 엄마 품종개량은 아직도 계속되는 중이다.

아직도 우린 답을 찾는 중

산타는 늘 선물을 가져온다. 그냥 뭐라도 머리맡에 올려져 있으면 양말 한 짝이라도 특별한 선물이 된다. 종교가 뭐든 간에 산타가 있다고 믿으면 그냥 행복해진다.

초등학교 다니던 시절엔 산타 잡기 대작전에도 참가했다. 산타가 이른 새벽에 왔다 가니까 더 일찍 일어나 그 현장을 목격하자고 동네 친구들과 산타 잡기 대작전을 했었다. 새벽에 일어나 단단히 벼르고 대문 앞을 지켰다. 완전무장하고 보초를 서며 길모퉁이를 돌아 우리 동네 골목길로 들어서는 산타를 기다렸다. 얼마나 간절히 상상하며 기다렸던지 비몽사몽간에 산타 환상을 본 것 같기도 하다. 아니 분명히 봤다고 생생한 증언자로 목청을 높였다.

큰딸이 6살 때, 유치원에서 꽤 그럴듯한 산타 맞이 행사를 했었다. 크리스마스이브 늦은 밤, 아파트 단지 내 유치원 앞에 나와 밤하늘을 바라보며 하늘에서 내려오는 산타를 기다렸다. 쇼인 줄 뻔히 알았지만, 그 순간만큼은 어린 시절 새벽 골목길을 지키던 추억이 소환됐다. 다 함께 눈을 감고 카운트다운을 했더니 수염 덥수룩한 산타가 나타났다. 예상 시나리오대로 아이들 이름을 차례대로 부르며 선물을 안겨줬다.

반전은 그다음이었다. 유치원 다니던 큰딸이 선물을 받자, 4살 동생은 그저 부러운 눈으로 산타를 쳐다보고 있었다. 그런데 산타가 동생 이름까지 불러주고 선물을 안겨주며 "언니랑 사이좋게 지내렴." 하고 말하는 거다.

세상 다정한 산타였다. 그 순간 산타는 두 자매에게 의심 불가 절대 신이 되었다. 다른 친구들 동생은 안 준 선물을 내 동생만 받았으니 산타는 특별히 우리를 더 사랑한다고 확신했다. 전날, 언니 선물과 함께 동생 것까지 챙겨 보낸 이 엄마의 미션은 지금까지도 일급 비밀이다.

믿거나 말거나 6학년이 될 때까지 큰딸은 크리스마스이브에 산타를 위해 따뜻한 우유 한 잔과 각설탕을 식탁에 준비해놓고 잠들었다. 어느 책에서 그렇게 해두면 산타가 우유를 마시고 설탕 가루를 흩어 놓으며 자신의 흔적을 남기고 간다고 했다. 매년 편지와 함께 산타 선물을 장만해서 두 딸 머리맡에 올려놓는 초특급 비밀작전을 수행했다. 국어 교과서에서 산타가 부모님이라는 글을 읽고 온 날, 충격에 빠진 큰딸의 얼굴을 잊을 수 없다. 교과서 집필진은 그렇게 동심을 산산이 부숴버렸다.

2017년 크리스마스에 아빠는 진짜 산타가 됐다. 이젠 혼자 산타 선물을 준비한다. 1주기를 앞두고는 아빠 온기 느끼며 잘 자라고 세 모녀 커플 수면 잠옷을 준비했다. 그런 작은 선물 이벤트에라도 기대서 그날의 슬픔 농도를 조금이라도 희석해보고 싶었다. 수면 잠옷이라 보드라운 촉감이 마음마저 감싸주었다. 폭풍우 치던 밤을 포근한 밤으로 편집했다.

2주기를 앞두고 처음으로 혼자 추모 공원을 찾았다. 운전하고 오가다 또 어느 포인트에 울컥증 버튼이 눌러 질지 몰라 추모 공원까지 2시간 넘게 전철 타고 택시 타고 갔다. 도착하자마자 따뜻한 차를 손으로 감싸며 한숨 돌렸다. 배경음악으로 김수철의 '못다 핀 꽃 한 송이'가 흘러나왔다. 언제 가셨는데 안 오시나. 한 잎 두고 가신님아. 그는 딱 못다 핀 꽃 한 송이였다. 마흔여섯이면 정말 한창 꽃피울 나이였는데…. 나보다 세 살 위여서 그가 떠난 나이가 그렇게 젊은 나이였는지 실감하지 못했다. 내가 그 나이는 넘어서고 보니 그 꽃이 한없이 아쉽다. 오래 피는 꽃도 있고 짧은 순간 누구보다 화려한 꽃을 피우는 꽃도 있다. 꽃마다 생의 주기가 다름을 알면서도 사람 꽃은 다를 거라 착각한다. 특히 내 가족 꽃만큼은 절대 지지 않고 오래 펴있길 바란다. 애잔했던 그 노래를 다시 고쳐 부른다. 그는 못다 핀 꽃 한 송이가 아니라 자기만의 꽃을 활짝 피웠던 거다. 단절이 아닌 '완성'이었다.

2주기 크리스마스에는 대놓고 산타를 맞았다. 파티 분위기에 제사를 끼워 넣어 뭔지 모르게 얼떨결에 넘어가는 작전이었다. 음식은 전통적인 제사음식 말고 각자 먹고 싶은 음식으로 주문했다. 큰딸은 찬 바람 불 때부터 아빠랑 마지막으로 맛있게 먹었던 과메기를 주문했고, 둘째는 한결같이 치킨이다. 나는 양장피와 피자를 주문 목록에 넣었다. 신버전 제사상을 차린다고 했어도 제사 예의상 밥, 국, 모둠전과 삼색 나물은 올려야 할 것 같아 격식 있는 제사상을 외면할 수도 없었다. 남의 시선에 신경 쓰지 않는 나나랜드는 아직도 멀었다.

아직 각자 품어야 할 슬픔의 무게가 달라 함께 모여 제사장 차리고 고인을 추모하는 게 솔직히 자신 없었다. 남편 살아생전에 네 형제가 시댁 근처 아파트에 모여 살면서 매주 주말마다 시댁에 모여 온 가족 생일을 함께 챙기며 살았다. 그래서 더 추억이 많았고 그만큼 아픔의 농도는 짙었다. 가족이 함께 모이면 남편의 부재가 또렷해졌다. 돌아서서 각자의 슬픔을 추스르느라 힘겨웠다. 그래도 공식적인 자리를 마련하는 건 내 몫이었다. 까짓것, 그래 봤자 눈물밖에 더 나오겠어? 함께 모여 웃고 떠들다가 불쑥 생각나면 울면 되고 울다 울다 지치면 언젠가는 마를 날도 오겠지. 호기롭게 모였지만 역시 함께하는 자리는 아직도 한없이 무거웠다. 아직 우리에겐 더 많은 시간이 필요한가 보다.

매년 크리스마스에 진짜 산타를 만난다. 딸들에게는 아빠 산타고, 나에게는 서방님 산타다. 그렇게 각자의 산타를 만나 그리움과 슬픔을 달래줄 위로와 격려의 선물을 받았으면 좋겠다. 그 산타, 늙지도 않고 젊은 오빠여서 아이돌 산타일지도 모른다. 흰 수염도 하나 없는 방부제 꽃미남에 푸 닮은 푹신한 뱃살도 매력적일 테다. 퇴직하면 헬스 트레이너가 돼서 뱃살 쏙 뺄 거라며 허풍 떨곤 했다. 진짜 산타 됐으니 그 뱃살 뺄 필요도 없겠다.

'크리스마스 파티 상 차려놓고 매년 당신 기다리는 우리 있으니 여

보 산타는 참 좋겠수….'

　산타가 된 아빠. 그게 어떤 선물인지 아직도 우린 답을 찾는 중이
다. 아니, 어쩌면 끝까지 살아봐야 나오는 답일지도 모른다. 우리 가
족에게 왜 이런 일이? 질문에 답을 찾다 보면 내가 뭘 잘못했나 후비
고 파내며 자책했다. 꼭 나여서가 아니라 누구에나 일어날 수 있는
일이고 내 잘못이 아니라 되새겼다. 나한테는 절대 일어나서는 안
되는 일 따위 세상엔 없다.

3장

회복의
시간

제대로
나를 돌보기
시작했습니다

3년 고개를 넘어서다

2017.12.23. 우리에게 크리스마스는 없었다. 크리스마스를 앞두고 남편은 영원히 산타가 되었다. 세상 사람들 너나없이 즐거운 그 시간에 우린 장례식장에서 세상 슬픔을 모두 끌어안고 울었다.

1년 후. 장례식장에서의 슬픈 정서가 세포에 스며들었는지 크리스마스가 다가올 때부터 스멀스멀 울컥증이 올라왔다. 떠난 남편을 산타로 포장하며 슬픔을 멀찌감치 떼어놓았다. 매년 산타 선물을 챙겨주던 습관이 다시 이벤트 본능을 흔들어 깨웠다. 수면 잠옷 세 벌을 사다가 즉석 뽑기를 해서 골라 입었다. 아빠가 따뜻하게 자라고 하늘나라에서 보내줬다고 믿고 싶은 뼝을 입고 꿈나라에서 기다렸다. 우리 집 산타는 그렇게 부활했다. 오지 않을 산타를 밤새 기다렸다.

2년 후. 아빠 제사를 지내기 위해 우리 집에 가족이 오는 것을 결사반대하는 딸. 아빠를 아직도 못 보내겠다는 절규였다. 그냥 지나갈 수는 없어 차선책으로 꺼낸 카드가 크리스마스 파티였다. 제사 말고 파티를 하자고. 가족들도 아빠에게 주고 싶은 맛있는 간식 하나씩 들고 와서 추선상을 차렸다. 과일, 케이크, 과일 젤리, 과자 등 푸짐해졌다. 오랜만에 가족과 함께하는 파티를 즐기며 추억 속의 아빠를, 남편을, 오빠를, 삼촌을 차례차례 각자의 마음속에 불러왔다. 큰딸이 만든 감자수프, 큰딸이 좋아하는 연어 샐러드, 큰딸이 아빠와 함께 맛있게 먹었던 과메기, 둘째 딸이 조물조물 만든 유부초밥, 내가 구운 훈제 치킨까지. 온 가족 모여 생일 파티하던 예전처럼 파티를 즐겼다. 화기애애 왁자지껄했던 파티 속에 남편 없는 빈 자리가 더 또렷이 보였다. 슬픔을 구겨 넣느라 심리적 에너지가 바닥을 쳤다. 파티 후유증으로 그날 밤 입술 포진이 여지없이 터졌고, 상처는 꽤 오래갔다. 다시는 파티 안 해! 선언했다.

3년 후. 크리스마스를 기다렸다. '배우자상은 극복하는 데 3년 걸린다'고 말했던 누군가의 위로에 '그래, 어디 한 번 3년 후에 진짜 팬 찾아지나 보자!' 오기가 발동했다. 일단 3년만 잘 버텨보자며 머리에 띠 두르고 농성하듯 버티고 버텼다. 나에게 왜 이런 일이? 뭐가 잘 못됐지? 수많은 후회와 자책을 일단은 묻어두고 3년 후에 다시 답을 찾자고 기다렸다. 3년간 나를 채우며 맞이한 크리스마스는 다시 설렘을 흔들어 깨웠다. 코로나 비상시국으로 가족 모임은 불가했고, 조용히 세 모녀 파티를 즐겼다.

크리스마스이브를 기다리며 두 딸은 버터 쿠키를 구웠다. 향냄새 대신 쿠키 냄새로 가득했던 그 밤, 슬픔은 끼어들 틈이 없었다. 잠자던 슬픔까지 소환하는 전통적인 제사상은 걷어냈다. 아빠를 기쁘게 하고 우리도 즐거운 파티 버전 추선상을 차렸다. 일단 크리스마스에 어울리는 빨간 과일 중에는 아빠가 제일 좋아했던 사과랑 딸기가 당첨됐다. 좋아했던 간식은 꼬깔콘, 딸기 맛 요플레, 바나나 우유였다. 사진은 그동안 꺼내놓지도 못했다. 큰딸은 혼자 있는 사진은 너무 외로워 보인다고 함께 있는 가족사진을 꺼냈다. 영정사진은 장례식장을 기억나게 하지만 가족사진은 추억을 불러왔다. 촛불 대신 첫눈 오는 날 불 밝히는 트리를 꺼냈다. 트리 목각 장식품, 산타 양말, 아빠를 상징하는 곰돌이 푸 인형 등 크리스마스 소품들로 장식했다. 추선 법요를 마치고 가족사진을 바라보며 3년 고개 함께 넘느라 애썼다고 서로를 칭찬했다. '아빠 찬스' 소원성취 쿠폰이 있다며, 제일

원하는 거 하나씩을 말했다. 과연 아빠는 그 소원 진짜 들어줬을까?

3주기를 무사히 마치고 크리스마스 이브에 제과제빵 국가 기술 자격증을 가진 둘째가 세상에서 가장 맛있는 딸기 생크림 케이크를 만들었다. 직접 구운 초콜릿 시트에 딸기로 속을 꽉 채우고 생크림을 직접 만들어 기가 막힌 아이싱 실력으로 덮어주었다. 딸기로 장식한 산타 마을 생크림 케이크는 맛도 모양도 최고였다. 탄성이 절로 나왔다. 유튜버 제빵사는 촬영 삼매경이고 나는 생크림 폭격 맞은 식탁을 다 치우는 게 남겨진 특수임무였다. 심란한 틈이 없었다. 행주들고 생크림으로 기름진 식탁을 닦아냈다. 3년간 마음에 끼어 있던 기름때까지 박박 닦아냈다.

막내가 엄마와 언니를 위한 특별 선물도 준비했다. 언젠가 마라탕을 포장해오다가 빵집 앞 자작나무 트리를 보자마자 정신 팔려서 바라보던 나를 기억했단다. 현관 앞에 커다란 상자가 세 개나 도착했다. 드디어 언박싱 하는 순간, 산타 선물에 호들갑 떠는 엄마 얼굴에 슬픔은 끼어들지 못했다. 자작나무 가지를 구부리고 코튼 볼과 나무 인형까지 장식하는 재미가 쏠쏠했다. 그렇게 막둥이는 엄마에게 다시 웃음과 호들갑을 선물했다. 화려한 자작나무 트리 점등식에 물개 박수와 환호는 자동 발사되었고 불타는 밤은 계속됐다. 가족 포토존에서 밤새 추억을 담았다. 하나가 빠진 '넷'이 아니라 우리만으로 가득 찬 '셋'을 수없이 찍고 또 찍었다.

    이제야 답을 쓴다. 3년 후에 '나에게 왜 이런 일이?'에 대한 답을 찾겠다며 결연했다. 3년 고개를 넘어선 크리스마스 아침에도 변함 없이 만 보를 걸었다. 걷고 있는 내 다리에 집중하다 보니 문득 드는 생각 하나. 그를 만나기 전 25년 동안 나는 내 삶을 걸었던 '나'였다. 남편을 만나서 18년을 함께 걸었고, 걷다 보니 두 딸도 같이 걷게 되었다. 남편은 함께 걷던 이 길 말고 더 중요하고 급한 다른 길을 걸어야 했는지 바쁘게 사라졌다. 말도 없이 왜? 어디 갔지? 혼란스럽긴 했지만 나는 여전히 두 딸과 가던 길을 계속 걷고 있다. 앞으로도 이렇게 내 길을 그냥 걸어가면 된다. 처음부터 그는 없었고 나는 처음부터 지금까지 계속 내 길을 가는 중이다. 그냥 이대로 가면 되는 거다. 멈추지 말고 '나답게' 내 길을 걷고 또 걸으면 된다. 마이웨이의 철학은 이럴 때 꺼내쓰라고 있는 거다.

    이게 3년 고개를 넘어서며 얻은 나만의 답이었다. 그대, 아무 걱정하지 말라며 머릿속 배경음악도 넌지시 힌트를 준다. 머리 위 보름달은 계속 차오르고 있다.

과부? 과하게 부러운 여자로 살면 되잖아!

내가 가진 좋은 걸 나만 모르고 있다는 친구의 충고. 그건 반전이었다. 지금껏 외롭고 힘든 시간을 견뎌야 한다며 '애도 기간'이라 머리띠 두르고 나 자신을 꽁꽁 묶어놓았다. 아직 웃으면 안 된다는 스스로가 내린 형벌이 늘 따라다녔었다. 그냥 서로에 대한 의리이자 예의라 생각했다.

3주기를 넘어서고 설날을 맞이하며 내 마음에도 다시 봄꽃 피어났다. 나이 한 살을 더 먹을 테고, 사십 대 중반을 넘어섰다. 젊은 나이다. 화장기 없는 얼굴도 아직은 괜찮다. 충분히 매력적이다. 사랑에 실패한 게 아니었다. 사별했고 '과부'가 되었다는 부정적 타이틀을 걷어내고 다시 내 삶의 주인공이 되어보기로 마음먹었다. 과부? 그게 별거냐! 이제부터 '과'하게 '부'러운 여자로 살면 되잖아!

스물다섯. 가장 젊고 예쁠 때 첫선 본 사람과 사랑에 빠졌다. 한바탕 꿈꾸듯 충분히 사랑받으며 18년간 잘 살았다. 건강하고 우수한 유전자를 물려준 두 딸은 눈썹 한 올까지도 어쩜 그리도 잘 뽑아냈는지 신통방통하다. 일찍 결혼해서 젊을 때 육아 시절을 졸업해서 그런지 나름 동안이다. 대학생 딸들과 다니면 큰 언니냐는 식당 주인의 접대성 멘트에 어깨도 으쓱해진다. 가장 예쁜 시간을 그 사람에게 선물한 거였다. 선물의 대가로 그는 마냥 보호받고 기댈 수 있는 든든한 어깨를 내주었다. 그가 떠나 내가 홀로 남은 게 아니라 첫 번째 예쁜 사랑은 그냥 그렇게 제1막을 내린 거다. 내 결혼 스토리가 그냥 그런 거다. 내 탓도 아니고 그의 탓도 아니고 누구의 탓도 아니다. 분명한 건, 결혼 이야기만 끝났을 뿐 내 삶은 아직 끝이 아니라는 사실이다.

1막은 내렸고, 지금 무대 뒤에서 2막을 준비 중이다. 상대 배역은 아직 누군지 모른다. 홀로 무대에서 독백을 연기하는 모노드라마일지도 모른다. 그런데 혼자보다는 내 대사를 받아줄 상대는 좀 있었으면 좋겠다. 주고받는 대사가 덜 외로울 테고 그 큰 무대를 혼자 감당할 자신도 없다. 수많은 조연과 즐겁게 춤추고 노래하는 뮤지컬 공연을 하고 싶다. 다양한 관계 속에서 내 감정을 충분히 표현하며 살고 싶다.

다음 막이 오르기 전. 무대 뒤에서 배우는 쉬지 않는다. 1막보다 더 빛나는 연기를 위해 준비하고 다듬는다. 다시 운동을 시작했다. 마음마저 잔뜩 오그라들어 그 좋던 하루 만 보 걷기도 한동안 파업했는데 다시 개장했다. 어깨통증을 핑계 삼아 쉬었던 헬스도 다시 등록했다. 1년 회원권은 가입비 면제라길래 시원하게 일시불로 긁어주고 인바디를 체크하고 몸 관리에 돌입했다. 온몸 구석구석 잠자던 근육을 깨우고 나니 세포들이 춤을 춘다.

하루에도 몇 번씩 픽업 기사 맘을 하고 집에 들어올 때면 1층에서 엘리베이터를 탈까 말까 고민했다. 탄천을 못 걸을 때 9층까지 계단으로 한두 번 올라갔지만, 오랜만에 올라가면 심호흡이 파도로 출렁거린다. 내친김에 하루 동안 집에 들어갈 때마다 계단 걷기를 시도하니 총 6번을 올라다녔다. 이렇게 훈련하다가 동네 불곡산도 오르고 지리산, 한라산도 오를 기세다. 스쿼트 50번으로 다리 근육을 만들었더니 다음 날 걸을 때마다 알싸한 근육통이 느껴졌다. 어정쩡한

걸음이지만 나를 잘 챙기고 있는 훈장 같아 견딜만했다. 이 알배기 다리로 계단 오르기가 될까 싶었지만 한 발 내딛는 용기를 내니 어느새 9층이다. 할까 말까 망설일 때 그냥 해보는 나, 결국 해내는 나, 그래서 대견한 나.

다음은 피부관리다. 사놓고 안 쓰던 온갖 피부 재생 성분 담긴 화장품을 듬뿍 도포하고 정성껏 마사지를 해줬다. 모공 하나하나와 대화하듯 지그시 눌러 주며 토닥였다. 손바닥 온기가 마음에도 전해졌다. 넌 참 소중하다고. 누구 보여주기 위해서가 아니라 내가 나를 위한 관리는 매 순간 필요하다. 피부과도 행차해 레이저 총 따다다 쏴주고 잡티도 모조리 때려잡았다. 일어나자마자 1일 1팩으로 잠을 깨우며 새벽부터 나 사랑하기는 시작된다.

몸짓의 반응은 마음마저 움직인다. 지난 시간에 대한 미련을 떨구고 미래 준비운동이 시작되자 내 눈빛은 다시 앞을 향하고 있다. 미래를 꿈꾸는 눈빛은 희망을 담고 있다. 이십 대의 꿈과는 분명 다른 그림이다. 해도 후회 안 해도 후회라는 그 결혼생활, 그 정도면 충분히 해 봤다. 누구보다 충실한 아내 역할 원 없이 해봤다. 최선을 다했기에 후회는 없다. 나를 먼저 중심에 두는 홀가분한 자유가 제2막에서는 필요하다. 누군가에게 내 인생을 맡기려는 생각부터 벗어던졌다. 나는 내가 데리고 사는 거다. 나답게 내가 사는 거다.

산책길 나 홀로 듣는 음악 속에서 잔나비가 그랬다. 누군가를 위해서 남겨두라고. 좋은 사람 있으면 소개시켜 달라는 노래를 듣다가도 '나에겐 아픈 상처가 있는데 과거가 없는 사람은 부담스럽다'는 말에 격하게 맞장구를 쳤다. 한 번쯤은 실연에 울었었던 눈이 고운 사람 품에 안겨서 뜨겁게 위로받고 싶다는 말에는 '실은, 나도 그래!' 추임새도 넣었다. 옛사람이 그리워진 걸까? 마지막 물음표에는 주르륵 눈물도 흘렸다. 요즘 음악을 듣다가 혼잣말이 꽤 많아졌다.

아직 끝나지 않은 이 연극의 주인공은 결국 '나'다. 나를 둘러싼 모든 인연은 조연일 뿐이다. 여태 그걸 착각하며 살았다. 조연 하나 퇴장했다고 나까지 덩달아 따라 나갈 뻔했다. 무대 밖을 기웃거리며 사라진 조연 어디 갔나 찾아다녔다. 나는 주인공이다. 무대 중심에 딱 버티고 서서 또 다른 조연들과 내 인생 연극을 끝까지 공연해야 한다. 끝날 때까지 다음 퇴장 순서를 모르는 이 인생 연극, 참 스릴 넘친다.

겨우 1막밖에 끝나지 않은 거다. 내 인생 과연 몇 막에서 끝날지 아직 아무도 모른다. 클라이맥스는 아직 시작도 안 한 거일지 모른다. 일단, 해피 엔딩이라는 결말만 쥐고 커튼 활짝 열고 조명발 짱짱하니 밝혀 다음 2막을 시작해 보는 거다. 다시 설레자. 어쨌든 주인공은 나니까.

멈춤, 그리고 채움

학창 시절 받은 개근상은 성실성의 상징이다. 초, 중, 고 12년 동안의 개근상 3관왕은 온몸의 세포를 근면, 성실로 무장시켰다. 교사가 되고 나서도 어쩌다 조퇴할 일이 있어도 학교에 무슨 큰 폐를 끼치는 양 눈치 보며 한없이 작아졌다. 그랬던 내가 2년 동안 휴직을 하면서 그 철벽같았던 근면 성실에 대한 고정관념에 지각변동이 생겼다.

휴직 직전까지 학교밖에 모르고 살았다. 본격적으로 승진을 준비하기로 마음먹고, 개교학교 TF팀에 지원해서 개교 준비를 했다. 학교가 세워지는 모든 과정에 내 손길이 스쳤다. 개교를 앞두고 12월부터 2월 교장, 교감이 발령 나기 전, 학교가 오픈하기 전 모든 과정을 TF팀으로 선발된 2명과 행정직원 3명이 업무 분담을 해서 준비했다. 교표 디자인, 교가 작사 작곡부터 학교 내 설치되는 모든 비품을 일일이 선택, 구매, 검수했다. 학교 교육과정, 방과후학교 및 돌봄 프로그램 등 3월 2일 학교가 문을 열고 모든 시스템이 학교답게 돌아갈 수 있도록 준비했다. 집을 지어보면 집 전체 설계와 구조를 알게 된다. 개교 준비를 해보니 학교 전체 시스템이 들여다보였다. 그만큼 공들여 학교 구석구석에 내 열정을 갈아 넣었다.

개교 후 9일 만에 연구부장에서 교무부장으로 보직이 이동됐다. 함께 일했던 동료 교사가 자리에 걸맞은 업무를 제대로 수행하지 못해 그 자리를 내놓아야 했다. 밀려난 그 자리를 채운 나도 언제든 갈아치워질 수 있음을 기억하고 늘 긴장하며 지냈다. 비빌 언덕 없이 모든 시스템을 하나하나 새롭게 만들어 가야 하는 개교학교 교무부장의 업무는 해도 해도 끝이 나지 않는 시시포스의 돌 나르기였다. 퍼내도 퍼내도 샘솟는 마르지 않는 옹달샘이었다. 개교 원년 멤버들과 열정을 다해 학교를 만들었고, 보람도 느꼈다. 관리자와 교사의 중간자 역할은 외로운 자리였지만 꼭 필요한 존재였다. 그 존재감 덕분에 힘든 줄 모르고 학교가 0순위가 되는 삶을 기꺼이 선택했다.

내 몸과 가정을 돌보는 일보다 당장 내 눈앞에 떨어진 학교 일이 먼저였다. 학교가 내 인생을 보장해줄 거라 철석같이 믿었다.

남편이 떠나기 전날도 함께 저녁 먹기로 한 약속을 갑자기 취소하고 학교 관련 지인을 만났다. 둘이 함께하는 마지막 저녁 식사가 될 뻔한 그 순간도 학교에 내어주었다. 장례를 치르고 특별휴가가 끝났을 때도 매일 출근하며 다음 해 신학기 학교 업무를 준비했다. 누구하나 좀 더 쉬어야 한다고 입바른 소리를 해주지 않았다. 내 개인사가 어찌 되었든 학교에서는 나는 그저 교무부장의 업무를 수행해야 할 커다란 부품이었다. 제대로 하지 못하면 내 자리를 또 누군가에게 내어주어야 할지도 모른다는 강박관념에 슬픔은 저 밑바닥으로 구겨 넣었다. 아무렇지 않은 척 '가면'을 썼다.

처음엔 나를 챙기기 위해서가 아니라 큰딸을 살리기 위해 어쩔 수 없이 선택한 휴직이었다. 결국 내 상태가 더 심각해 병 휴직으로 2년간 신경정신과 치료를 받았다. 그렇게 학교를 벗어나지 못했다면 전력 질주하다가 구멍 난 폐차 타이어가 될 뻔했다. 더 버텼으면 남편따라 과로사 커플이 될 뻔했다. 학교를 벗어나니 온전히 내 하루의 주인이 되었다. 새벽 기상하자마자 탄천을 걸으며 바쁘게 출근하는 사람들을 바라보았다. 내 분주했던 아침이 다시 객관적으로 보였다.

늘 동동거렸고 해야 할 일들로 머릿속은 꽉 차 있었다. 여유가 없었고 팍팍했다. 앞만 보고 달리는 경주마처럼 왜 그리 바쁘기만 한 삶을 살아야 했는지 그제야 나에게 질문을 건넸다. 승진해서 관리자가 되는 삶을 네가 진짜 원했던 거니? 가까이에서 그들의 삶을 지켜보니 행복해 보이든? 그게 정말 하고 싶을 만큼 간절해지든? 대답은 아니올시다였다.

내가 선생님이 되고 싶었던 이유는 아이들과 함께하는 교실에서의 '가슴 뛰는' 순간 때문이었다. 열정을 다해 가르쳤고, 아이들의 반응과 작은 변화에도 크게 감동했다. 나만의 학급경영 프로그램을 정리해서 꾸준히 연구실적을 쌓았고, 그러다 보니 연구점수가 다 채워졌다. 주어진 업무를 잘 처리해 부장 경력이 쌓였고, 업무 실적에 남다른 성과가 쌓이면서 수상 실적도 늘어갔다. 그렇게 인사기록 카드가 화려하게 채워졌다. 남들도 다하는 승진 나라고 못 할 게 뭐지? 내가 뭐가 부족해서 그냥 교사로 있어야 해? 얼떨결에 남들 줄 서는 거 보고 나도 덩달아 줄서기를 하고 있었다. 교무실에서 행정관리직으로 온종일 공문서제조기가 되어 모니터만 바라보는 삶은 더는 가슴 뛰는 삶이 아니었다. 내 의사 결정권이 없이 눈치 속에 살아가는 교무실 생활은 나를 한없이 작게 만들었다. 편하게 숨 쉴 수 있는 때는 전담 영어 시간에 아이들을 만나 신나게 수업하는 시간이었다.

그래, 나는 수업 속에서 빛나는 사람이었어! 그래서 내가 선생님이 되고 싶었던 거야!

눈 가리고 앞만 보고 내달리던 경주마가 드디어 달리던 트랙에 멈춰 섰다. 눈 가림막을 과감히 벗어 던졌다. 트랙을 벗어나 원래 달리던 푸른 초원으로 방향을 바꿔 내달리기 시작했다. 어떻게 승진할 것인가를 고민하며 내 점수를 헤아리던 교무실의 삶을 박차고 나왔다. 휴직하고 나를 돌보는 시간 동안 다시 교실에서 아이들과 수업에서 나눌 이야깃거리를 모으기 시작했다. 내가 보고 느끼고 생각하는 모든 것이 수업 속에서 빛날 최고의 수업자료였다. 그림을 그리고, 캘리그라피를 배우고, 책을 읽고, 산책하면서 그 모든 순간의 감동을 온전히 느끼며 글로 정리했다. 다시 교실에서 아이들과 나눌 장면으로 상상했다. 나눌 수 있는 대상이 있으니 나누기 위해 더 열심히 나를 채웠다. 결국 학교에서 소진된 삶은 다시 학교에서 만날 아이들이 채워주고 있었다.

멈추지 않았더라면 결코 보지 못했을 소중한 순간들이었다. 내가 보던 정면만이 삶의 전부가 아니었다. 내가 믿었던 게 정답이 아닐 수도 있음을 멈추고 나서야 비로소 알게 되었다. 하마터면 내 삶의 상수와 변수를 헷갈릴 뻔했다. 상수라 믿었던 큰 존재를 잃고 나서야 삶에서 잘 챙겨야 할 게 뭔지 깨달았다. 늘 먼저 준비해서 깨우침을 주던 짝꿍은 이번에도 그걸 알려주려고 그 먼 길을 먼저 떠났나 보다. 아니, 벌써 다음 생에서 다시 만날 순간을 정성스럽게 준비하고 있을지도 모른다. 인생 마라톤 절반을 돌아가는 순간, 나에게 시간을 내어줄 수 있어서 참 다행이었다. 스스로 멈춰 선 용기에 감사했다. 나를 가득 채울 수 있어서 기특했다. 채운만큼 다시 학교로 돌아와 다시 나눌 수 있어서 행복했다. 지나고 보니 모든 순간은 딱 필요해서 내게 온 거다.

봄비 내리는 주말 아침. 설레는 봄날을 어떻게 채울까 고민하며 혼자서 훌쩍 집을 나섰다. 예술의 전당을 찾아가 마티스를 만나고 그림책을 만나고 쌀국수를 먹여주며 내 하루가 얼마나 감동이었는지 소소한 일상의 감동을 블로그에 담았다.

"혼자서도 잘 노는 우리 엄마 참 멋지네!"

큰딸의 첫 댓글이 최고의 칭찬으로 메아리친다. 괜찮은 나, 썩 괜찮은 순간은 오늘도 계속된다.

캘리그라피, 마음을 밝히는 등불

어린 시절 안방 벽에는 대형 칠판이 걸려 있었다. 아빠가 손수 걸어주신 칠판 덕분에 그리고 쓰고 설명하는 놀이가 일상이 됐다. 내겐 스케치북이요, 학교 놀이의 무대요, 생각 놀이터였다. 그렇게 분필 가루가 손에 흠뻑 묻어나도록 그렸다 썼다 지우면서 손아귀에 필력이 붙어갔다.

초등학교 4학년 때. 청소 당번을 끝내고 칠판에 글씨쓰기를 하며 신나게 놀고 있었다. 교실로 들어오신 선생님은 칠판 가득 채워놓은 글씨를 보시더니 눈이 동그래지셨다. 선생님들이 보는 문제집을 주시더니 아침 자습을 써보라고 하셨다. 드디어 새끼 선생 노릇이 시작됐다. 그렇게 매일 아침 자습을 칠판에 쓰던 학교 놀이가 결국 내 밥벌이가 됐다.

한 글씨 쓰던 내 손가락은 그래서 오른손 중지에 볼록한 굳은살이 박여 있다. 뭉뚝하고 찌그러져 보이지만 공부 열심히 한 손가락이라고 훈장처럼 지니고 있다. 학교에서 분필 글씨 쓰던 초록 칠판이 사라지고 화이트보드가 생겼다. 보드 마커로 쓰는 미끈거림은 흑판에 분필로 글씨 쓰는 거친 손맛을 그립게 했다.

다시 손이 근질거렸다. 휴직 후 6개월 뒤, 심리치료를 기대하며 뭔가에 집중하고 싶어 캘리그라피를 시작했다. 붓에 먹물 묻혀 화선지와 맞닿는 순간의 긴장감. 획이 자유자재로 춤출 때의 쾌감은 엄청난 몰입을 가져왔다. 나에게 온전히 집중하는 시간을 주었고, 열정을 담아낼 그릇이 되어 주었다. 2개월 차에 판본체 변형을 배우자마자 화선지 가득 편지를 썼다. 예쁜 글씨체 배울 때마다 엽서 작품에 담아 주변 지인들에게 선물했다. 1년을 함께 한 상담 선생님께 감사의 마음 가득 담은 편지와 벚꽃 액자를 선물했다. 버섯 농사지으러 귀농하신 지인에게 잘살라는 의미로 해바라기 액자를 안겨줬다. 전시회 축하엽서, 설날 조카들 세뱃돈 봉투에 딱 어울리는 한 줄 메시지, 투병 중인 딸과 엄마에게 힘내시라고 전한 그림엽서까지. 수없이 많은 작품을 지인과 나눴다.

엽서, 편지, 액자에 나누기 위한 마음을 담아갈수록 내 불안함과 우울함은 사라져갔다. 상대방을 위한 선물이 아니라 나를 위한 치료제였다. 도움을 주는 사람이 느끼는 심리적 포만감을 뜻하는 '헬퍼스 하이'의 짜릿함은 내겐 고통을 잊게 하는 허가된 마약이었다. 마음을 담는 그릇이 쌓일수록 더 단단해지는 나를 만났다.

자격증의 불씨를 댕긴 곳은 우리 동네 '참시루 떡집'이었다. 낯선 곳으로 이사 와서 이웃 하나 없이 외로웠을 때, 주인 아주머니는 벚꽃 예쁜 중앙공원도 친절하게 알려주시고 늘 웃으며 반겨주셨다. 떡집에 들렀다가 우연히 건넨 캘리 엽서 한 장.

"솜씨가 좋으시네! 우리 떡집 유리창에 붙일 거 하나만 써줘요."

"네? 광고지요? 그럼 필요한 거 생각해 놓으셨다가 다음에 알려주세요."

그때, 우리의 대화를 묵묵히 듣고 계시던 사장님이 메모지 한 장을 쓱 내밀었다.

"옛날 팥빙수, 팥 듬뿍, 인절미 듬뿍, 5,000원"

드디어 나에게도 작품 제작 주문이 들어왔다. 여름에 새로 출시한 팥빙수가 홍보가 안 돼서 잘 안 팔리는 모양이었다. 그 주문지를 건네받고 집으로 돌아와 신나게 주문 제작에 돌입했다. 광고지 보면 먹고 싶고 사고 싶게 만들어 드리고 싶어 인터넷을 뒤졌다. 팥빙수 광고 사진을 참고해 적당한 글씨체 두세 가지를 선택해 연습, 또 연습했다. 다음은 팥빙수 그림을 몇 개 골라 합성해서 가운데에 그려 넣었다. 특히 팥과 인절미를 강조해서 문구도 삽입했다. A4 한지 종이에 다 그려놓고 보니 슬슬 욕심이 생겼다. 종이를 디자인 한지에 덧대고 위아래를 수수깡으로 말아서 미리 족자로 업그레이드했다. 위쪽에 마 끈을 달아주니 영락없는 족자다. 가게 안쪽에서는 뒷면이 보일 것을 생각해서 "그래 결심했어! 행복하기로!"라는 기분 좋아지는 문구까지 첨가했다. 종일 함께 일하시는 떡집 부부의 행복까지 챙겨주는 맞춤형 주문 제작이었다. 완성해놓고 보니 내가 봐도 센스가 넘친다.

다음 날, 한달음에 달려가 완성작을 보여드리니 사장님 입이 귀에 걸렸다. 1년 넘게 떡집을 드나들었어도 언제나 무표정으로 떡만 건넸다. 그렇게 잇몸 드러나게 활짝 웃는 건 처음 봤다. 고맙다고 그 자리에서 옛날 팥빙수를 뚝딱 만들어주셨다. 팥과 인절미가 정말 원 없이 들어가 참 맛났다.

가게를 지나칠 때마다 팥빙수 족자에 시선이 머물렀다. 사람 냄새

가득한 떡집 전시회라! 내 생애 첫 캘리그라피 개인전이었다. 팥빙수 광고 족자 효과는 과연 어땠을까? 떡 사러 들르신 손님마다 그 족자 보고 폭발적인 반응이 이어졌고, 팥빙수는 완전 대박이 났단다. 내 작품은 매년 여름마다 걸어야 한다며 사장님께서 고이고이 모셔두었다고 한다. 팥빙수 나오는 계절에만 열리는 시즌 전시회 올여름도 기대된다.

내 재능이 누군가에게 참 요긴하게 쓰일 때 뿌듯하고 기뻤다. 더군다나 아무 대가를 바라지 않는 도움의 손길로 남에게 기쁨을 줄 수 있어서 내가 더 행복했다. 이참에 제대로 자격증을 따서 나중에 소상공인들을 위한 광고 문구 제작 봉사활동을 해도 좋겠다고 생각했다. 제대로 된 봉사를 하려면 실력을 입증할 자격증 하나쯤은 있어야 할 것 같았다. 나를 위한 취미였을 때보다 더 큰 '꿈'을 준비하는 배움은 질감이 달랐다. 농도가 깊었다.

마지막 자격증 심사 작품을 준비하며 어떤 마음을 담을까 고민했다. 두고두고 바라봐도 좋을 마음을 그리고 싶었다. 두 딸에게 어떤 엄마가 되고 싶은지 나의 다짐을 쓰고 싶었다. 상담 치료에서 알게 된 권경인의 『엄마가 늘 여기 있을게』가 떠올랐다. 침대 머리맡에 두고 흔들릴 때마다 펼쳐보며 나를 잡아줬던 책이었다. 책 표지 문구와 그림을 넣어 오직 나를 위한 작품을 만들었다. 내가 나에게 주고 싶은 작품을 선물했다.

"엄마가 늘 여기 있을게. 힘들고 넘어져도 그곳에는 엄마가 있어."
    – 2019.12. 완벽하지 않지만, 그럭저럭 괜찮은 엄마가 –

초급부터 고급 과정을 마치고 캘리그라피 지도자과정 고급 3급 자격증을 손에 쥐었다. 자격증 종이 한 장의 무게는 절대 가볍지 않았다. 자존감이 묵직하게 채워졌다. 취미로 시작한 캘리그라피는 자격증 덕분에 자신감을 충전해 행사 엽서, 간판 글씨 제작까지 재능기부로 이어졌다. 복직 후 학교에서는 동료 교사와 우리 반 학생들에게 내 마음을 전했다. 엽서 선물을 받고 감동한 동 학년 선생님들은 너도나도 캘리그라피를 배웠다. 학생들은 붓펜 잡고 선생님 글씨 흉내 내더니 연습장 한 권을 가득 채운 수제자도 생겼다. 내가 먼저 나누자 함께 나누기 시작했다.

'남을 위해 등불을 밝히면 내 앞이 밝아진다'라는 말처럼 내가 가진 작은 불씨로 타인의 마음을 밝히는 중이다. 내 앞에 밝아진 빛을 향해 천천히 걷고 있다. 글씨에 마음을 담아내는 캘리그라피는 지금 내가 들고 있는 최고의 등불이다.

10분 걷기가 등산이 되기까지

류머티즘성 관절염을 앓고 있다. 자가면역질환이다. 결국은 내가 나를 공격하는 정신 못 차리는 면역체계란다. 17년 전, 6학년 담임을 처음 맡았던 해 감당할 수 없는 스트레스와 싸우다가 발병됐다. 처음에 손가락 관절 통증이 심해 일상생활이 어려웠다. 머리를 묶어 줄 수 없어서 어릴 적 두 딸은 항상 단발머리에 핀 꽂아주는 게 전부였다.

그 좋아하던 글씨 쓰기, 피아노 치기, 그림 그리기는 아! 옛날이여! 추억 놀이로 물 건너간 지 오래다. 발병 이후 항류머티즘 약에 의존해 살았다. 이러저러한 염증 조절 약과 소화제를 한 뭉치씩 털어 넣고 일상생활을 했다. 그렇게 평생 약 먹으며 살아야 하는 줄 알고 체념하며 살았다.

휴직하고 큰딸 학교 근처로 급하게 이사한 곳이 분당 탄천을 끼고 있는 동네였다. 아파트 입구 건널목 하나만 딱 건너면 탄천 산책로였다. 도심 속 자연을 마음껏 누릴 수 있었다. 워킹맘이 일을 내려놓으니 내게 주어진 24시간이 온전히 내 맘대로 쓸 수 있는 보너스였다. 아침잠이 없어져 6시면 눈이 번쩍 떠졌다. 눈 뜨자마자 뛰쳐나가는 탄천 사랑은 그때부터 시작됐다.

오래 걸으면 발가락 관절까지 부어올라 걷는 게 무서웠다. 탄천으로 뛰어나가긴 했어도 신선한 새벽공기 마시며 스트레칭 정도만 했다. 그리고 벤치에 앉아 사람 구경하는 게 전부였다. 나만 부지런한 게 아니었다. 자전거 부대와 마라톤 부대가 탄천 길을 누비며 후끈 달아오른 열기를 뿜어냈다. 나이를 불문하고 스스로를 열심히 챙기는 몸짓이 아름다웠다. 얼굴은 주름 가득했지만, 몸짱 할아버지가 땀에 흠뻑 젖은 채 마라톤을 하는 걸 보면 그 짱짱한 근육질 다리가 존경스러웠다. 내 다리를 쳐다봤다. 허리랑 하나 없는 새 다리 물컹 종아리였다. 과연 나도 할 수 있을까? 저 마라톤 할아버지처럼 나도 짱짱한 알다리를 갖고 싶었다. 넘사벽 욕망이 꿈틀댔다.

그래, 딱 10분만 걷자! 집 앞에서 출발해서 10분 걸으면 첫 번째 징검다리가 나왔다. 일단 거기까지가 목표지점이었다. 10분 걸어가 징검다리 앞에서 쭈그리고 앉아 콸콸 쏟아지는 물소리를 들었다. 물 멍 때리는 맛도 끝내줬다. 쌍으로 날뛰는 두 딸과 싸우고 나서 심장 터져버릴 것 같은 야밤에도 뛰쳐나갔다. 흐르는 물에 머릿속 헹궈내기 딱 좋은 징검다리 폭포수였다. 울고 싶은 날 찾아가 실컷 소리 내서 울어도 받아줬다. 외로워서 우울한 날은 포근하게 안아줬다. 셀프 심리치료 상담소는 24시간 연중무휴로 나를 반겼다.

나만의 쉼터를 만들고 나니 조금 더 가보면 뭐가 있을까 궁금해졌다. 10분 거리가 만만해지자 5분 늘리고, 또 10분 늘리며 내 몸에 맞는 걷기 근력을 아주 조금씩 키워갔다. 바닥이 말랑거리는 쿠션감이 좋은 특수 치료용 신발을 장만해 밑창이 닳아 덧창을 댈 때까지 걷고 또 걸었다. 30분 거리에 있던 분당서울대병원을 내 두 다리로 걸어갔던 첫날의 감동은 지금도 잊을 수가 없다. 오고 가고 1시간 거리를 1년 반 넘게 꾸준히 걸었다.

새 다리는 결국 알 다리로 진화했다. 더 이상 물컹거리지 않았다. 그즈음 세종집을 처분하고 탄천 길을 따라 1시간 반 정도 거리에 새 보금자리를 마련했다. 집 계약을 해놓고 한 번 더 보고 싶은 마음에

설렁설렁 걸어갔다. 얼떨결에 만 보를 넘겼다. 세상에 내가 만 보를 걷다니 이게 웬일이냐. 세상 무서울 게 없어졌다. 곧장 마라톤도 뛸 기세였다.

얼떨결에 만 보를 찍었다 치자. 내가 또 거기까지 갈 수 있을까? 가위바위보도 삼세판은 해봐야 승부가 나는 거 아니겠어? 다음날 삼세판 하는 마음으로 새벽에 눈을 떴다. 비가 왔다. 갈까 말까 머릿속 방망이질이 요란했다. 우산 펼쳐 들고 첫걸음을 내디뎠다. '비 오는 날의 수채화' 풍경이 나를 반겼다. 물웅덩이에 빠져 젖은 발로 만 보를 찍고 돌아오니 발가락은 살갗이 벗겨져 쓰라렸다. 그 영광의 상처에 붙인 밴드는 내겐 마라톤 금메달의 영광이었다.

셋째 날은 비 갠 뒤 촉촉한 산책이었다. 맑은 날, 비 오는 날, 비 온 뒤 다시 맑아지고 있는 날. 내 삶이 그 날씨를 똑 닮아있었다. 그렇게 삼세판 만 보 걷기를 해냈다. 나에게 넘을 수 없는 벽은 없었다. 매일 아침 새로운 목표지점을 두고 내 삶의 루틴으로 만 보 이상을 걸었다. 짱짱해진 알다리로 3년 고개를 넘어섰다.

내 몸속 자가 면역체계에도 변화가 생겼다. 신약 개발로 먹는 약 대신 간편한 자가 주사제를 시도했다. 들쑥날쑥했던 간 수치도 만 보

걷기를 하면서 정상화됐다. 염증 수치는 거의 바닥을 쳤다. 염증 조절을 위한 약과 소화제도 필요 없게 됐다. 매달 피검사 결과 확인하며 열 줄 가까이 늘어졌던 처방전이 달랑 한 줄이 됐다. 비타민D와 칼슘 들어있는 영양제 하나만 처방받았다. 주사 효과가 좋아 늘 통통 부어있던 오른쪽 검지는 더는 아픈 손가락이 아니었다. 부기가 빠지고 통증 없이 뼈가 만져지는 게 딱 십칠 년 만이었다. 손가락과 발가락 통증이 없으니 다시 태어난 것 같았다. 손으로 뭐든 할 수 있었고, 두 발로 어디든 갈 수 있었다. 걷기는 나를 다시 태어나게 했다.

일상이 된 만 보 걷기를 하다가 고개 들어 바라본 불곡산. 이젠 '산'이 보였다. 나는 언제쯤 저런 높은 산을 오를 수 있을까? 던진 질문에는 반드시 답을 하는 나다. 그 길로 지극히 충동적으로 불곡산을 올랐다. 분당서울대병원을 지나 대광사를 끼고 불곡산을 오르던 길에 팔순을 넘긴 듯한 노부부를 만났다. 가파른 산을 가볍게 오르고 있었다. 저 나이까지 건강하게 부부가 함께 산을 오를 수 있다는 건 축복이고 감사였다. 그림 한 폭 감상하는 마음으로 부지런히 뒤를 쫓았다. 숨이 턱 밑까지 차올라 숨을 몰아쉬며 처음으로 정상에 올라섰다. 삼세판 법칙은 해발 335m 불곡산 정상도 가볍게 들어 올렸다. 그렇게 동네 뒷산을 접수하고 이젠 이웃 동네까지 원정을 떠났다. 해발 375m 청계산 옥녀봉에 올랐다. 정상에서 과천 시내를 바라보던 날, 세상이 좀 더 만만해졌다. 설악산, 지리산을 넘어 한라산까지 가보고 싶다는 야심 찬 꿈은 아직 진행형이다.

산책이 등산이 되는 동안 자연은 내게 슬픔에 묻혀 있던 '감성'을 흔들어 깨웠다. 매일 다른 모습으로 반겨줬다. 한순간도 놓치고 싶지 않아 수없이 카메라를 눌렀다. 찰칵! 하는 순간 꾹! 하고 마음에 주사를 맞았다. 호기심이 깨어났고, 내 지나온 시간에 나만의 의미를 부여했다. 일상 속 풍성한 삶을 챙겼다. 매일 새해를 맞듯 탄천의 일출을 보며 감동했다. 호기심 따라 낯선 길을 일부러 찾아 걸었다. 10분 걷기가 등산이 되는 동안 두려움을 이기고 한 발 내딛는 '배짱'을 장착했다. 어제 봤던 그 장면을 다른 각도에서 바라볼 수 있는 '도전'을 배웠다. 낯선 산책로를 찾아 나서며 새로운 길로 들어서는 '용기'를 챙겼다.

삼세판 철학을 몸으로 알게 해준 탄천 산책길. 이젠 뭐든 일단 세 번은 넘겨본다. 멈췄다 다시 시작할 때가 오더라도 다시 삼세판을 시작한다. 이젠 새로운 시작이 뭐든 간에 두렵지 않다. 세 번의 고개를 넘는 동안 다음 네 번째 고개를 넘을 근육은 이미 장착되었음을 이젠 아니까! 느낌 아니까~

읽다 보니 쓰고 싶어졌습니다

나를 토닥이고 뒤틀어진 생각을 다시 제자리로 돌리기 위해 책을 읽었다. 〈천 권 읽기〉를 시작으로 나도 죽기 전까지 천 권을 읽어보리라 결심했다. 도서관과 서점을 들락거리며 자녀교육, 심리학, 철학, 소설, 자기계발서 등 손길 닿는 대로 눈길 가는 대로 빠져들었다. 감정 하나에 세상을 들었다 놨다 요동치던 마음이 책을 펼칠 때면 조용히 가라앉았다. 수많은 책 스승들은 "그까짓 거 별거 아니야."라고 토닥여주었다. 늘 풀리기만 하던 마음 실오라기 끝을 하나둘 매듭지어 갔다. 나도 참 할 말이 많은데…. 차마 하지 못하고 묵혀 두었던 말들이 다시 꿈틀거렸다.

글 쓰는 방법을 제대로 알지는 못했지만, 뭔가를 계속 써오며 살았다. 초등학교 때부터 꾸준히 일기를 쓰며 일상의 순간을 글로 기록해왔다. 간간이 써왔던 편지는 읽는 이에게 심쿵을 전하기에 부족함이 없었다.

책을 읽다 보니 좋은 문장들로 한껏 눈높이가 올라갔다. 나도 우아하고 고급스러운 표현으로 제대로 써보고 싶었다. 유튜브에서 명사들의 글쓰기 특강을 시청하며 메모했다. 마음 가는 작가의 글쓰기 관련 책 몇 권을 독파하고 나니 실눈이 떠졌다. 꾸준히 글 쓸 수 있는 장치가 필요했다. 발 담금질할 글쓰기 모임을 찾아다녔다. 때마침 2주기를 앞두고 찬 바람은 또 불기 시작했고, 더는 슬픔에 잠식당하지 않기 위해 도망칠 곳이 필요했다.

어디 갈 데 없던 백수 엄마에게도 드디어 갈 곳이 생겼다. 싼 가격에 단기간 글쓰기 맛보기를 할 수 있는 곳을 찾았다. 퇴사학교의 이동영 글쓰기 교실은 특별한 나들이 선물이었다. 생애 처음으로 '작가님' 소리를 들었다. 늘 따라다니던 선생님 호칭은 싫증 났지만, 작가님은 내 지적 허영심을 채워주는 신선함이었다. 그 소리 한번 들어보고 싶어 막연하게나마 언젠가는 꼭 책을 써보리라 수줍은 꿈만 그려왔다. '꿈을 그리는 사람은 그 꿈을 닮아간다.'라는 앙드레 말로의 말처럼 제대로 펜 잡고 꿈을 그리기 시작했다.

첫 만남은 참 설렜다. 쫀쫀한 긴장감은 새로운 시작에 몰입하는 좋은 에너지를 주었다. 새파란 재킷으로 스스로 청량함을 자체 발광했던 이동영 선생님과의 첫 만남. 4명의 병아리 작가님들과의 글 동무 인연도 참으로 소중했다. 서로에 대한 낯섦은 '나에게 글쓰기란?' 정의 내리기를 통해 첫 망치질이 시작됐다. 준비운동 끝나자마자 'SNS'에 대한 몰입 글쓰기로 20분간 바로 입수했다. 호흡, 발차기 그딴 거 다 잊어버리고 타이머 "시작!"과 함께 본능적 몸짓으로 흰 종이 위에서 개헤엄을 쳤다. 숨도 제대로 못 쉬고 앞뒤 따지고 젤 틈도 없이 뭔가를 끄적였다. 어설플지언정 그게 한편의 글이 되는 게 신기했다. 타인과 내 글을 공유하고 즉석에서 피드백 해줬다. 그 과정은 작가로서 우선 챙겨야 할 밑반찬이자, 내가 놓친 부분을 챙길 수 있는 꿀팁 가득한 시간이었다. 칭찬에는 자존감이 채워져 새살이 돋았다. 예리한 코멘트에는 다음에는 꼭 챙겨보리라는 야무진 다짐이 새겨졌다. 타인의 글 속에서 발견한 보석들도 두둑이 챙겼다. 그렇게 한 걸음씩 성장했다. 일주일에 한 번씩 총 4회 강의로 글쓰기에 대한 모든 것을 배울 수는 없었다. 내가 그 강의를 통해 가져갈 부분은 매일 글쓰기를 실천할 수 있는 글쓰기 '근육' 키우기였다. 강의 시작과 동시에 필력 기르기 66일의 도전이 시작됐다. 매일 아침, 주제를 받으면 온종일 머릿속에 묵직한 추가 달린 듯 생각의 끝이 그 주제로 기울었다. 딱 떠오르는 소재가 있을 땐 어떻게 풀어낼까를 고민했다. 막연할 때는 묵직한 채로 미루고 미루다가 자정이 다 되어서야 키보드에 손을 올렸다. 그렇게 고민하며 하루도 빼지 않고 글을 썼다. 어떤 주제를 만나도 그 당시 내 마음에 가득했던 슬픔, 분노, 원망, 불안, 그리움, 외로움은 여지없이 새어 나왔다. 고압력 감정 압력솥에서 천천히 김 빼고 뜸 들였다. 가슴 속에 가득 차 있던 혼자만의 넋두리를 정돈된 생각으로 풀어냈다.

그날 하루 글쓰기를 해내고 나면 나와의 약속을 지켜냈다는 생각에 뿌듯했다. 글을 잘 쓰고 못 쓰고를 떠나 자존감이 채워졌다. 뭐 대단한 글을 써야만 작가가 되는 줄 알았다. 그냥 내 이야기를 쏟아 놓고 강의에서 들은 방법을 하나둘씩 적용해 보고, 동료의 글에서 느낀 매력 요소를 덧입혀 보기도 했다. 뚜벅뚜벅 걸어갈수록 글쓰기에 대한 두려움과 주저함이 좀 가벼워졌다. 그렇게 매일 작가 놀이를 즐겼다.

마지막 4회차 수업을 했던 신사동 가로수길 카페. 필사하고 서로의 생각을 나누는 시간 속에 각자의 색깔과 속도대로 성장했음을 느낄 수 있었다. 함께한 시간과 인연이 너무도 소중해 내 마음을 그림과 글씨에 담아 선물했다. 그건 나에게 주는 선물이기도 했다. 나누는 기쁨과 행복을 다시 찾게 해준 글쓰기 시간은 새살이 돋는 시간이었다. 걷어내고 싶었던 묵직함을 저만치 밀어냈다. 다시 여명이 찾아왔다.

'옵션 B' 가동을 시작했다. 66일간 차곡차곡 쌓인 글을 제대로 정리하고 싶었다. 가입만 해놓고 몇 년간 잠만 자던 블로그를 부활시켰다. '작가의 방' 노트북 폴더에 쌓인 글을 블로그 '라니의 감성 놀이터 슈필라움'으로 퍼 날랐다. 다시 들여다보고 사진도 넣어주며 새 옷도 입혔다. 매일 글쓰기를 하며 대나무 숲인 양 속 시끄러운 이야기를 쏟아냈다. 일상의 시시콜콜한 이야기를 주고받던 남편이자, 친구이자, 엄마였다. 차올라 끓어오르면 찬물 끼얹어 한풀 꺾어주듯 글을 썼다. 글 한 편 그럴듯하게 써서 올리면 내 안의 열기도 한 김 빠져나갔다.

지나온 시간에 대한 의미를 건지는 낚시질이었다. 처음엔 슬픔과 원망으로 한없이 묵직했지만, 글로 쏟아내고 다시 건져 들여다볼수록 가벼워졌다. 다시 나를 채우는 새로운 이야기로 확장하며 카테고리를 가지치기했다. 28개의 놀이터에 1,600개 넘는 글이 쌓여가는 동안 내 삶은 풍성해졌다. 내가 마주한 모든 순간이 소중해졌다. 오늘도 새벽 5시에 일어나 하루를 시작한다. 매일 글쓰기를 실천하며 오늘 하루 내게 준 설렘을 가득 담아낸다. 또 한 뼘 성장할 '나'를 상상하며 내 삶의 옵션 B는 계속 진화 중이다.

내 집 앞 아파트에는 이웃은 누구인지, 뭔 생각을 하는지 도통 들여다볼 수가 없다. 블로그에는 내 이야기에 열렬히 손뼉 치는 이웃들이 넘쳐난다. '먼 친척보다 가까운 이웃사촌이 낫다'더니 그 가까운 이웃님들 SNS 세상에 다 모여 있었다. 잠깐 왔다 또 사라지는 이웃일망정 그 잠깐의 관심과 응원 덕분에 또 내 이야기를 꺼내놓을 수 있었다. 풀어냈던 생각들을 모아놓고 찬찬히 보니 공통분모가 드러났다. 가족. 관계. 상실. 치유. 긍정. 엄마. 추억. 꿈…. 나를 알아봐 주는 내가 보였다.

글쓰기는 내게 종합 선물 세트다. 첫째, 6년 전에 만들어놓고도 있는 줄도 몰랐던 블로그를 다시 꺼내 글로 놀이를 할 수 있게 한 '새로움을 시도하는 용기'다. 둘째, 연락을 끊었던 친구들에게 내가 만든 놀이터에 놀러 오라 먼저 손 내미는 '주저함을 물리친 용기'다. 셋째, 새로 이웃이 된 타인의 삶에도 눈길을 주고 내 삶을 새롭게 디자인하는 '호기심을 갖는 용기'다. 넷째. 잠시 잊고 있던 내가 가진 잠재력과 꿈을 흔들어 깨워 다시 잘 엮어보고 싶게 만든 '도전하는 용기'다.

파워 블로거들의 흔적을 보며 기죽지 않는다. 그냥 내 속도대로 내 색깔대로 찬찬히 채워 갈 거다.

"너 블로그도 하는 인싸냐?"

놀이터에 놀러 오라고 친구를 초대하니 화들짝 놀란다.

"그래! 이제부터 인싸로 살 거다. 졸지 않고 당당하게!"

일기 쓰기, 삶이 풍성해지고 단단해집니다

　초등학교 시절 매일 일기 쓰기 숙제를 했다. 하루 일상을 꼬박꼬박 기록한 4학년부터 6학년까지의 일기장 꾸러미는 언제든 그 시절로 돌아갈 수 있는 타임머신이다. 이사 가던 날에도 누가 시킨 것도 아닌데 내 일기장부터 챙겨 담았다. '나중에 선생님이 되면 이 일기장 우리 반 아이들한테 보여줘야 하니까 잘 챙겨야지!' 일찌감치 선생님으로 꿈을 정했던 나는 그때부터 세상을 바라보는 눈이 교육 자료 수집가였다.

　중학교, 고등학교 시절에는 숙제가 아니었어도 자발적으로 내 삶을 기록했다. 아버지가 1층 창고를 공부방으로 만들어 손수 책상과 침대를 짜 넣어주었다. 독서실 왔다 갔다 하는 시간도 아까워서 시험 기간이면 그 창고 방에 들어가 공부했다. 시험 끝난 날 저녁이면 창고 방에서 책상을 정리하고 일기장을 펼쳤다. 후련한 마음으로 일기 쓰던 기분은 아직도 생생하게 기억난다. 학창 시절 일기장은 야무진 공부 계획표이자 다짐이었고, 미래 긍정 확언으로 가득했다.

결혼 이후에는 삶의 기록을 넘어서 나만의 대나무숲이 되었다. 말로 표현할 수 없는 속앓이를 글로 풀었다. 내 마음을 몰라주던 남편에 대한 글도 수두룩했다. 쓰다 보면 내 안의 열기가 식었다. 속상했던 사건을 기록하는 동안 감정이 앞서던 내가 그 사건을 객관적으로 바라보며 한 발자국 떨어지게 됐다. 어린 시절 일기는 "오늘도 참 재미있었다!"라고 끝났다면 어른이 되어 쓰는 일기는 오늘을 잘 살아낸 나를 다독이며 좀 더 나아질 내일에 대한 다짐으로 가득했다.

휴직 동안 글쓰기를 하면서 블로그를 시작했다. 주제 글쓰기를 정리하는 공간으로 이용하다가 산책, 요리, 취미, 독서, 영화 등 내 일상의 순간도 블로그에 포스팅했다. 기록으로 남기고 싶은 모든 장면을 사진으로 남겼다. 하루 동안 수집한 사진을 올리고 스치는 생각을 한두 문장으로 남기는 포토에세이 일기를 썼다. 한 문장이던 사진 설명이 때론 문단이 되고 한 편의 글로 확장됐다. 일상 사진찍기는 글감을 모으는 사냥놀이인 셈이다.

복직 후 돌아간 학교는 그야말로 글감 사냥터였다. 출근부터 퇴근까지 학교 일상을 사진으로 남기고 출퇴근 전철 안에서 교단 일기를 써서 포스팅했다. 내 하루가 어떤 설렘의 순간들로 가득했는지, 속 시끄러운 분주함이었는지 담아냈다. 아이들과의 소중한 순간도 사진으로 담고 의미를 건져 기록했다. 정신없이 쫓아가기 바빴던 학교 일상이 달리 보였다. 스쳐 지나가는 삶이 아니라 머물고 음미하는 삶으로 바뀌었다. 2021년 191개, 2022년 192개의 교단 일기를 썼다. 1년 수업일수가 190일이니까 하루도 빠짐없이 쓴 거다. '동동'거리던 내가 '당당'해졌다.

『아티스트 웨이』를 통해 '모닝 페이지'를 알게 됐다. 아침에 눈 뜨자마자 몽롱한 상태에서 그 순간의 내 생각을 종이에 가득 써보는 창의적 영감 훈련 기법이다. 때마침 새벽 기상을 시작하며 하루 시작 루틴을 모닝 페이지로 열었다. 평단지기 맑은 기운을 느끼며 책상 스탠드 불빛 아래에 내가 가장 좋아하는 노트를 펼쳤다. 처음엔 새벽에 일어나 잠도 덜 깬 상태에서 도대체 뭘 써야 하나 싶었지만, 그 난감한 기분부터 쓰기 시작했다. 어제 있었던 일에 대한 되새김질, 오늘에 대한 계획, 미래에 대한 다부진 다짐 등으로 채웠다. 매일 세 페이지를 쉬지 않고 쓰다 보니 어느새 필력이 붙어갔다. 쓰고 싶은 생각을 막힘없이 쓰는 힘이 생겼다. 2023년 2월 2일에 쓰기 시작한 모닝 페이지는 벌써 여덟 권째 이어지고 있다. 남다른 하루 시작의 비법이다.

모닝 페이지로 하루를 열었다면 하루 마감은 손글씨 일기이다. 블로그 포스팅으로 하루 일상을 남기다 보니 일기장에 글씨 쓸 일이 없었다. 손글씨로 일기 쓰는 맛을 다시 느끼고 싶었다. 2023년 새해 목표에 손글씨 일기장 갖기를 정하고 백지 일기장을 마련했다. 줄 노트는 칸을 다 채워야 하는 부담감부터 느낀다. 백지 일기장은 줄 간격도 글씨 크기도 내 마음대로여서 붓펜 들고 큼직하게 단어 하나만 써도 그날의 일기가 될 수 있다. 하루 일상을 손글씨로 기록하고 마지막은 그날의 메시지를 건져 '내게 쓰는 캘리'를 남겼다. 늘 남에게만 써주던 캘리그라피 선물, 이제는 오늘을 잘 살아낸 나에게 먼저 챙겨준다.

선생님의 꿈을 이루었지만 늘 작가의 꿈을 간직하며 살았다. 일기 쓰기의 힘으로 글쓰기를 시작했다. 어느새 세상 밖으로 꺼내고 싶은 나만의 이야기를 하나둘 담아내고 있다. 학교에서의 일상을 기록해 교단 일기를 썼고, 그 기록이 모여 『감성뿜뿜 학급경영 10가지 방법』 학급 경영서를 출간했다. 모닝 페이지와 손글씨 일기장 속 생각 놀이가 쌓여 오늘을 잘 사는 법으로『오늘이 전부인 것처럼』자기계발서를 공저 출간했다. 가족 상실을 겪고 휴직 기간에도 두 딸과 겪었던 수많은 에피소드를 블로그에 담았다. 숙성된 이야기를 다시 꺼내보며 지금 손잡아 주고 싶은 독자를 위한 책으로 다듬어가는 중이다. 일기장 속 혼잣말은 나누고 싶은 이야기로 다시 태어난다.

사소한 일도 기록하다 보면 사소하지 않은 의미를 발견할 때가 많다. 별것 아닌 순간에 별스럽게 눈길을 주는 순간, 설렘은 작동한다. 찰칵! 내 일상을 기록하는 순간 글 내림은 시작된다. 오늘의 일기에 담고 싶은 이야기가 차곡차곡 쌓인다. 순간을 잘 담아내면 내 하루의 이야기가 쌓여 삶도 풍성해진다.

누구나 들춰보면 사연 없는 사람이 없다. 저마다 꽁꽁 숨겨놓은 이야기 보따리를 끌어안고 산다. 생각 속에서만 되새김질하면 감정 소모가 된다. 꺼내놓고 글로 정리하면 거리두기가 가능하다. 객관적인 이야기로 바라보며 감정을 흘려보낼 수 있다. 사건은 어떤 의미를 부여하는가에 따라 트라우마도 될 수 있고 성장의 발판이 되기도 한다. 의미 부여권은 내가 쥐고 있다. 매일 일기를 쓰며 일상 속 수많은 사건에 의미를 부여하는 연습을 한다. 가치를 창조한다. 내 삶의 의미를 내가 선택하는 일기 쓰기의 힘! 삶이 더욱 단단해진다.

그림책, 다시 설레게 하는 행복 CPR

1주기를 앞둔 심란했던 가을. 찬 바람은 불기 시작하고, 또 그놈의 슬픔 울렁증이 여지없이 발동했다. 어디로든 가고 싶은데 딱히 갈 곳이 없었다. 그렇다고 집에만 있다가는 심란한 하루에 온몸에 꽁꽁 묶일 것 같았다. 그냥 무작정 집을 나섰다. 매일 걷던 탄천도 싫증 났고, 어딘가 낯선 곳으로 훌쩍 가보고 싶어 전철역으로 발길을 돌렸다. 구석에 역내 작은 도서관이 보였다. 심란한 마음에 글자 가득한 벽돌 책을 봤다가는 그 벽돌로 어디든 내리칠 것 같아 눈길도 안 줬다. 서가를 돌며 제목만 보는데도 현기증이 났다. 그냥 지나치려던 순간. 전면 책꽂이에 나란히 줄 선 그림책이 눈에 들어왔다. 수채화

풍의 화려한 그림에 눈길이 갔다. 그림책을 펼치는 순간 내 마음은 그 속에서 흘러나오는 첼로 소리와 함께 숲속을 걷고 있었다. 짧지만 깊은 인생 이야기였다. 글이 다 담아내지 못하는 여운은 맑은 수채화 그림으로 더 많은 이야기를 들려주었다. 몇 권 없던 그림책을 마르고 닳도록 읽었던 내 어린 시절과 매일 잠들기 전 피곤한 눈을 치켜뜨며 두 딸에게 그림책 읽어주던 시간이 떠올랐다. 다 큰 어른이 되어 내가 나에게 읽어주는 그림책은 그 맛이 사뭇 달랐다. 인생 중반을 넘어서서 펼쳐 든 그림책은 그 행간 사이에 내가 끼워 넣고 싶은 이야기가 풍성했다. 첼로 소리가 들릴 것 같은 단풍 숲 장면을 보며 심란했던 마음은 다시 평화로워졌다. 그제야 가고 싶은 곳이 떠올랐다. 양재 시민의 숲을 찾아가 행복한 가을 산책을 즐겼다. 책 제목도 기억하지 못한 채 그저 그림책에 대한 좋은 기억만 간직했다.

1주기를 힘겹게 보냈다. 혼자만의 시간을 이젠 사람들과 함께 나누고 싶어졌다. 초등교사 그림책 독서 모임 '그림책 약방, 눈 봄'에 나갔다. 그날은 유명한 그림책 작가의 작품을 한데 모아 깊이 있게 공부하는 날이었다. 이제 막 그림책에 입문한 햇병아리였기에 '이세히데코' 작가를 처음 들어봤고, 집 앞 도서관에서 이름만 검색해서 몇 권 챙겨 갔다. 워낙 수채화 톤의 그림을 좋아했던 터라 그림만 봐도 마음까지 맑아졌다. 한 선생님이 『첼로, 노래하는 나무』를 펼치는 순간. 잊고 있던 첫사랑을 만난 듯 동공이 흔들렸다. 지난가을, 지하철 도서관 구석에서 나를 안아줬던 책이 바로 이세 히데코 작품이었다. 처음 만난 작가였지만 낯설지 않았다. 손이라도 덥석 잡고 싶을 만큼 반가웠다. 당신의 글과 그림 덕분에 그 가을 어느 날이 외롭지 않았다고 감사의 인사라도 건네고 싶었다. 깊이 마음을 위로해준 대상은 어떤 것이든 쉽게 잊히지 않는다.

그 뒤로 이세 히데코의 작품을 국내에 번역한 황진희 작가 강연을 찾아 들었다. 작가의 삶과 작품을 연결하며 깊이 있는 그림책 공부가 쌓여갔다. 『첫 번째 질문』은 삶에 대한 섬세한 질문 앞에 일상의 사소한 순간들을 의미 있게 떠올렸고 산책하며 내 눈에 들어오는 모든 장면에 질문을 던지게 했다. 『아이는 웃는다』를 통해 어린 시절부터 나를 채워온 웃음을 떠올리며 잃어버렸던 웃음을 조금씩 되찾기 시작했다. 엄마를 잃고 슬픔 가득했던 어느 날, 버스 차창 밖으로 본 아이의 웃음으로 포근한 위로를 받아 번역했다는 황진희 작가의 말 또한 따뜻했다. 『커다란 나무 같은 사람』은 내게 딱 그런 존재였던 남편에 한없이 기댈 수 있는 시간을 내어주었다. 나무를 볼 때마다 그가 떠올랐고, 지금도 나무를 좋아하는 이유다.

가족 상실과 투병을 경험한 작가는 삶의 가치와 의미를 그림, 나무, 책, 사람 이야기에 담아 맑은 수채화로 표현했다. 단 한 문장 속에서도 경험이 바탕이 되는 진솔한 목소리가 전해졌다. 삶과 작품을 연결하는 그림책 읽기의 매력에 푹 빠졌다.

이세 히데코 그림책 원화전이 부산도서관에서 열렸다. 그림책 연구를 위해 연구년을 갖게 되면서 당일치기로 부산 여행을 떠났다. 그림책 매력에 처음 빠져들게 했던 작가를 원화를 통해 더 깊게 만날 수 있다는 기대감에 설렜다. 전시실을 세 바퀴나 돌며 천천히 원화를 감상했다. 챙겨 갔던 대표 그림책을 펼쳐보면서 원화와 비교해가며 음미했다. 작가의 삶을 이해하고, 그림책을 소장하며 꾸준히 감상해온 터라 원화를 읽어내는 나의 문해력은 더욱 깊어졌다.

황진희 작가와 함께하는 일본 그림책 미술관, 박물관 여행에도 참여했다. 아라이 료지, 이와사키 치히로의 원화를 감상하며 그림책에서 느낄 수 없는 원화의 감동을 맛볼 수 있었다. 모리노우치 미술관에서는 이세 히데코가 머물렀던 미술관 숙소에서 잠을 잤고, 평소 좋아하던 그림책 속 수많은 원화를 감상했다. 나를 그림책 세계로 이끌어준 작가와 더욱 깊은 관계가 맺어졌다.

초등교사 신작 그림책 읽기 모임인 '초그신'에서는 출간 6개월 이

내의 신작을 만났다. 3년 전 초그신 첫 모임 발표자로 박노해 시인의 시 그림책 『푸른빛 소녀가』를 소개했다 '안녕, 우린 다시 만날 거예요.' 마지막 장면에서 남편의 목소리가 들렸다. 그 한 줄에 기대어 흠뻑 눈물지으며 또 한 번 슬픔을 방출했다. 그림책을 내 경험에 기대어 깊이 있게 읽어낸 덕분에 그날 이후 '푸른빛 소녀'라는 별명도 생겼다. 코발트 빛 푸른 표지를 만질 때마다 그날의 감동이 고스란히 전해진다. 푸른색 융단을 마음에 펼친다.

그림책을 만날수록 교실에서 다시 만날 우리 반 아이들과 나눌 이야기가 쌓여갔다. 수업 속에서 가슴 뛰는 삶을 사는 내가 그려졌다. 기다림이자 설렘이었다. 야무진 준비이자 마음 다짐이었다. 내게 주어진 오늘, 지금, 여기, 내 앞의 당신들이 더없이 소중해졌다. 내 주변 모든 사람은 물론이고, 우리 반 아이들이 더없이 귀한 인연임에 감사하게 됐다. 내게 허락된 시간 동안 후회 없이 나눠주고 사랑하리라 다짐하게 되었다.

마음에 바람이 통하지 않던 시기에 글자로 가득한 책은 눈에 들어오지 않았다. 짧은 문장 속에 함축적인 메시지를 담은 가벼운 느낌이 필요했다. 그림에서 전해지는 에너지로 기분이 좋아졌다. 어린 시절 나를 돌봐주던 엄마의 마음이 그리울 땐 그림책을 펼친다. 찬찬히 넘기며 내가 나를 보듬어준다.

　오늘은 또 어떤 그림책을 읽어줄까? 그날의 날씨, 기분, 감정, 교과 내용 등을 종합해서 딱 떨어지는 그림책을 고르는 순간! 다시 가슴이 뛴다. 서로의 맞장구를 예상하며 어떤 이야기를 보탤까 상상하는 출근길이 더없이 설렌다. 그림책은 나를 다시 가슴 뛰게 하는 행복 CPR이다. 오늘도 그림책으로 가득한 보따리를 짊어지고 집을 나선다. 무한 리필로 행복한 이야기를 실어 나르는 그림책 빠순이의 삶, 요거 요거 은근 괜찮다.

내 안의 담장을 낮추고

맛집에는 그 집만의 고유한 비법이 숨어 있다. 학급경영에서도 마찬가지다. 선생님마다 교육철학과 학급경영 노하우가 다르니 반마다 분위기가 천차만별이다. 우리 반만의 고유한 학급문화는 결국 선생님의 삶의 방식이 묻어날 수밖에 없다.

교직 경력 24년 차. 그동안 나만의 비법을 차곡차곡 쌓아 만들어 온 정선된 학급경영 프로그램은 각종 연구대회에 출품해 인정받은 우수 프로그램들로 가득하다. 교실 문 닫으면 그 교실 안에서 도대체 무슨 일이 벌어지는지 아무도 모른다. 내가 먼저 오픈하지 않으면 그 좋은 것도 나만 아는 비밀이 될 수밖에 없다. 승진을 염두에 두고 보고서 점수를 챙기며 살았을 때는 그걸 남에게 굳이 오픈하고 싶지 않았다. 선생님들 간에 각종 교육 자료를 공유하는 온라인 공간에도 내 자료를 공유해본 적이 없었다.

다시 학교에 돌아오면서 내 삶의 지향점이 달라지자 동료 교사를 대하는 내 마음도 달라졌다. 복직을 준비하며 스스로 채운 그림책 공부 덕분에 수업에 대한 아이디어는 넘쳐났다. 실제로 수업에 적용해 본 짜릿한 감동을 주체할 수가 없었다. 동 학년 협의실에는 내가 활용한 그림책들이 늘 펼쳐져 있었다. 모였다 하면 어떻게 수업에 활용했고, 아이들의 반응은 어떠했는지 감동의 체험담을 쏟아놓기 바빴다. 다행히 동 학년 선생님들은 그런 내 몸짓에 온몸으로 반응했다. 자기들도 수업에 활용하며 또 다른 반응을 공유했다. 그렇게 자연스럽게 전문적 학습공동체에서 그림책 연구를 이끌어갔다. 마음껏 수업을 이야기하며 좋은 것을 나누는 동 학년 분위기를 만들었다. 우리 집 맛간장 비법을 전수하듯 내 수업의 노하우를 조금씩 전하기 시작했다. 그저 내가 해보고 좋았던 감동을 쏟아냈을 뿐인데 처음 저학년을 맡아 난감해하던 옆 반 선생님도, 3년간 육아휴직으로 수업에 대한 감 떨어진 선생님도 그림책으로 풍부해지는 수업에 눈뜨기 시작했다.

한 달에 두 번 2시간 동안 전문적 학습공동체 모임을 주관했다. 그림책뿐만 아니라 일반 교양책들도 함께 다루며 마음을 채우는 독서 모임을 만들었다. 휴직하는 동안 나를 채우는 공부는 결코 헛됨이 없었다. 진짜 공부로 쌓인 인생 책들을 하나하나 소개하며 감동을 공유했다. 선생님이기 전에 가정에서 엄마로서, 아내로서 며느리로서 일인다역을 해내는 선생님들 역시 '관계'에 대한 고민이 컸다. 철학, 심리학, 상담, 에세이 등 다양한 책을 추천하며 서로의 고민을 나누는 집단 상담 시간이 만들어졌다. 그렇게 함께 나눈 책이 1년간 131권이나 쌓였다. 1년간 전문적 학습공동체 활동을 발표하는 콘퍼런스에서 그림책을 통해 수업과 학급경영이 어떻게 달라졌고, 교사의 삶이 얼마나 풍요로워졌는지 소개했다. 전문적 학습공동체의 이상적인 사례를 만들었다. 동 학년 선생님들이 전학공을 통해 성장하고 발전하게 된 소감을 발표할 때, 남을 위해 작은 등불 하나 밝힌 것 같아 삶을 보람을 느꼈다. 나 혼자만의 실천으로 빛나던 인정과는 차원이 다른 빛깔이었다. 깊은 울림과 감동이 전해졌다. '함께'는 그렇게 나를 또 '성장'시키는 원동력이 되었다.

동 학년에 병아리 신규 선생님을 맞았다. 1반 부장님 옆 반 2반에 신규교사를 배치한 건 옆에 끼고 잘 가르치라는 깊은 뜻이 담겨 있다. 그러나 학년 부장은 신규교사를 챙길 여유가 없다. 학년 교육과정을 2월 말까지 완성해야 하느라 머릿속이 꽉 차 있다. 신규교사는 교실 배정받고 뭐부터 시작해야 할지 몰라 난감했다. 경력 교사, 신규교사 할 것 없이 정신없이 바쁜 일주일이 지났다. 그사이 별거 아닌 이름표 다는 것도 물으며 바쁘게 준비하던 신규교사. 금요일 퇴근 직전, 교실 문을 빼꼼히 열며 또 선생님…하고 들어왔다.

"학급운영비 25만 원으로 뭘 사야 할지 모르겠어요….”

신규교사는 학급 운영을 하려면 무슨 사무용품이 필요한지도 감이 안 온다. 나야 20년 넘게 매년 갖고 다니는 사무용품 패키지 서랍장이 있고 책꽂이, 텔레비전장 아래 그 많은 짐 숨기고 감추기 바쁘다. 이 신규교사는 아무것도 없이 맨주먹 불끈이다.

"이리 와서 내 사무용품 서랍장 하나씩 다 열어봐요!”

말로 설명하는 것보다 직접 보면 감이 온다. 요즘 신세대는 영상세대가 아니더냐. 오전에 교사 책상 속, 사무용품 정리한 김에 싹 다 보여줬다. 우와! 우와! 감탄하며 사진 찍고 메모하며 꿀팁 가득 챙겨줬다. 고경력 초등교사의 서랍 속엔 할 말 많은 물건들이 가득하다.

물건은 그렇게 사면 되고! 혹시나 해서 물었다.

"3월 3일까지 당장 제출할 학급 교육과정은 다 짰어요?”

"첫 줄 학급실태에 뭐를 쓰는지 몰라 멈추고 있어요….”

아. 뿔. 싸.

동 학년 경력자 선생님들은 작년 2학년을 함께했고, 작성했던 교육과정이 있으니 조금만 수정하면 되는데 신규교사는 아무것도 없다. 뭐 보고 따라 할 샘플이 있어야 흉내라도 내지. 학급 교육과정에는 학급 실태분석, 학급경영 계획, 학급 특색 등 자기 반만의 개성이 가득하다. 밑천 다 드러나는 학급 교육과정을 그래서 남들과 쉽게 공유하지 않는다. 내 학급 교육과정 파일을 꺼내 보여주며 하나하나 설명해주었다. 항목별로 무슨 내용을 넣어야 하는지, 경험이 쌓일수록 자기만의 교육철학, 학급경영관을 세우면서 세부 프로그램들로 풀어내는 구체적인 방법을 알려줬다. 23년간 나름 연구도 많이 해왔기에, 경험이 녹아든 체계화된 학급경영 프로그램을 보며 신규는 입을 다물지 못했다. 3월 2일 아이들과 첫 만남 PPT, 첫날 학부모에게 보내는 담임 소개문까지 패키지로 챙겨줬다. 일단은 흉내를 내보되 한 해 한 해 자기만의 경험을 덧칠해서 업그레이드해야 한다는 숙제를 내줬다. 신규교사 끼고 앉아 퇴근도 잊고 연수 시켜주는 모습을 보던 그 옆 반 경력 교사도 "저도 배울래요." 하고 옆에 앉았다.

학급경영은 교실 문 닫으면 아무도 모르는 나만의 비밀영역이다. 그래서 학습자료야 공유해도 그 밑천 다 드러나는 고유영역은 업계 비밀인 양 쉽게 공유하지 않는다. 맛집 조리법이 떠돌아도 며느리도 안 가르쳐준다는 장인의 비법은 쉽게 꺼내놓지 않는 것처럼. 내가 신규였을 때도 아무도 알려주지 않았다. 첫날 아이들 앞에 서서 도대체 뭘 말해야 하는지 가이드도 없었고, 동 학년 선배도 알려주지 않았다. 수첩 빼곡히 대본을 썼던 기억이 난다. 신규교사 시절 내가 간절히 고팠던 좋은 선배를 떠올리며 그냥 그거 내 옆에 있는 신규 선생님에게 해줬다. 해보고 좋았던 학급경영 자료도 동 학년에 막 퍼준다. 휴직 후 3년 만에 다시 학교로 돌아온 뒤 내가 달라진 점이다.

2월 새 학년 준비가 고되긴 고되다. 힘들다. 교실 이사에 신학기 준비에 연일 중노동이다. 그런데도 요즘 기분이 좋다. 잠깐 좋고 마는 게 아니라 계속 기분이 좋다. 왜 그런지 가만히 나에게 물어보니 "그럼에도 불구하고 타인을 돕거나 누군가에 힘이 되어 주는 시간을 나누고 있었기 때문"이란다.

그런 내가 참 좋다. 내 안의 담장을 낮추니 저 넓은 세상이 내 품으로 들어온다. 더 많은 인연이 자꾸만 연결된다.

4장

희망의
시간

이젠,
셋이어도
괜찮습니다

경찰 아저씨, 감사합니다

내 배에서 나왔지만 두 딸은 참 다르다. 생긴 모습은 쌍둥이처럼 비슷해서 얼핏 보면 언니가 동생 같고 동생이 언니 같다. 겉만 비슷하지, 속은 영 딴판이다. 첫째는 영락없는 문과 스타일로 표현력이 왕성하다. 자기 색깔이 분명해서 뭐든 이해될 때까지 대화를 이어간다. 둘째는 그에 비하면 딱 할 말만 간결하게 하는 전형적인 이과 스타일이다. 군말이 없고 감정 표현도 담백하다. 초등학교 때부터 저녁 밥상에 함께 앉으면 학교에서 있었던 이야기를 풀어놓는 게 우리 집 일상이었다. 내 이야기부터 물꼬를 터놓으면 큰딸이 얼씨구나 흥이 돋아 쉴새 없이 이야기를 풀어놓았다. 말재주가 있어 얘기는 또 얼마나 쏙 빨려 들어가게 재미있게 하던지. 식탁 머리에 앉은 나를 중심으로 좌우에 두 딸이 앉았지만 내 고개는 늘 큰딸을 향해 있었다. 둘째가 말할 차례가 와도 잠깐 머물다가 곧 큰딸에게 화제가 전환되어 다시 돌아갔다.

둘째가 6학년 때 일이 터졌다. 반에서 왕따를 당해 심한 마음의 상처를 받고 있었다. 친정어머니 간병으로 병원을 들락거리느라 신경을 못 쓴 사이에 혼자서 속으로 곪아가고 있었다. 며칠 동안 병원을 지키다 오랜만에 집에 돌아와 저녁을 먹던 날, 그동안 쌓였던 이야기를 풀어놓느라 큰딸은 또 정신없이 재잘거렸다.

"언니는 잠깐 입 좀 쉬고, 동생 먼저 학교생활 어떤지 좀 말해봐."

"……."

"왜 아무 말이 없어?"

"엄마는 왜 맨날 언니만 보는데?"

닭똥 같은 눈물이 뚝뚝 떨어졌다. 순간 얼음이 되었다. 뭔가 일이 있었구나! 직감했다. 내 고개가 늘 언니만 바라보고 있었다는 걸 기어이 둘째 아이의 입으로 듣고 나서야 자각했다. 바라봐주지 않는데 말하고 싶지 않았을 거다. 눈에서 꿀 떨어지게 재미있게 듣고 있는 엄마를 일부러 불러서 자기 좀 봐달라고 말할 만큼 뻔뻔한 용기를 지니지도 못했다.

순간 내가 그동안 애한테 뭔 짓을 한 건가 싶었다. 몸을 완전히 돌려 그때부터 정면으로 바라보며 둘째 말에만 집중했다. 나조차 어색한 자세였다. 그만큼 외로웠던 시간이었을 거다.

"엄마가 진짜 잘못했어. 엄마는 우리 셋이 함께 있는 시간이어서 같이 대화한다고 생각했는데 그게 아니었어. 네 말에 더 귀 기울이지 못하고 목소리 큰 언니 말이 먼저 귀에 들어왔어. 엄마도 엄마가 처음이라 그래. 언니를 너보다 2년 먼저 낳아서 늘 언니 말에 집중하는 게 습관이 됐나 봐. 이제라도 알게 돼서 다행이야. 앞으로는 네 말 먼저 챙겨서 들을 수 있게 엄마도 노력할게. 그동안 몸에 밴 습관이 바뀔 때까지 조금만 시간을 주면 좋겠다."

그날 저녁, 소파에 드러누워 당당히 엄마를 부르는 둘째 목소리가 들린다.

"엄마, 나 물 좀 갖다 줄 수 있어?"

"아, 당근이지. 우리 공주님 목마르다는데 냉큼 갖다 드려야지요."

벌떡 일어나 물을 떠다가 두 손으로 공손히 대접해 드렸다. 그동안 언니와 공평하게 눈길 주지 못한 미안함에 내 꼬리는 바짝 내려갔다. 의도적인 눈 맞춤은 우리의 관계를 회복시켜줬고 그렇게 평화는 계속되는 줄 알았다.

2018년 여름, 원치 않던 전학과 함께 다시 허리케인급 냉전이 시작되었다. 이번에도 언니 먼저 챙기느라 자기가 강제 전학을 당했다고 생각했다. 마음이 얼어붙은 터라 어떤 말도 통하지 않았다. 등교 거부로 5분 거리의 학교도 제 발로 걸어가지 못했다. 차로 교문 앞까지 퀵서비스로 모셔다 드려야 했다. 8시 50분까지 교실 입실이지만 8시 55분이 되어도 차 타러 내려오지 않는 딸을 기다리는 시간은 그야말로 폭탄 터지기 직전이었다. 8시 56분에 차에 타면 비상등을 켜고 단지 내를 전속력으로 내달렸다. 학교 앞에서 순식간에 유턴해서 1분 컷으로 내려줘야 했다. 그래야만 9시까지 교실에 들어갈 수 있고 생활기록부에 지각으로 남지 않았다. 목숨 걸고 학교 보내는 겁 없는 엄마가 되었다. 그렇게 1년 동안 매일 아침 심장 쫄깃한 초 재기 운전기사로 살았다.

개학 전날. 또 예비 소집 봉사 일에 늦었다고 갑자기 데려다 달라는 요청에 3분 만에 후다닥 내려가 차에 시동을 걸고 평소처럼 출발했다. 학교 앞에서 자연스럽게 유턴하는 순간 경찰차 메가폰 소리가 들렸다.

"정차하세요!"

학교 앞에 정차하면 안 되나 싶어 잽싸게 교문을 통과해 학교 안으로 들어갔다.

"멈추세요. 정차합니다."

아. 뿔. 싸. 학교 안까지 나를 따라오는 경찰차에 완전 겁먹었다.

"신호위반 하셨습니다! 유턴 표지판 못 보셨어요?"

"표지판이 있었어요? 이사 온 지 얼마 안 돼서 못 봤어요."

당황해서 말도 안 되는 거짓말까지 튀어나왔다. 무슨 변명이라도 해야 할 것 같았다.

"범칙금 6만 원에 벌점 15점입니다."

내 생애 첫 신호위반 딱지였다. 범칙금을 결제하고 떨리는 마음을 쓸어내리며 집에 오는 길.

"건널목 앞에서 초록 불일 때 유턴하는 거 몰랐어요?"

경찰 아저씨의 호통이 귓가에 쟁쟁하게 울렸다. 그 당연한 교통 규칙을 인지하지 못했다. 9시 전에 아이를 학교에 들여보내야 한다는 생각뿐이었다. 수명 단축의 위험부담을 안고 신호등 무시하며 유턴을 강행했다. 생활기록부에 지각 한 줄을 면하겠다고 내 목숨을 걸고 산 거다.

그날 둘째가 학교에서 돌아오자마자 내 눈치를 살폈다.

"엄마…, 내가 검색해보니까 벌점은 나중에 다 없어진대요. 걱정하지 말아요. 이제부터 신호 잘 보고 다니면 돼요…."

"아니! 이제부터 차로 학교 데려다주는 거 절대 안 할 거야! 나도 다시는 수명 단축해가며 그 짓거리 안 할 거야! 그동안 사고 안 났던 걸 다행으로 알고 이제부터 걸어서 학교 가!"

나로선 폭탄선언이었다. 대한 독립 만세를 외치듯 단호하게 '등교 독립'을 선언했다.

그제야 둘째는 학교도 학원도 스스로 다니기 시작했다. 강력한 충격요법이 제대로 먹혔다. 제 발로 걸어서 학교 가는 둘째의 변화를 보며 값비싼 수업료에 감사했다.

"경찰 아저씨, 그날 딱지 떼 주셔서 정말 감사합니다! 6만 원 하나도 안 아까워요."

'세렌디피티'는 뜻밖의 발견, 의도하지 않은 발견, 운 좋게 발견한 것을 뜻한다. 숨 막히는 등교 전쟁 속에서 우리가 미처 출구를 찾을 생각도 못 하고 있을 때, 경찰차 추격전은 뜻밖의 선물이었다. 심장 쫄깃하게 초 재기하지 않는 평화로운 아침, 운전대를 놓고 웃으며 탄천으로 산책을 나섰다. 내게 오는 모든 사건은 이제부터 두 팔 벌려 환영해야 할 '세렌디피티'다.

졸업장, 결코 가볍지 않은 책 한 권

졸. 업.

입학하면 자동으로 졸업하는 줄 알았다. 초깃값 '입학'은 당연히 '졸업'으로 아웃풋 되는 자동화 시스템으로 살아왔다. 그 중간 네모 안에서 벌어질 수 있는 수많은 변수는 예상치 못한 복병이었다.

삶에서 마주한 갑작스러운 환경 변화가 사춘기 여고생에게 얼마나 심각한 충격을 줄 수 있는지 뼈아픈 체험을 했다. 스스로 납득되지 않는 불합리함을 겉으로 표현하지 못하고 속으로만 담아두고 있었다. 결국 그 응축된 에너지가 어떻게 폭발하는지도 가슴 아프게 지켜보았다. 당연히 고등학교 시절을 함께 통과하며 인생의 멘토가 되어 줄 걸로 믿었던 아빠가 쓰러져 사라지는 걸 지켜봤다. 아빠는 그 아이에게 너무나 크고 단단히 뿌리내린 나무였음을 아빠 빈자리에서 더욱 실감했다.

가족 상실. 이사. 전학. 적응. 외로움. 부적응. 방황. 자퇴. 포기. 설득. 갈등. 반항. 냉전. 설전. 불안. 우울. 신경전. 눈치. 대화. 도돌이표. 비움. 기다림. 욕심. 기대. 무조건. 사랑. 표현. 지랄 총량의 법칙. 인간혁명. 사리. 가능성. 사명. 확신. 자기만의 꽃. 믿음. 그리고 감사….

그간 우리를 스쳐 간 단어들은 사춘기 끝판왕 롤러코스터였다. 수없이 오르락내리락 심리전을 반복하며 자퇴라는 극단적인 선택을 돌려막느라 회유책을 써가며 시간을 벌었다. 먼저 연습한 언니 키우기 엄마표와는 전혀 다른 버전이었다. 나도 휘청거렸다. 대학을 거론하기 전에 고등학교 정규과정을 잘 마무리 해서 일단 졸업을 무사히 하는 게 결승선이었다. 걸어서 5분 거리 학교였지만 가기 싫은 등굣길은 그저 무거운 발걸음이었다. 지각을 면하기 위해 초 재기하며 교문 앞까지 퀵서비스로 2년 반을 등교시켰다. 아침마다 날 선 신경전으로 전쟁을 치르다가 나중에는 영혼 없이 등교 배달 서비스하는 쿠팡 맘이 되어갔다. 학교에 가주면 완전 땡큐요, 안 가도 웃는 얼굴로 안아주고 밥 주고 들여다 봐주고 걱정해주는 사리 100개쯤 장착한 부처님 표 엄마가 되어 갔다. 사춘기 자녀교육 지침서에는 티 내지 않고 다시 돌아올 수 있게 엄마가 딱 버티고 서있어 주라는 조언이 가득했다. 그게 말처럼 쉬운 게 아니었다. 그래도 그걸 해내려고 노력했다. 속은 타들어 가도 겉으로는 웃으며 괜찮아, 할 수 있는 진짜 어른 표 엄마로 종자 개량하는 도전이었다. 그야말로 '인간혁명'이었다. 내공이 쌓여가니 계산 없이 조건 없이 있는 그대로 예뻐하게 되는 순간이 왔다. 엄마가 자기를 바라보는 눈빛이 변했다는 걸 잽싸게 알아채면서 그 아이 눈빛도 천천히 아주 천천히 순해졌다.

당연히 그래야 하는 '기준'이 많았던 엄마였다. 매년 학교에서 온갖 종류의 모범생들만 잔뜩 봐왔던 터라 좋은 것만 편집해서 내 아이에게 우선 쏟아붓고 싶었다. 엄마 주도형 학습 시간표는 어렸을 때부터 시작되었다. 순둥이 딸들은 다행히도 잘 따라주었다. 학교에 가는 건 당연하고, 공부를 열심히 하는 것도 당연하고, 그렇게 했으면 좋은 성적을 받아야 하는 것도 당연했다. 동생은 언니 후광 덕분에 '너도 언니처럼 잘해야지!' 묵언의 압력까지 따라다녔을 거다. 학교 안 가! 폭탄선언은 그때까지 믿어왔던 당연히 표 교육관에 지각변동을 일으켰다. 내 아이는 남들과 다르다는 신화를 산산이 깨부숴버렸다.

  그제야 색안경을 벗고 자연인의 눈빛으로 내 아이를 바라봤다. 학교는 도대체 왜 안 가냐는 날 선 질문을 거두고, 학교에 안 가면 뭘 하고 싶은데? 순한 질문으로 되돌려줬다. 내 아이가 뭘 하고 싶은지 다시 궁금해하기 시작했다. 가구 디자인에 관심이 있다길래 3개월간 가구 공방에 보내줬다. 흩날리는 톱밥 가루 먹어가며 대패질에 톱질까지 하며 침대 위에서 쓰는 앉은뱅이책상과 와인렉을 만들었다. 허리 아프고 목 아프다며 이 길은 내 길이 아니올시다 선언했다. 그다음은 빵을 만들고 싶다며 제과제빵학원을 1년 넘게 다녔다. 가기 싫은 학교는 영혼 없이 다녔지만, 방과 후에 주 3회 제과제빵학원은 신나게 다녔다. 한 번 갈 때마다 3~4시간 동안 밀가루를 주무르며 마음마저 부드럽게 반죽했다. 밤마다 온갖 종류의 수제 빵을 만들어와 가족, 지인에게 배달하더니, 친구가 생기면서 학교로 몽땅 싸 들고 가서 나누기 시작했다. 발효된 마음 반죽은 결국 자신의 존재감을 빵빵하게 부풀렸다. 좋아하는 것을 찾으니 좋아하는 것을 하기 위해 다시 꿈꾸기 시작했다. 학교를 포기하겠다더니 나중에 베이커리 카페를 차리고 싶다며 관련 학과 진학을 고민했다. 다시 학교에 가야 할 이유를 찾았다. 그렇게 시간을 벌어가며 졸업 일수를 하루하루 채웠다.

우여곡절 끝에 무사히 고등학교를 졸업했다. 드디어 이런 날이 오긴 오는구나! 우리 딸 졸업한다고 현수막이라도 걸고 싶었다. 코로나로 인한 워크쓰루 방식으로 졸업생만 들어가 현관에서 졸업장과 졸업앨범만 받고 나오는 초고속 졸업식이었다. 그즈음 유튜브를 시작한 그녀는 졸업식 브이로그를 찍어오겠다고 새로 장만한 고성능 카메라를 챙겨 갔다. 소중한 순간을 잘 담으려는 몸짓이 기특했다. 학교 다니기 싫다던 너 맞니?

한 상 떡 벌어지게 차려놓고, 집에 들어오자마자 졸업 축하 파티를 해줬다. 꽃다발 대신 회 다발을 준비했다. 싱싱한 광어, 방어, 연어에 청주 한 잔씩을 나누고 그동안 막둥이 졸업시키느라 애쓴 서로의 노고를 위로하며 건배! 졸업장은 교장 선생님을 대신해 엄마가 큰 소리로 읽으며 수여해주었다. 그 졸업장 엄마 졸업장으로 수정해서 나한테도 주고 싶었다. 졸업장, 졸업앨범, 선물을 풀어놓으며 또 영상 찍기 바쁘신 신입 유튜버. 졸업앨범 함께 보며 각 반 친구들에 대한 안내방송 듣는 재미도 쏠쏠했다. 구석에 반쪽짜리 머리통만 나온 자기 사진도 어찌 그리 잘 찾아내는지 신통방통했다. 전학 온 지 7개월이 지나서야 처음 같이 밥 먹은 친구부터 우리 집에 데려와 저녁 먹었던 친구, 시험 끝나고 떼로 몰려와 거실 바닥에 배 깔고 채점하고 떡볶이 먹고 영화 보던 친구들, 독서실 옥상에서 점심 시켜 먹던 절친들까지. 앨범에서 하나하나 찾아보니 이젠 다들 스무 살 아가씨들이다. 풋풋한 스무 살 청춘들 속 내 아이는 한없이 빛났다. 그 짧은 졸업식이었음에도 친구들과 찍은 사진을 가득 담아왔다. 전학 올 땐 친구 하나 없어 외롭던 네가 졸업할 땐 친구들에 둘러싸여 이리도 행복하게 웃고 있다니! 학교생활 잘 해낸 게 그저 대견했다. 그게 바로 최고의 졸업 선물이었다.

학교 다니느라 너, 참 고생 많았다. 등교시키느라 나, 참 수고 많았다. 졸업장은 그냥 종이 한 장이 아니었다. 그 속에 저마다의 이야기와 사연이 가득한 결코 가볍지 않은 책 한 권이다. 그래서 빛나는 졸업장이라고들 하는가 보다. 하마터면 놓칠 뻔했다. 학교에서 졸업생들 챙기며 수백 장을 대량 생산해서 나눠주던 그때는 알지 못했다. 이제라도 가슴으로 알게 되어 다행이다.

아이마다 자기만의 속도가 있다. 공부와 담쌓은 아이를 보며 남들처럼 앞만 바라보며 열심히 뛰지 않는다고 초조했다. 자퇴한다고 방황했을 땐 정해진 레이스를 벗어날까 봐 불안했다. 엄마도 흔들리지 않고 중심을 잡고 싶었다. 아이들 어렸을 때도 들춰보지 않던 육아서를 사춘기가 돼서야 뒤늦게 펼쳐봤다. 아이 때문에 속앓이 좀 해본 경험과 뒤늦은 후회를 보며 지금 당장 눈에 보이는 '성과'보다는 지속 가능한 '관계'를 선택했다. 이상형의 아이를 내려놓고 지금 내 앞의 아이가 웃을 수 있는 길을 함께 찾아 나섰다. 눈높이는 아이 앞에 무릎만 내려놓는다고 맞춰지는 게 아니었다. 같은 곳을 바라볼 때 포개지는 따뜻한 눈빛이었다.

출렁거리지만 이젠 넘쳐흐르지 않아요

정답게 이야기를 나눈다는 '화담(和談)'. 설날을 기다리는 우리 집 화담은 참 따뜻했다.

"이번 설날에는 뭘 해 먹을까?"

"우리 이러쿵저러쿵하면서 만두를 만들어 볼까?"

옳거니! 만두라면 환장하던 나다. 코로나 백신 부작용으로 피부가 민감해져서 한동안 바깥 음식을 사 먹지 못했다. 그 속에 들어간 정체 모를 재료들 탓인지 먹고 나면 알레르기 반응으로 가려움증이 올라왔다. 고기가 전혀 들어가지 않은 만두를 찾기가 쉽지 않았다. 만

둣집을 지나갈 때마다 모락모락 피어나는 연기 따라 뿜어나오는 침샘을 틀어막으며 눈길을 돌렸다.

설날에 만두를 만들자고? 그래! 집에서 내가 먹을 수 있는 좋은 재료만 넣어서 직접 만들어 먹으면 되는 거였지? 명절에 딸들에게 뭐 해줄까만 고민했지, 나한테 뭘 해줄까는 생각해보지 못했다. 이번엔 오직 나를 위해 만두 당첨이다!

만두소를 준비하느라 아침부터 분주했다. 숙주, 부추, 두부를 사다가 김치, 버섯, 파를 송송 썰었다. 모든 재료를 면 보자기에 싸서 최대한 물기 없이 꼭 짜내야 하는 무한반복 짤순이가 되었다. 김장 양념 준비하듯 눈에 보이지 않는 손길이 계속됐다. 만두소 만들기에 장인 정신을 끌어모았다. 밀가루도 피하고 싶어 찹쌀 만두피 90개를 사다 놓고 각자 30개씩 만들기로 약속했다. 늦잠 자고 일어난 큰딸이 방에서 어슬렁어슬렁 기어 나왔다. 분주한 주방 틈을 비집고 걸어와 혓바닥 살짝 꼬아 가며 어리광을 부렸다.

"옴마, 우리 어쩌고저쩌고하면서 만두 만드는 고야?"

그다음은 내 기억에 없다. 나는 오직 모든 재료의 물기를 짜내야 한다는 일념 하나로 짤순이가 되어 있었으니까.

만두소를 완성해서 식탁에 턱! 하니 올려놓고 자! 모여라! 만두 만들기 시작! 만두 공장 개업 준비를 알리는 나팔을 울렸다. 둘째는 팔 걷어붙이고 앉았는데, 큰딸이 사라졌다. 그 혀 꼬부라지던 소녀는 대체 어디로 간 걸까? 불러도 대답이 없었다. 방문은 이미 잠긴지 오래다. 이건 또 뭔 일이래? 사춘기 반항 시절이 데자뷔 되는 순간. 스물세 살 청춘의 조용한 침묵은 더 무서웠다.

언니 왜 저래? 둘째 딸도 영문을 몰랐다. 뭐야? 힘들게 만두소 만들어서 이제 시작하려고 하니까 방문 잠그고 들어갔다고? 그럼 각자 30개 만들기로 한 만두는 어쩌라고? 목청껏 불러도 대답 없는 방문에 대고 외쳤다.

"나오기 싫으면 30개 가져다가 방에서 혼자 만들어서 갖고 나와!"

그 순간 나는 철저히 만두 공장 공장장 포스였다. 이 만두를 기필 코 만들고야 말겠다는 집념으로 똘똘 뭉친 매정한 공장장이었다. 도 대체 무슨 일이 있었는지 궁금한 게 아니라, 지금 저렇게 방문을 걸 어 잠그고 시위하는 스물세 살 청춘이 그저 못마땅했다.

'만두 만든 사람만 먹기로 할 거야. 안 만든 사람은 손도 대지 마!' 라고 쏘아붙이고 싶었지만, 목구멍까지 차오른 이 한마디만은 차마 내뱉지 못했다. 둘째랑 45개씩 만들 생각에 늘어난 15개가 왠지 모 르게 억울했다. 약 올라 씩씩거리며 무섭게 만두만 빚었다.

한 판을 다 빚어 갈 즈음 둘째가 넌지시 말을 걸어왔다.

"엄마…, 그래도 언니 달래줘야 하지 않을까?…"

그제야 정신이 번쩍 들었다. 만두보다 '딸'이 먼저였다. 비닐장갑을 벗어 던지고 방문 앞으로 다가가 노크를 했다. 여전히 대답은 없었다. 하지만, 저 안에서 토라진 아이는 불러도 대답 없는 그 이름을 계속 불러주기를 기다리고 있을 걸 안다. 그게 굳게 닫힌 방문 너머로 훤히 보였다. 지칠 때까지 계속 불렀다. 내가 이기나 네가 이기나 어디 한번 해보자! 기 싸움에서 절대 밀리지 않아야 이 문을 열 수 있다. 나도 포기하지 않았다.

울먹이는 목소리로 "왜…?" 딸깍 문이 열렸다. 그 순간 내 첫마디는 "도대체 왜?"가 아니었다.

"속상한 일이 있었어? 아까 이러쿵저러쿵 만두 만들자고 했는데, 엄마가 그 뒤로 너무 정신이 없어서 네가 무슨 말을 했는지 못 들었어. 우리 딸, 엄마가 반응이 없어서 많이 속상했어?"

그냥 덥석 안아줬다. 더는 따져 묻지 않았다. 무슨 말을 했었느냐 물어도 지금은 말하고 싶지 않을 테니까. 그냥 내가 먼저 너에게 집중하지 못한 걸 사과하고 안아주니 방 밖으로 제 발로 걸어 나왔다. 그 순간 내 감정에 휘말리지 않고 상대방의 감정을 어루만지는 대화를 스스로 선택해서 해냈다. 세 살 철부지이건 스물세 살 어리광쟁이 청춘이건 엄마의 반응에 울고 웃는 건 매한가지다. 마흔여덟 엄마도 반응 없는 메아리엔 섭섭하긴 마찬가지니까.

　일단 한판 빚은 만두를 쪄 먹고 나니 다시 평화가 찾아왔다. 손 겯
어붙이고 다 같이 만두를 빚으며 이러쿵저러쿵 추가 양념을 넣었다.
하마터면 속 터진 만두 마냥 전쟁 날 뻔했다. 화담(和談) 만두는 그
렇게 만들어졌다. 설날, 결국엔 정답게 이야기를 나누며 만든 우리
집 사연 있는 만두다. 아직 우리는 시시때때로 여전히 출렁거리지만
이젠 넘쳐흐르지 않는다. 터지기 직전 만두소 한 번 꾹 눌러 만두피
로 감싸듯 그렇게 서로의 마음을 잘 감싸 안아준다.

　엄마 노릇 제대로 하기가 갈수록 어렵다. 밥하고, 빨래하고, 청소
하고, 용돈 주고, 수시로 맛있는 요리해주는 엄마 역할은 그냥 기본
이다. 의식주 해결뿐 아니라 때론 감정까지 섬세하게 어루만져줘야
하는 심리 상담가도 해야 한다. 다 큰 성인인데, 내가 이런 것까지
해줘야 하나 싶을 때도 있다. 아빠 몫까지 죽을힘을 다해 노력하고
있는데, 그건 몰라주고 별거 아닌 반응에 토라지는 철딱서니 없는
딸이 때론 야속하기도 했다.

　실은 무늬만 성인이지 속은 아직 어린애가 가득하다. 그냥 이유
없이 투정 부리고 싶을 때도 있는 거다. 엄마니까. 믿는 구석이니까.

내가 뭐든 다 받아줄 대상이 됐다는 증거다. 이제야 내가 너에게 그렇게 맘껏 기댈 수 있는 엄마라서 다행이다. 이런 것까지 '기꺼이' 받아주는 엄마, 상시 대기 중이다. 실은 나도 이유 없이 투정 부리고 싶은 엄마가 있었으면 좋겠다.

'넌 참 좋겠다, 그런 엄마 있어서.'

이제 엄마가 비빌 언덕이 되어 줄게

큰딸은 대학생이 되고 나서 원 없이 자유를 만끽하며 살았다. 스무 살 청춘을 즐기고 나자 코로나 시대가 왔다. 행운아였다. 통학 시간이 꽤 걸렸지만 1학년 땐 집에서 전철로 통학했다. 핑크빛 새내기는 자유의 여신상 횃불을 높이 들고 아슬아슬 통금시간을 넘나들기 시작했다. 지켜보던 졸보 엄마는 스무 살 성인 자녀의 통금시간을 초 재기하며 불안에 떨었다. 급기야 자정을 넘긴 딸에게 무릎을 꿇게 하고 온갖 폭설을 퍼붓고 나서야 매일 밤 반복되던 기 싸움에서 백기를 들었다. 기운 센 용띠 딸내미는 결국 겁많은 토끼를 잡아먹었다. 절대 무너지지 않을 것 같았던 우리 집 통금시간을 무참히 해

제해버렸다.

시간제한을 풀고 하루 24시간 경영권을 책임제로 전환했다. 귀가 시간이 늦어지면 학교 출발 전 사전 연락으로 엄마가 더는 불안한 상상을 하지 않도록 안심시켜 주기로 했다. 일일이 쫓아다니며 감시하지 못할 바에야 내 아이의 말을 순도 100%는 아닐지라도 적당히 한쪽 눈 슬쩍 감고 믿어주는 게 내가 사는 길이었다. 그게 평화로운 분리 독립을 꿈꾸는 너와 나의 최선책이었다.

통금을 없애더니 다음 단계는 자취를 부르짖었다. 학교까지 전철로 1시간 반 거리였지만, 세 번 갈아타는 번거로운 코스에 출퇴근 시간 지옥철은 학교 앞 자취를 꿈꾸게 했다. 상상력 뛰어난 쌍둥이자리 엄마는 대학생의 온갖 일탈기가 내 딸의 이야기가 될 거라는 시나리오를 썼다. "자취는 절대 안 돼!"를 고수했다. 통금에서는 밀렸지만, 자취에서 밀리면 엄마로서의 권위가 땅바닥에 떨어지는 것 같았다. 독립투사가 되어 다시 기 싸움이 시작됐다.

그렇게 6개월을 싸우며 지냈다. 그 당시 병 휴직 2년째를 보내며 월급은 반 토막 났고 자취를 시켜줄 만큼 경제적으로 여유가 없었다. 경제적 상황을 솔직히 까발리면서까지 설득했지만, 독립에 대한 각오는 결연했다. 친구와 부동산을 알아보고, 학교 근처에 투룸짜리 방을 물색해놓고 엄마에게 최종 허락을 구했다. 돈도 없으면서 무슨 투룸씩이나 얻어야 하냐고 딴지를 걸었다. 하나는 사생활이 보호되는 주거공간이고, 하나는 독립해서 하고 싶었던 걸 시도해보는 일종의 사무실 같은 공간이란다. 과외도 하고 친구들과 세미나도 하고, 친교 모임도 하는 나름 삶의 실험공간이 필요하단다. 나. 원. 참 어이가 없었다. 엄마에게 받는 용돈과 과외비로 고정수입을 마련하고, 독립시킬 돈 없다는 말에 청년 독립자금을 저리로 대출해주는 금융기관을 알아봤다. 보증금과 생활지원금도 대출할 계획을 세워놨다. 내 주머니에서 나가는 돈은 그저 매달 쥐어 주던 용돈만 있어도 독립이 가능한 거였다. 알아서 대책을 다 마련해놓고 이러고도 엄마가 독립을 안 시켜줄 거냐 시위했다.

스무 살에 나는 내 삶의 주도권을 찾기 위해 얼마나 고민해 봤던가. 3시간 걸려 안산에서 인천 계양구 계산동까지 전철을 세 번씩 갈아타고 통학했다. 친구랑 잠깐 6개월 자취를 할 때도 그저 부모님이 주는 보조금에 의지했었다. 상황이 다르긴 했지만, 스스로 해결하려고 부단히 애쓴 노력이 기특하고 대견했다. 독립된 삶을 위해 열심히 차린 잔칫상을 뒤엎을 만큼 모진 엄마는 못됐다. 꼭 필요한 것으로 너의 첫 독립 공간을 잘 꾸며보라 응원하며 쌈짓돈 백만 원을 손에 쥐여 줬다.

그렇게 첫 아이가 내 품을 떠나 처음으로 자기 삶을 살겠다 독립했다. 나 없으면 큰일 날 것 같았던 불안감도 독립을 시켜보기로 마음먹고 나니, 비로소 성인으로 대할 마음의 준비가 시작됐다. 쌈짓돈까지 생긴 그녀는 당근 마켓에서 온갖 살림살이를 구해다가 투룸 공간을 그럴싸하게 꾸며놓았다. 세미나실에서는 친구들과 각종 소모임을 만들어 운영하며 사람들과의 교류를 끊임없이 만들었다. 밴드 동아리에서 드럼을 치며 공연 연습에 집중할 수 있어 실력도 눈에 띄게 좋아졌다. 선후배들과 약속을 만들어 끊임없이 사람 사귀기를 이어갔고, 그만큼 삶의 경험과 농도는 짙어졌다. 학점 관리보다 경험 관리를 챙기겠다는 나름 '슬기로운 대학 생활' 전략에 엄마는 그저 손뼉 치며 응원만 했다.

　코로나가 심해지면서 전면 원격수업이 되던 학기에는 등록금이 아깝다며 휴학도 했다. 때마침 처음 독립했던 바로 그 공간에서 바퀴벌레가 등장하면서 결국 자취를 접고 온갖 살림살이를 싣고 다시 집으로 들어왔다. 학교를 벗어나 더 다양한 경험을 쌓아보겠다며 호기롭게 휴학을 했지만, 막상 코로나에 발이 묶여 아르바이트조차 구하는 게 쉽지 않았다. 그렇게 한 학기 휴식기를 갖고 다시 복학했다. 노는 게 재미없다며 그제야 제대로 된 공부를 해보겠다 선언했다.

　미련 없이 후회 없이 실컷 놀던 그녀는 이번엔 공부에도 '찐'으로 덤벼들었다. 철학과 교수들이 웬만큼 잘 쓴 리포트에도 A 플러스를 쉽게 허락하지 않는다는데, 전 과목에서 A 플러스 받아 평점 4.5를 찍으며 과 수석으로 성적 우수 장학금 백만 원을 받아왔다. 첫 독립 자금에 보태라고 챙겨주었던 쌈짓돈이 장학금으로 되돌아온 거다. 그렇게 스스로 자존감을 세우며 엄마 딸 잘하고 있다고 당당히 증명해냈다. 이젠 불안해하지 않아도 된다고 안심시켜줬다. 백만 원으로 뭘 할까? 행복한 고민은 시작됐고, 코로나가 풀리면 다시 해외여행을 가겠다며 미래 성장자금으로 은행에 보관했다.

코로나가 누그러들면서 다시 대면 수업이 시작되었다. 공부 의욕이 불탔을 때 학교 근처에서 효율적으로 시간 관리하며 공부하겠다며 2차 독립을 다시 시도했다. 치켜뜬 눈으로 "또?"를 외칠뻔했지만 이제야 면역력 제대로 장착된 엄마는 눈꼬리 내리고 조용히 직방을 검색했다. 이번에는 바퀴벌레 안 나오는 쾌적한 독립 공간을 신중하게 마련해줬다. '엄마 찬스'는 그렇게 꼭 필요한 순간 제대로 작동됐다.

아직 넌 스물세 살이고 네 삶의 모든 걸 다 책임지지 않아도 돼. 네 곁에 있는 엄마에게 좀 더 응석 부리고 도움받아도 되는 나이야. 엄마가 그걸 이제야 깨달았다. 엄마 복직해서 월급 제대로 들어오니까 이젠 도와줄 수 있어. 엄마 찬스는 365일 연중무휴 상시 대기 중이니까 언제든 애용해 주길 바라. 너에게 언제든 꼭 필요할 때 힘이 되는 엄마, 바로 여기 있다. 아빠 몫까지 두 배로 든든한 평생 행복 보장형 엄마가 되기로 했다.

성인이 된 아이 곁에서 제대로 된 엄마 역할은 뭘까? 처음부터 모든 것을 다 해결해주고 책임져야 하는 보호자에서 적당한 분리 독립으로 모드 변경이 필요하다. 펌프질에 필요한 한 바가지 정도의 물인 마중물 같은 엄마가 필요하다. 조그만 비빌 언덕만으로도 치고 오르는 데 큰 힘이 될 수 있다. 꼭 필요한 순간 엄마 찬스를 쓸 수 있게 '비밀 통장' 하나 발밑에 꿍쳐두는 든든한 비빌 언덕이 되기로 했다.

너의 폭탄선언은 대체 어디까지니?

둘째는 뜬금없이 폭탄선언을 잘한다. 고1 때 전학 와서 9일째 되던 날 아침 "나 학교 안 가!" 폭탄선언으로 등교 거부를 했다. 고3을 맞는 원단 아침에 "나 이제 공부 좀 해볼래! 학원 보내줘!" 주문했다. 코로나 시대에 대학생 새내기가 되어 학교 한 번 가보지 못하고 줌 강의로만 수업을 듣더니 "이건 아니지! 여기 못 다니겠네!" 돌연 휴학을 했다. 자기만의 길을 다시 찾겠다고 "나 카페 창업할래!"를 외치더니 청년 창업지원 프로그램에 참여했다. 6개월 동안 1시간 반 거리를 출퇴근하며 CEO 경력을 쌓았다. 그 뒤로도 "운전면허 딸래.", "아르바이트해서 돈 벌래.", "영어 공부하러 서울 갈래." 폭탄

선언은 언제나 기어이 끝장을 보고야 말았다.

일요일 저녁, 다 같이 밥 먹다가 또 한 번 대형 폭탄을 투하했다.
"엄마, 나 다시 수능 볼래."

고1 때 갑작스러운 전학으로 방황했고, 고2 때 안정을 찾나 싶었으나 코로나 시작과 함께 고3을 맞았다. 힘들게 수업일수 채워가며 겨우 졸업했다. 공부는 전학과 동시에 마음이 떠났고, 욕심을 내려놓고 졸업하는데 의미를 찾았다. 집에서 통학할 수 있는 수도권 내 4년제 대학을 간 것만으로도 감사했다. 줌 강의이긴 했지만 한 학기 간 보기를 해보더니 자폭 F를 깔고 휴학을 했다. 성적에 맞춰 영혼 없이 입학한 학교는 처음부터 제 것이 아니었다. 자기한테 맞는 길을 다시 찾겠다며 이런저런 경험을 했다. 결국 다시 공부하겠다고 핵폭탄 선언을 했다. 그저 이름 좋은 명문대 목표가 아니었다. 스물하나 딱 지금 자기가 할 수 있는 최선의 길은 창업도 아르바이트도 아니라 제대로 된 '공부'라는 생각이 들었단다. 수능 공부에 최선을 다하지 않았던 고3 시절이 나중에 더 큰 어른이 되어서도 두고두고 후회로 남을 것 같다고 했다. 후회 없이 도전해 본 그 '찐 경험'을 갖고 싶다고 했다. 고등학교 시절 자기 뜻과 상관없이 벌어진 일들이 감당이 안 돼서 힘들었고, 공부를 열심히 해보고 싶은 생각도 없었다. 이제는 창업도 해보고 아르바이트도 해보고 영어 공부에도 도전해보면서 내가 얼마나 멋진 사람인지 알게 됐다고 했다. 그래서 제대로 다시 공부를 해봐야겠다고 생각했단다. 온종일 침대에서 뒹굴뒹굴하며 유튜브와 드라마만 보며 사는 줄 알았는데, 그 뒹굴거림 속에서도 자기 인생을 건 고민은 계속되고 있었다. 세상에 이런 일이! 네가 다시 공부를? 자다가도 피식 웃음이 났다.

"엄마, 나 공부하고 싶은데…, 돈 있어?"

언니를 다시 독립시키면서 목돈이 들어간 줄 아는 막둥이는 슬슬 눈치를 살폈다. 기숙학원 비용이 만만치 않다는 걸 알아보고 나더니 엄마에게 과연 그런 돈이 있을까 반신반의했다. 막연하긴 했지만 이런 날이 반드시 오기를 기다려왔다. 그 좋다는 입시학원 집 앞에 널렸지만, 등록하기만 하면 한두 번 가보고 결국 제 발로 박차고 나왔다. 환불받은 적이 수두룩했다. 결국 고3 막판이 되어서야 수학 학원과 독서실 다닌 게 전부였다. 그때 학원 갈 돈 통장에 적금으로 묶어놓고 굳게 다짐했다.

'이 돈은 언젠가 둘째가 다시 공부하겠다고 할 때, 언제든지 꺼내서 지원해줘야 할 교육비다. 어떤 비상시국이 와도 절대 깨지 말아야 할 '미래 성장 지원자금'이다.'

뭐든 생각하는 대로 된다더니 제대로 지원해 줄 날이 오고야 말았다. 그동안 혼자 몰래 그려온 엄마의 큰 그림을 보여주며 지금 그 결심대로 후회 없이 도전해보라 응원했다.

"역시 엄마는 나를 사랑하고 있었구나!"

엄마의 사랑법이 제대로 적중했다.

말 떨어지자마자 기숙학원에 등록했고, 반수생들을 위한 입소 날짜를 기다리며 마음이 분주했다. 언니를 독립시킨 지 얼마나 됐다고 막둥이까지 갑자기 집을 떠나겠다니 빈 둥지에 홀로 남을 어미 새는 당황스러웠다. 걱정스러운 마음을 숨기고 남들보다 늦은 시작이라는 불안감을 달래주며 조용히 옆에서 입소 준비를 도왔다. 함께 서점에 가서 수험생을 위한 수능교재를 다시 골라주고, 카페에서 공부할 때 옆에서 같이 책 보며 곁을 지켜줬다. 기숙학원에 입소하면 당분간 누리지 못할 대형 마트 카트 놀이를 즐기게 해줬고, 고3 이후로 꺼내 보지도 않던 안경을 새로 맞춰줬다. 떨어져 있을 때 보고 싶어질 얼굴을 인생 네 컷 스냅사진에 담았고, 동네 맛집에서 둘만의 저녁 식사를 즐겼다. 2년간 코로나로 출입 금지되었던 극장에서 팝콘 먹으며 영화도 봤다. 입소 전날 저녁, 막둥이는 자기 없을 때 아무거나 대충 먹지 말라며 한우 소고기 한 팩을 안겨줬다. 철부지 막둥이인 줄로만 알았는데 철들어 엄마 곁을 떠나는 애 어른이었다. 결국 엄마는 눈물이 핑 돌아요. 정말로….

입소하는 날, 집 떠나는 딸에게 혼자 택시 타고 가면서 읽어보라고 장문의 편지를 가방 앞주머니에 몰래 넣어줬다. 아들 군대 보내는 마음이 이런 거겠지? 요즘 군대는 전화도 할 수 있지만, 기숙학원은 핸드폰도 수거한다. 연락할 수 있는 유일한 방법은 기숙학원 홈페이지에 엄마가 편지 쓰는 거였다. 그렇게 입소 후 딸에게 일주일에 한두 번 연애편지를 쓰면서 그동안 말로 표현하지 못했던 속 깊은 사랑을 고백했다.

둘째는 혼자 걱정하고 있을 엄마를 위해 비밀 선물을 준비하고 있었다. 기숙학원에서 공부하면서 틈틈이 엄마에게 하고 싶은 말을 매일 날짜대로 한 장씩 넘겨보는 메시지 카드로 만들었다. 휴가왔을 때 편지 수첩을 책상에 몰래 놓고 갔다. 매일 아침 한 장씩 넘겨보며 오늘은 어떤 마음으로 지금 거기에 있는지, 무슨 고민을 하고 있는지, 어떻게 엄마 생각을 하고 있는지 쪽지 편지로 대화를 나눴다.

"우리 이제 추석에 보자! 너무 이러쿵저러쿵해서 조금 부끄러운가 싶기도 한데 엄만데 뭐 어때! 그치? 영란 씨! 쭈니콩의 노력이 느껴지지? 우리 딸 열심히 살고 있구나. 뭐 그렇게 말이야. 나도 내가 이렇게 살 줄은 꿈에도 몰랐어. 어쩌다 여기까지 왔을까? 여기 와서 다양한 사람도 만나고, 스스로 도전도 하고, 좋은 사람도 만나고, 여러 경험을 하면서 내 인생은 얼마나 더 풍부해졌을까 생각해. 앞으로의 도전들이 더 거침없을 것 같기도 하고. 일단 해보자! 하는 생각이 생겼으니까. 이제는 좀 더 장기적인 도전들도 그리 무서워하지 않고 도전할 것 같아. 영란 씨도 옆에서 계속 잘 지켜봐 줘. 재밌을 것 같은데? 관찰자의 입장은 어떨지 궁금하네. 불안할 때 걱정될 때 꼭 내가 초심을 잊지 않으면 좋겠어. 용기가 가득했고, 가속도를 믿었고, 무한한 신뢰가 가득했던 그때 말이야. 물론 지금도 나는 나를 믿고, 내가 꼭 해낼 건데, 가끔은 헷갈릴 때가 있고, 마음이 약해질 때도 있어. 그럴 때면 나는 다시 주문을 걸어. 내가 해냄! 이라고. 내가 독서실에 붙여뒀어. 여러 의미가 담겨있어. 나는 할 수 있고, 하고 있고, 할거라는 의미도 있어. 작은 일이라도 하기 싫을 때가 있잖아. 그럼 이 문구를 보고 일단 시작해. 그리고 마음속으로 외쳐. 내가 해냄! 그러면 봐봐, 역시 내가 해냈잖아 하는 거지. 그리고 나의 소망과 희망이 담겨 있기도 해. 수능이 끝나고 모든 결과가 나왔을 때 그때도 꼭 외치고 싶다는 마음이야. 그땐 크게 소리치려고. 내가 해냄! 이렇게 말이야. 굉장히 좋은 말을 생각해낸 것 같아. 영란 씨, 딸내미 너무 기특하지? 당신 딸 정말 잘 컸다! 영란 씨는 두 가지를 준비해 둬. 같이 크게 외쳐줄 마음과 내가 외치지 못할 때 그럼 우리 뭘 외칠까? 했을 때의 멘트는 엄마가 생각해 둬. 나는 외치겠다는 생각을 가득 가지고 남은 시간을 보낼 테니까! 영란 씨 사랑혀~ 앞으로도 잘살아 보세~ 우린 좋은 사람들이니까."

막내가 스무 살이 되면 엄마는 졸업인 줄 알았다. 나에게 다시 제2의 육아가 시작됐다. 좀 떨린다. 기대된다. 그러나 이번엔 절대 흔들리지 않는다. 그때보다 더 단단해진 내공으로 아빠 몫까지 든든하게 지켜줄 만만한 베짱이 이젠 나에게도 장착됐으니까. 너의 미래가 몹시도 궁금한 엄마는 벌써 설렌다.

나 요즘 정말 괜찮은 거니?

"잠깐! 아직 먹지 마! 엄마 카스(카카오스토리)에 얼른 올리고."

군침 도는 음식 앞에 철벽 방어를 치며 '찰칵찰칵' 사진을 찍었다. 어디서 뭘 먹든 사진 먼저 찍어 올리는 게 중요한 임무였다. 연예인은 아니지만 내 삶을 시청하는 카스 친구들에게 생생한 현장의 목소리를 전하는 게 '나 이렇게 잘 살고 있소!'를 알리는 증표였다. 정성껏 남긴 소소한 일상을 꺼내 볼 때마다 가슴 설레는 추억이 소환됐다. 별것 아닌 일상에 별스럽게 호들갑 떨며 의미를 부여했다. 내 자존감이 한 뼘씩 자라는 카스 질을 그래서 나는 참 좋아했다. 일상의 소소함을 순발력 있게 나눌 때, 친구들이 누르는 '좋아요'는 새로운 관계 맺기의 시작이었다. 귀 쫑긋 세우고 눈 반짝여주는 그 친구들의 몸짓은 내 삶을 응원하는 따뜻한 맞장구였다.

물과 공기처럼 늘 누리고 있을 땐 몰랐다. 결핍과 마주할 때 비로소 얼마나 큰 존재였는지 실감했다. 내가 그토록 사랑했던 SNS도 그랬다. 친구의 카스에서 온 가족이 다정하게 찍어 올린 사진 한 장이 준 상대적 박탈감이 꽤 큰 상처로 남았다. 이제 더는 남편과의 다정한 사진은 찍어 올릴 수 없다. 평범한 가족사진 올리기가 그 순간 절대 평범하지 않은 일임을 알아버렸다. 일상의 소소함이라는 타이틀 속에 자랑질로 넘쳐나던 흔적을 보며 누군가에게 나도 힘든 시간을 전하지는 않았나 되돌아보게 됐다. 카스는 열어보기 두려운 판도라 상자가 됐다. 친절하게 배달되는 '과거의 오늘 있었던 추억'을 무방비 상태로 열어보는 순간 수도꼭지가 터져버렸다. 어느 포인트에서 꾹꾹 눌러 놓은 '보고 싶다'가 터져버릴지 몰라 친절한 추억배달은 사양했다. 세종에서의 추억 가득한 가족 앨범이던 카스 시대는 그렇게 막을 내렸다.

나에게 안부를 묻는다. 괜찮지 않은 시간을 보냈고 지금은 괜찮아 보이지만 정말 괜찮은 건지 다시 한번 더 안부를 챙겨 묻는다. 준비 없는 이별은 남아 있던 가족을 송두리째 흔들어 놓았다. 그걸 누구는 날벼락이라고 하고 청천벽력이라고도 하고 상실의 아픔이라 말했다. 어떤 단어 조합을 갖다 붙여도 딱 맞아떨어지는 단어는 아직 찾지 못했다. 슬픔이고 외로움이고 아픔이고 결핍이고 허망함이고 황당함이고 배신이고 원망이고 나 어떻게…, 어쩌라고…, 이게 뭐야…, 이럴 거면 왜 그렇게 열심히 살았어…. 남편을 떠나보내고 긴 터널을 지나는 동안 가슴 가득 차올랐던 퍼즐은 세상 온갖 불행의 단어들로 가득했었다.

웃으면 안 될 것 같았다. 웃다가도 다시 입꼬리를 내렸다. 벗어날 수 없는 죄책감을 떨쳐내고 싶었다. 엄마의 생명력이 그대로 두 딸에게 비쳐 거울로 반사됐다. 두 딸이 우울감에서 벗어나 자기 삶을 활기차게 잘 살아가기를 바랐다. 그러기 위해서는 나부터 내 삶을 잘 살아가야 했다. '나처럼 해봐요 요렇게' 거울 놀이를 시작했다.

배우자 상처는 3년은 지나야 한다는 누군가의 위로에 기대 어금니 꽉 물고 3년을 버텼다. 그 깊은 한숨이 좀 가벼워질 때까지 왜 나에게 이런 일이? 하늘이면 왜? 성급한 답을 찾지 않으려 철저히 외면했다. 자꾸 답을 찾으려 할 때마다 나를 달래주었다. 명상하고, 산책하고, 책 읽고, 그림 그리고, 글씨 쓰고, 그냥 멍 때리며 심심할 틈 없이 뺑뺑이를 돌렸다. 시간이 약이라더니 그 약발이 역시 갑이었다. 좋은 것만 편집된 기억을 챙겨 세 모녀는 5년이 지나서야 각자의 위치에서 제자리를 찾아가는 중이다. 엄마는 다시 학교에서 빛나고, 두 딸은 성인이 되어 제 꿈을 찾아 날갯짓하느라 바쁘다.

설날 맞이 카트 놀이하러 둘째와 대형 마트에 갔다. 1년에 딱 두 번 추석, 설날 민족 대명절에만 가능한 앞 자릿수 3을 찍는 거대한 카트 놀이로 구석구석 신상품에 눈팅을 찍어주었다. 그냥 지나칠 뻔한 그릇 코너에서 곰돌이 푸가 그려진 그릇을 본 순간, 보고 싶던 얼굴이 겹쳤다. "이건 꼭 챙겨줘야 해!" 찌찌뽕을 외쳤다.

곰돌이 푸는 우리 가족에게 남다른 의미였다. 그냥 그건 아빠이고 남편이었다. 살았을 때도 아랫배 푹신한 푸 캐릭터였고 마지막으로 가족 해외여행에서도 꿈에서도 아빠 생각하라고 두 딸에게 푹신한 푸 인형을 하나씩 안겨주었다. 둘째는 장례식 끝나자마자 아빠 없는 중학교 졸업식에 친구가 선물해 준 푸 인형을 가슴에 품고 아빠와 함께 참석했다. 제삿날이면 추선상에 영정사진 대신 가슴에 품었던 그 푸 인형을 올려놓고 아빠를 기억한다. 문구점에서 푸 캐릭터가 있는 노트와 필통을 사서 아빠와 함께 학교에 갔다. 아빠는 늘 너희들 곁에 있음을 기억하라고 작은고모는 푸 커플티를 사줬다. 큰딸은 방황하던 고3 자율학습 시간에도 푸 그림을 그렸고, 매일 푸 컵에

물을 따라 마셨다. 푸 지갑을 열어 교통카드를 꺼내서 학교에 갔고, 엄마는 푸 열쇠고리를 가방에 걸고 다니며 늘 함께 지냈다. 마트에서 사 온 밥그릇, 국그릇, 둥근 접시, 사각 접시에서도 매일 푸가 춤추고 노래한다. 이젠 밥도 함께 먹는 거다. 그렇게 우리는 늘 함께하고 있다.

영정사진을 꺼내놓고 전 부치고 나물 무쳐 제사상을 차려야만 애도가 아니다. 마음에 함께 하고 있음을 느끼며 아빠를 기억나게 하는 푸가 가득한 우리 집은 생활 속에서 늘 애도하고 있다. 여태 그걸 모르고 제삿날만 되면 괜히 우울해졌다. 이젠 푸가 365일 가벼운 마음으로 우릴 지켜줄 거다. 밥그릇 속에서 환히 웃는다. 매일 행복하진 않지만, 행복한 일은 매일 있다고 속삭여준다.

다시 들춰보기 힘들었던 가족 앨범 카스도 이제는 가끔 들여다본다. 장난기 가득 푸 얼굴로 환하게 웃는 모습을 보며 으이구! 꿀밤을 때려주기도 한다. 남에게 보여주는 가족사진은 끝났지만 나만 보는 가족사진 앨범 카스는 이럴 줄 알고 미리 장만해둔 추억 앨범이었나 보다. 언제든 꺼내 볼 수 있는 '함께'가 상시 대기 중이다.

"나 요즘 정말 괜찮은 거니?"

다시 한번 더 나에게 안부를 묻는다. 볼 때마다 마음 무겁던 푸랑 장난치는 걸 보면 용 됐다, 용 됐어! 괜찮아지고 있는 거 맞다. 꽃 피는 봄아! 너 딱 기다려라! 머리에 꽃 하나 달고 정신줄 살짝 놓아가며 조금만 더 가벼워지련다.

오늘부터 다시 1일

    학교에 복직해서 제자리를 찾느라 남편을 모신 추모 공원을 한동안 찾지 못했다. 아니, 그 힘겨웠던 3년 고개가 다시 생각날 것만 같아 판도라 상자를 열고 싶지 않았다. 미루고 미루고 또 미루다가 4주기를 넘기고 나서야 연말 정산하듯 가족 안부를 전하고 싶어 불쑥 찾았다. 이만큼 시간이 지났고 복직 후 누구보다 열심히 잘 살았으니 웃으며 씩씩하게 잘 있었냐 안부를 물을 수 있을 것 같았다.

    내 이럴 줄!
    이름 석 자를 보는 순간부터 판도라의 상자는 여지없이 터져버렸다. 사진 하나, 꽃 한 송이도 갖다 놓을 수 없는 매립식 구조라 힘겹게 찾아가도 이름 세 글자와 숫자만 보인다. 대리석 조각에 새겨진 출생 연월일은 내가 매년 미역국 끓여주던 생일이다. 사망 연월일은 말도 없이 떠난 충격적인 그날 밤이었다. 구석 저편으로 밀어두었던 기억의 퍼즐은 어찌 그리도 순식간에 맞춰지는지. 세상에 없는 존재임을 머리로도 알고 가슴으로도 알지만 '사망'이라는 단어를 마주할 때마다 아직도 시리고 아프다. 가족관계증명서를 뗄 때마다 숨이 턱 막히는 이유다.

남편을 만나러 올 때마다 가슴에 담아둔 넋두리를 쏟아냈다. 말도 없이 떠난 그 무심한 짝꿍에게 주절주절 안부 편지를 썼다. 오늘도 손수건 흠뻑 젖을 때까지 쏟아냈다.

보고 싶고, 보고 싶고, 또 보고 싶은 당신에게
가야 하는 줄 알면서도 미루고 미루던 발길. 오면 힘든 줄 뻔히 알기에 그 힘듦을 마주하기 싫었나 봐요. 단단히 삐져서 한동안 발길 닿지 않았던 거 알죠? 3년 고개 잘 넘기고 의리 지켰으니 이젠 그만 슬플 거라고 선언했거든요. 당신이랑 함께한 사랑을 추억하며 더는 외로움에 잠식당하고 싶지 않았어요. 이젠 눈물을 거두고 웃음으로 다시 나를 채우는 중이에요. 당신한테 미안한 생각은 없어요. 당신과 함께하는 동안 누구보다 당신에게 충실했던 나였으니까. 혹시 서운한가? 그래도 할 수 없네요. 내 서운한 거에 비하면 아무 말 없이 떠난 당신은 말할 자격이 없을 테니까. 바로 다시 태어났으면 다섯 살쯤 됐겠고, 아직도 다음 생을 준비 중이면 천사 날개 달고 있으려나? 이제 각자 새로운 삶에 충실하면 되는 건데 왜 여기만 오면 눈물바다가 되는 건지 모르겠어요. 갑자기 떠난 충격이 오롯이 되살아나는 시간. 저 사망 연월일부터 오늘까지 그 시간 속의 내가 안쓰러워 자기 연민에 빠지는 건지도 모르겠어요.

여보!

한 해 동안 우리 세 모녀가 잘 지낼 수 있도록 보살펴준 거 잘 알아요. 내가 간 학교에 좋은 사람들 붙여주고 아이들도 자기 길 잘 찾아갈 수 있도록 다 지켜보고 있는 거 맞죠? 복직하고 학교에 적응하면서 무사히 1년 잘 보냈어요. 이번 방학 때 명절 휴가비까지 같이 나와서 월급 많이 받았는데 실컷 써보고도 싶지만, 싹싹 긁어서 독립하는 큰 딸내미 보증금으로 써야 할 거 같아요. 나도 차도 사고 싶고 스타일러도 사고 싶은데…. 옆에 있었으면 걱정하지 말고 팍팍 써! 내가 다 준비해놨어! 하고 또 뻥쟁이 허풍 떨었을 텐데 그 소리가 참 그리워요.

지나고 보니 그래도 당신 냄새나는 베게 보랑 옷 하나쯤은 비닐 팩에 넣어둘 걸 후회돼요. 장례식 끝나고 집에 오자마자 옷부터 쌓아놓고 버려버렸는데 그래도 아빠 플리스를 주워다가 아직도 걸치고 다니는 둘째가 역시 현명한 거 같아요. 빨리빨리 해치우려는 이 못된 습성은 꼭 이렇게 후회를 남긴다니까요. 이 여사가 그럼 그렇지 한마디 하고 있겠죠?

당신이 마흔여섯에 떠났고 나는 이제 당신 나이를 넘어서서 마흔여덟이 되요. 당신 이제 연하남? 그러니까 한해 한해 나이 들어갈수록 당신은 더 어린 연하남이 되는 거네요. 그렇게 내 마음속에 늘 마흔여섯 살 젊은 오빠로 살아줘요. 연하남 데리고 살면 능력자라고 하던데 나도 능력자에 여신까지 되어볼게요.

매일 당신 생각 안 한다고 너무 서운해하지 말고 당신도 천사 여친도 사귀고 어린이집 다니면 여자 친구도 사귀고 재미나게 지내요. 그래도 가끔은 꿈에라도 좀 나타나 잘 지내고 있는 얼굴도 좀 보여줘요. 염치가 없어서 그런 건 알겠는데 동생한테는 다녀간다면서 나한테만 안 나타나는 건 좀 섭섭해요. 그렇게 떠나고 며칠 있다가 새벽에 슬며시 와서 흐느끼며 안아주던 그 느낌 아직도 생생히 기억하고 있어요. 이젠 얼굴만 잠깐 비치고 가도 돼요.

오늘 여기 와서 또 하나 건지고 가네요. 당신을 연하남 남친으로 다시 사귀게 됐으니까 다시 연애하는 마음으로 숨겨둔 연하남 애인 보러 또 올게요~ 매년 내가 세배하면 챙겨주던 세뱃돈은 명절 휴가비로 두둑해진 월급통장으로 대신할게요. 새봄에 또 뜨겁게 만나요.

2022. 1. 24. 월
설날을 기다리며 당신의 사랑스러운 이 여사가

늘 3년 오빠였던 그는 이제 연하남이 되었다. 세 살 오빠라고 어깨에 왕 뽕 넣고 온갖 잘난 척 다하더니 이젠 내가 누나다. 마음속에 꽁꽁 숨겨두고 한 해 한 해 사귈수록 더 젊어지는, 늙지도 않는 방부제 연하남이다. 다시 오늘부터 1일을 시작했다.

이런 그날 예약합니다

2022년 2월 1일. 설날이다. 까치까치 설날에는 반가운 손님이 온다기에 혹시나 하고 기다렸다. 엊그제 설맞이로 추모 공원에 갔을 때도 크게 인심 한 번 써서 꿈에 좀 나와달라 그렇게 부탁했건만 에잇! 까였네! 감감무소식이다. 연하남 남친이 좀 까칠해졌다.

베란다 너머로 새하얀 雪 풍경을 바라보며 올해 꼭 이루고 싶은 소원을 새하얀 눈 위에 그렸다.

2023년 12월 23일 여섯 번째 고개를 넘을 땐 이런 내가 되었으면 좋겠다. 그날의 일기를 미리 써본다.

지난 6년간 우리 세 모녀가 함께 통과한 터널 속 이야기를 담아 출간했다. 설날을 앞두고 새해 목표로 책을 쓰겠다며 과감하게 글쓰기를 시작했다.

프롤로그에 넣은 날짜는 2023.10.31. 결혼기념일이요,

책 발행일은 6주기인 2023.12.23.로 미리 정해놓고 시작했다.

올해 안에 반드시 끝을 보고야 말겠다며 수없이 다짐했다.

그걸 이렇게 해낸 내가 기특하고 대견하다.

글쓰기 스승님 이은대 작가님과 함께 잠실 교보문고에서 저자 사인회도 가졌다. 6주기를 일주일 앞두고 사인회를 하면서 지난 시간 잘 이겨낸 선물을 받은 것 같았다. 글쓰는 과정을 함께 격려해준 자이언트 북 컨설팅 동료 작가님들 덕분이다. 내가 이만큼 걸어오기까지 큰 힘이 되어 주신 귀한 인연들이다.

책이 반응이 좋아 온라인 서점 에세이 분야 베스트셀러를 찍었다. 여기저기에서 강의 요청도 들어오고 있다. 가족 상실의 아픔을 가진 독자들이 그만큼 많다는 거다. 서평을 보니 누구나 피해갈 수 없는, 직면해야만 하는 가족 이야기이기에 공감이 크다고 한다. 그들에게 따뜻한 위로의 손길이 되면 좋겠다.

출판사에서 첫 인세를 받았다.

나에게 좋은 선물을 해주고 싶어서 생전에 남편이 늘 타고 싶어

했던 차를 나에게 사줬다. 두 딸과 함께 새 차를 타고 추모 공원에 가서 책을 보여주며 가족 출간 기념회를 가졌다.

그동안은 쏟아내지 못한 이야기가 많아서 그렇게 눈물이 났나 보다. 첫 장 첫 줄을 쓰면서부터 마지막 퇴고할 때까지 읽을 때마다 눈물을 쏟았다. 책에다 다 털어냈더니 이제 눈물이 멈췄다. 다시 아픔을 건드리게 될까 봐 쓸까 말까 수없이 망설였는데 풀어내는 모든 과정이 내겐 치유의 시간이었다.

웃으며 잘 지냈다고 말하고, 웃으며 잘 지내라며 속삭이고 왔다.

이젠 내 안의 깊은 우물을 퍼냈으니 퐁퐁 솟아나는 샘물 같은 이야기를 길어 올리고 싶다.

가족 이야기의 막은 끝났고 제2막은 학교 이야기다.

다음 책을 구상하며 행복하게 목차를 뽑고 있다.

막과 막 사이에서 다시 가슴이 뛴다.

힘겹게 여섯 고개를 넘었다.

한 고개 넘을 때마다 흔들리기는 했으나 진폭은 점차 작아졌다.

그즈음이 되면 흔들릴 걸 예상하고 보호장비를 단단히 챙겼다.

지난 6년간 나를 채운 기원, 명상, 산책, 독서, 글쓰기, 취미, 만남, 연대, 소통, 나눔의 실천은 나를 단단히 세워준 강력한 보호장

비었다.

딴짓거리 심리적 CPR은 결국 내 몸에 다시 피를 돌게 했고 온기를 채웠다. 그 덕분에 폭풍우에 떠내려가지 않고 단단히 잘 버텼다. 무엇이든 할까 말까 망설이지 않고 일단 삼세판은 해보는 실행력 덕분에 슬픔에서 탈출할 수 있었다.

우리 반 아홉 살처럼 다섯 고개 놀이를 좋아한다.
나다운 색깔을 되찾기까지 넘어온 그 여섯 고개가 이젠 놀이로 다가온다.
이제껏 한 번도 겪어보지 못한 엄청 센 놀이
한 고개씩 넘을수록 그다음은 점점 쉬워지는 놀이
다음 고개에는 또 어떤 일이 기다릴까 기대되는 놀이
다음 고개 앞에서 여지없이 또 흔들이는 놀이
넘는 동안 크고 작은 문제들을 극복하며 지혜를 배우는 놀이
넘어서면 별거 아니었네 하고 만만해지는 놀이

인생, 중생소유 "樂" 이라 하지 않던가! 어쩌면 우린 죽을 때까지 나만의 고개 넘기 '놀이'를 하는 건지도 모르겠다.

다음 고개?

어디 올 테면 와라! 이젠 사뿐히 넘어 줄 테니!

더 이상 두렵지 않다. 기다려진다. 설렌다.

실존주의 철학에서는 산다는 것은 곧 시련을 감내하는 것이며, 살아남으려면 그 시련 속에서 어떤 '의미'를 찾아야 한다고 말한다. 지난 6년은 그 의미를 찾아가는 긴 묵상의 시간이었다. 그 시간을 책으로 엮어내는 과정은 내 삶의 시계가 멈췄던 순간으로 되돌아가 찬찬히 더듬어보는 되새김질이었다. 그때 미처 발견하지 못했던 의미를 다시 그 자리에 되돌려 놓는 빚 청산이기도 하다. 내 시련을 가치 있는 것으로 만드는 나만의 선물 포장이다.

선물 같은 시간 여행

5주기를 넘기며 다시 나만의 '쉼표'를 준비했다. 2023 경기 교사 연구년에 지원해서 최종 선발됐다. 코로나를 겪으며 학교 안에서도 혹독한 몸살을 앓은 교사들은 저마다 충전의 시간이 간절해졌다. 때마침 경기도 교육감 당선으로 교사 연구년제도 공약 이행에 따라 폐지되었던 연구년 제도가 갑자기 부활했다. 복직 후 2년간 다시 신규교사의 마음으로 학교생활에 적응하며 몰입했다. 학급을 돌보느라 소진한 몸과 마음 연구년을 통해 다시 충전하고 싶었다. 온전히 나를 위한 돌봄의 시간이 필요했다.

교실 속에서 아이들과 가슴 뛰는 삶으로 남은 교직 생활을 마무리하겠다 마음먹었다. 내가 아이들과 뭘 할 때 가슴 뛰는지 질문을 던지니 그림책을 나눌 때라고 답한다. 좋은 그림책을 더 공부하고 싶었다. 그동안 그림책을 활용해 수업 개선을 실천하고, 주변 선생님들과 수업을 공유하면서 학교의 삶이 더욱 풍요로워졌다. 그림책 향유자에서 이번에는 그림책 창작자로서의 삶도 꿈꾸고 싶었다. 그림책을 직접 만드는 활동을 교육과정 속에서 프로젝트 수업으로 실천해보고 싶었다. 학교에 다니느라 챙기지 못했던 그림책 관련 체험활동도 경험해 보고 싶었다. 뭐 하나 배우면 끝내주게 가성비 뽑아내는 응용력, 창의력을 장착한 나다. 학교 밖으로 뛰쳐나가 그 좋은 교육 자료 싹 다 경험하고 돌아와 교실에서 아이들과 나누고 싶었다. 수업 속에서 빛나는 나는 결국 내 주변을 빛나게 할 테니까. 결국, 나를 채워 더 크게 나누고 싶은 삶을 실천하기 위해 연구년 교사에 지원했다. 선발 직전 23년간의 학급 경영노하우를 담아 '감성뿜뿜 학급경영 10가지 방법' 전자책을 출간했다. 실천의 저력과 행동력, 배움에 대한 의지, 다시 나누고자 하는 구체적인 실천계획을 면접관들에게 잘 전달했다. 사라졌던 연구년 제도의 부활에 코로나로 심신이 지친 교사들의 간절함이 불붙어 역대 최고의 경쟁률이었다. 그걸 내가 뚫어냈다. 최종 합격 소식에 힘껏 만세를 외쳤다. 다섯 고개 잘 넘기느라 애썼다고 큰 선물을 받은 것 같았다.

　연구년 공식 일정이 시작되던 3월 2일. 연구과제 짊어지고 바다로 떠났다. 생애 최초 '나 홀로 바다 여행'이었다. 선생님으로 살아오는 23년 동안 매년 3월 2일은 늘 종종거렸다. 정신줄 꽉 잡고 첫 만남 첫 출발에 초긴장하는 날이었다. 그런 3월 2일에게 시원하게 복수하 듯 보란 듯이 기차에 올라 바다로 출발했다. 내 생애 다시 없을 연구 년 첫 프로젝트는 안 해본 짓 해보기 1탄, '나 홀로 바다 여행'이었다. 나에게 주는 상징적 의미를 담아 멋진 첫 출발을 선물하고 싶었다. 응원하고 싶었다. 칭찬하고 싶었다.

강릉 경포대 앞바다와 경포호수 두 가지 맛을 동시에 즐길 수 있 는 곳에 숙소를 잡았다. 숙소 안에서는 햇살에 반짝이는 윤슬 가득 한 경포호수 뷰를 즐겼다. 숙소 앞에서는 푸른 파도가 넘실거리는 동해를 누렸다. '원하는 것 하나 정도는 미련 없이 해봐야지!' 노트북 에 붙인 나만의 명언을 바라보며 버킷리스트 하나씩 채워가는 중이 다.

늘 함께였다. 혼자 뭘 하는 게 익숙지 않았다. 남편이 없어지자 두 딸이 남편 자리를 대신했다. 장례식 끝내고 8개월 뒤 처음으로 셋이 부산 여행을 갔었다. 아빠 없이 처음 떠났던 세 모녀의 여행은 우당 탕 좌충우돌 전쟁 같은 여행이었다. 하나 빠진 빈자리가 꽤 큰 자리 였음을 여행에서도 확인했다. 이번엔 딸들도 떼어버리고 온전히 혼 자였다. 외로웠냐고? 전혀 아니올시다. 온전히 나만의 시간을 즐길 수 있었다. 혼자서도 바닷가에 돗자리 펴고 셀카 찍고, 혼밥하기 좋은 식당 찾아서 마음껏 즐겼다. 놓칠 수 없는 창밖 풍경을 그림으로 담아왔고, 강릉의 지역 명소 고래책방도 방문해서 그림책 연구과제도 수행했다.

다른 사람과 어울리거나 함께 있지 않고, 그 사람 한 명만 있는 상태가 '혼자'다. 외로울지 모른다는 건 착각이었다. 집 밖을 나서는 순간부터 '나'에게만 집중했다. 기차를 예매하고, 여행 가방을 행기고, 창밖을 바라보며 멍 때리고, 책 읽고, 글 쓰고, 생각하는 모든 순간이 나를 위한 한정판 선물이었다. 영'혼'의 충전을 위한 '자'발적인 선택. 혼자의 정의를 다시 써본다.

여행은 '나'를 알아가는 여정이라고 한다. 혼자 떠나봤을 때 나란 사람이 어떤 사람인지 솔직한 나와 대면하게 된다. 우연한 기회에 강점 검사를 받게 됐다. 나란 사람, 도대체 어떤 강점이 있는지 궁금했다. 공감, 배움, 수집, 최상화, 긍정의 에너지가 주요 강점으로 분석됐다. 나 홀로 여행을 떠나보니, 그 강점들이 오롯이 살아났다. 바다, 호수, 하늘, 바람, 구름, 햇살 등 자연의 풍경에 온몸으로 공감했다. '감성뿜뿜'은 말 그대로 내 삶의 키워드가 됐다. 학교 밖을 나오니 온 세상이 배울 것 천지다. 그림책을 주제로 배움을 수집하며 삶의 즐거움을 가득 모으는 중이다. 수집된 정보는 최상화 전략으로 최고의 결과물로 만들어낸다. 온전히 내 하루를 꽉 채워 즐기고 하루 마감 손글씨 일기를 쓴다. 매일 하루의 메시지를 건져 올려 내게 쓰는 캘리로 나에게 선물을 한다. 하루를 최상화로 마무리하면 내일은 또 어떤 일이 일어날까 설렌다. 설렘으로 가득 채운 긍정 에너지는 모든 순간에 감사하게 되고, 더 최선을 다하고 싶어진다. 호기심이 생기고 안 해보던 짓에 또 도전하게 된다. 여행으로 강점 근육이 더욱 단단해지고 있다. 이젠 좋아하는 그림책 작가의 원화전을 보려고 당일치기 부산 여행까지 다녀올 수 있을 만큼 대범해졌다. 이만하면 용 됐다, 용 됐어! 나, 잘 크고 있다.

세 모녀가 다시 뭉쳐보기로 했다. 큰딸이 이번 여름방학에 교환학생 단기 프로그램으로 이탈리아로 공부를 하러 가게 됐다. 옳거니! 엄마도 동생도 따라붙었다. 때마침 10년간 꼬박꼬박 부어온 적금도 만기일이 다가온다. 적금 붓기 시작했을 때, 막연하게나마 나도 해외여행 가고 싶다는 간절함을 담았다. 고흐의 그림을 따라 그리면서 언젠가 프랑스에서 고흐의 그림을 보고 오리라 다짐했다. 꿈은 이루어진다는 말이 거짓은 아니었다. 한 달 동안 피렌체, 베니스, 파리에 머물며 우린 또 우당탕 헤맬 거고, 옥신각신 시끄러울 거다. 그래도 세 모녀 첫 해외여행에 마냥 설렌다. 어떤 추억을 수집해올지 기대

된다. 언젠가 나 홀로 해외여행도 살며시 꿈꿔본다.

내 삶을 우선 연구 중이다. 그림책은 그저 부제목일 뿐이다. 마흔 끝자락을 잡고 쉼을 바라보며 인생 로드맵을 다시 그려보는 중이다. 니체를 만나고, 정약용을 만나고, 헤밍웨이를 만난다. 매끼 식사 때마다 김치 대신 빨강 머리 앤을 만난다. 강릉과 부산에서 바다와 호수를 만나고, 아침고요 수목원에서 아름다운 풍경을 만난다. 서울국제도서전에서 그림책 출판사 부스를 돌며 그림책과 출판사 대표들, 작가를 만난다. 잠실 교보문고 저자 사인회에서 매달 한 번씩 다양한 작가들을 만난다. 책, 자연, 사람을 넘나든다. 수많은 만남 속에서 이야기보따리를 가득 수집 중이다. 내 삶이 나날이 풍성해진다. 무지갯빛 설렘 수집으로 내 안이 눈부시게 화려하다. 교실로 돌아가면 한동안 내 수다가 좀 길어질지도 모르겠다.

지금의 내가 그때의 나에게

여기까지 오느라 참 애썼다. 내가 나를 기특하게 여기는 건 바로 이런 순간을 말한다. 그때의 내가 지금의 내가 되어 주어 감사하다. 그 기나긴 시간의 의미를 이제야 건져 올린다.

스물다섯, 내 삶의 가장 화려하고 예쁜 꽃이 피던 계절이 평생 함께 하고픈 짝꿍을 만났다. 서로 첫눈에 반했고 6개월 만에 결혼했다. 뭐가 그리도 급했을까? 첫 발령을 받고, 세상 물정 하나 모르던 철부지가 인생을 걸고 고민해야 할 그 결혼을 우당탕탕 해버렸다. 이 사람이라면 평생 의지해도 되겠다 싶은 든든함에 영원히 벗겨지지 않을 콩깍지가 제대로 씌워졌다. 함께 할 시간이 그리 많지 않았기에 우린 그렇게도 서둘렀나 보다. 100세 까지 함께 할 줄 알았는데 고작 18년이었다니! 그래서 우린 그렇게 매 순간 그립고 다정했나 보다.

아직도 마지막 장면을 떠올릴 때면 눈시울이 붉어진다. 흰 천에 덮인 그의 얼굴을 확인하며 입가에 묻은 피를 닦아주고, 흩어졌던 머리를 쓸어 넘겨주던 내 마지막 손길. 차마 사무쳐 떠나지 못할까 봐 소리 내서 울지도 않았다. 입술 안쪽을 앙다물고 울음을 삼켰다. 극한의 슬픔이 몰아쳐 오던 찰나의 순간, 나는 주저앉아 울지 않았다. 끝까지 그의 마지막을 살뜰히 챙겼고, 무너지는 나를 일으켜 세웠다. 그 장면 속 나는 지금 바라봐도 참 안쓰럽고 애틋하다. 이게 뭐냐고 따지며 그냥 목놓아 펑펑 울었어도 괜찮았을 것을. 그렇게 하지 않았다.

뭔 정신으로 장례식을 치렀는지 믿기지도 않는다. 〈다큐 3일〉 영상을 따라가듯 그 장면 속 나는 떠올릴 때마다 낯설다. 드라마 속에서 연기를 하는 내가 보인다. 슬픔이 채 슬픔으로 와닿지 않는데 억지로 끌어올려야 하는 펌프질이 아직도 선명하다. 세상에 대한 분노가 슬픔으로 포장될 때 감정의 불일치는 깊은 상처를 남긴다. 잔병치레 하나 없이 건강했던 남편이 어느 날 갑자기 과로사로 죽어 나간 현실을 나는 더는 받아들일 수 없었다. 분노했고 분개했다. 누구도 해줄 수 없는 사후 뒷수습은 오롯이 내 몫이었다. 참 힘들고 외로운 싸움이었다. 말없이 떠난 짝꿍을 위해 유일하게 해줄 수 있는 건 억울한 죽음으로 남기지 않는 거였다. 장례식 다음 날, 응급의학과 담당 교수를 찾아가 상세 진단명을 받기 위해 울며 매달렸던 간절한 몸부림은 언제나 애달프다. 순직 처리부터 보훈처를 상대로 국가유공자 보훈 보상대상자 항소까지 만 2년을 꼬박 법정 싸움에 매달렸다. 사망진단서와 가족관계증명서를 볼 때마다 확인되는 부재는 나도 알고 너도 알고 있는 그 상처에 또다시 인두질해대는 고문이었다. 지금도 이름 석 자 옆에 붙은 '사망' 두 글자 앞에 잠시 멈칫한다.

　아빠를 잃어버린 두 딸과 남편을 잃어버린 엄마. 우린 서로의 아픔을 온전히 보듬어주지 못했다. 사후 뒷수습에 매달린 엄마는 각자 곪아가고 있는 두 딸의 상처가 보이지 않았다. 방황하는 두 딸을 어떻게 감싸 안아줘야 할지 몰랐다. 아빠의 빈자리는 한없이 컸다. 때론 싸우고, 때론 부둥켜안고 울며, 아주 가끔은 웃었다. 다시 집안에 온기가 돌기까지 3년이 걸렸다. 3년 고개를 함께 넘으며 우린 더 서로를 살폈고, 그 부대낌 속에 단단해졌다. 내가 잠시 '선생님'을 내려놓고 '엄마'로 돌아왔던 시간은 새로운 가족관계를 만드는 회복이자 애도의 시간이었다. 그때 손에 쥔 것을 모두 내려놓고 딸의 손을 덥석 잡아준 내 손이 다행스럽다.

죽음은 피하고 싶은 말이지만 직시해야 할 단어이기도 하다. 태어난 이상 반드시 죽는다. '어떻게 죽을 것인가?' 질문을 던지면 그럼 '어떻게 살까?'로 되돌아온다. 질문에는 스스로 답을 내야 한다. 내 하루를 잘 살아내는 나만의 필살기를 챙겼다. 나를 채우는 시간을 소중히 했다. 새살이 차오르는 은둔의 시간을 가졌다. 캘리그라피로 글씨 쓰고, 그림 그리고, 산책하고, 등산하고, 책 읽고 사색하고, 요리하며 내 일상을 글로 남겼다. 블로그에 나만의 감성 놀이터를 만들어 농도 깊은 글쓰기를 하며 애도의 시간을 보냈다. 그제야 온전히 슬픔을 어루만지며 미처 쏟아내지 못한 눈물을 길어 올렸다. 쓰고 쏟아내고 다시 들여다보며 또 쏟아냈다. 그 되새김질 속에 슬픔의 농도는 옅어졌다. 떠올리고 싶은 장면 속으로 다시 찾아가 '훅' 의미를 건져 올렸다. 정말 단단해진 내가 되었을 때, 나처럼 터널을 지나고 있을 미래의 누군가에게 내가 받은 위로를 전하는 따뜻한 글을 쓰고 싶었다. 나도 터널 끝에서 손 흔들어주고 싶었다. 아직 터널 끝에 도착한 건 아니다. 아직도 터널을 통과하는 중이다. 꼭 터널을 다 빠져나가야만 손 흔들어줄 수 있는 건 아니다. 영화 〈부산행〉 마지막 장면처럼 노래 부르면서 지나갈 수도 있는 거다. 그 노래 같이 부르며 함께 지나가고 싶다.

2년 만에 복직한 학교는 다시 가슴 뛰는 삶을 살아라! 주문을 걸었다. 삶과 죽음의 경계를 목격한 나는 삶에 대한 태도가 180도 달라졌다. 나와 함께 하는 매 순간의 인연을 소중히 하며 더 많이 나누고 감사하는 삶을 살고 싶었다. 학생을, 교사를, 학부모를 대하는 마음가짐이 달라졌다. 휴직하는 동안 내공으로 쌓인 그림책 공부와 캘리그라피로 예전보다 더 많이 마음을 표현하며 나눴다. 글쓰기로 다져진 내공은 복직 후 하루도 빠짐없이 교단 일기를 쓰며 별것 아닌 소소한 하루도 다시 오지 않을 별스러운 내 하루로 살뜰히 챙겼다. 오늘은 또 어떤 이야기가 펼쳐질까 호기심 가득한 눈빛으로 글감 사냥하러 가는 작가가 되었다. 가슴이 뛰는 삶, 제대로 작동 중이다.

　지나온 모든 길은 의미를 남긴다. 내가 빠져나온 터널을 되돌아보니 그 걸음마다 새겨진 의미가 이제야 눈에 들어온다. 그저 앞만 보며 가느다란 빛줄기 하나만 부여잡고 뚜벅뚜벅 걸었다. 반드시 끝이 있는 터널일 거고, 이 끝에는 다시 괜찮아질 내가 있을 거라 믿었다. 겨울은 반드시 봄이 될 거라 확신했다. 이만큼 시간이 지나주어 다행이다. 그 시간을 통과하면서 슬픔과 절망에 매몰되지 않고 지금의 나로 돌아와 줘서 감사하다. 호기심 천국의 천성을 타고난 덕분에 끊임없이 뭔가를 시도했다. 나를 챙기기 위한 몸짓을 멈추지 않았다. 삶에 대한 열정 유전자는 아직도 촉수를 꼿꼿이 세우며 또 뭔가를 탐색 중이다. '여기가 끝이 아니'라 속삭이는 이 촉수의 끝이 과연 어디까지 닿을지 나도 내가 궁금해진다.

5장

챙김의
시간

아무도
알려주지
않더군요

부검은 안 하셨어요?

남편 옆자리에서 조금 전까지 이야기 나눴다. 주차하고 올라온다던 남편을 불과 2시간 뒤 응급실에서 흰 천에 덮여 있는 모습으로 마주했다. 쓰러진 뒤 너무 늦게 발견되어 이미 심정지 상태로 응급실에 실려 갔었다. 실상 병원에서는 해볼 수 있는 게 아무것도 없었다. 심폐소생술을 시도하던 의사는 몇 차례 보호자 면담에서 회복 불가능을 이야기했다. 믿기지 않는 죽음 앞에 마지막 희망의 끈을 놓아버릴 수 없었고 뭐든 붙잡아야 했기에 조금만 더 해달라 애원했다. 결국 사망 선고가 내려졌고 장례식에 빈자리가 없어 하룻밤을 그대로 영안실 냉동실에 안치하고 돌아왔다. 밤새 눈물로 지새웠던 폭풍우 치던 밤의 기억은 지금도 무섭고 떨린다. 그와 함께 나도 그대로 냉동된 채 꼬박 밤을 지새웠다.

준비 없이 맞은 남편의 죽음 앞에 장례식 3일 동안 영정사진을 똑바로 바라볼 수가 없었다. 마흔여섯에 영정사진에 들어가야 할 남편도 정말 어이가 없었을 거다. 준비된 사진은 당연히 없었고 가족사진에 담긴 가장 행복한 얼굴을 확대해서 담았다. 마지막 모습은 그래도 세상 편안한 얼굴로 웃고 있었다. 이 사단을 만들어놓고 사진 속에서 천연덕스럽게 웃고 있는 모습에 어이가 없었다. 숨 쉴 때마다 한숨과 함께 기가 막힌다는 말만 튀어나왔다.

장례식에 온 손님들도 허망하기는 마찬가지였다. 놀라서 달려온 지인들은 위로와 함께 나중에 혹시 필요한 일이 있을 때 연락 달라며 명함을 주기도 했다. 뭐라도 도움이 되고 싶은 마음이 전해져 큰 위로가 되었다. 그런데 그 수많은 조문객 중에서 내가 정말 꼭 챙겨야 할 중요한 이야기를 건넨 사람은 아무도 없었다.

장례식이 끝나고 노무사를 만나 사후 순직 처리 절차를 밟았다. 서류 행정 업무는 노무사가 처리할 일이었지만 정작 중요한 서류를 발급받아 전달하는 것은 보호자가 해야 할 일이었다. 그중에서 가장 중요한 서류가 바로 '사망진단서'였다. 장례 끝나자마자 내 몸 추스르를 새도 없이 사망진단서 발급을 위해 다시 응급실을 찾았다. 그날의 기억이 고스란히 복기 되면서 그 공간에 들어서는 것조차 힘들었다. 사망진단서를 발급받아 노무사에게 사진을 찍어 전송했다. 확인하자마자 노무사에게 대뜸 전화가 왔다.

"사모님, 혹시 부검은 안 하셨어요? 사망 진단명이 명확하지 않아서 이 진단서 가지고는 신청 자체도 어렵습니다."

부검이라고? TV 속 사망사건에서 나오던 그 부검 말인가? 지하주차장에서 쓰러진 걸 두 딸이 발견했고 119를 불러서 심폐소생술을 시도하고 응급실로 실려 갔던 터라 경찰은 출동하지 않았다. 그때 만약 경찰이 출동했었더라면 사망사건으로 접수돼서 부검했을까? 병원에서도 장례식에서도 사후 처리 시 부검 결과가 필요하다는 이야기는 누구도 해주지 않았다. 더욱이 그 날벼락 같은 죽음 앞에 남편의 시신을 훼손하며 부검을 해야 한다는 사실도 받아들이기 힘들었을 거다. 부검을 왜 안 했냐는 노무사의 대쪽 같은 목소리에 정신이 번쩍 들었다.

"그럼 사망진단서에 정확한 진단명이 나오게 하려면 어떻게 해야 하나요?"

죽은 사람은 말이 없고 이미 장례식은 끝났고 부검을 할 수도 없고 그럼 도대체 뭘 어떻게 해야 한다는 말인가! 가족과 지인을 총동

원해서 서울대병원 의사 중에 도와줄 수 있는 사람을 찾아야 했다. 줄도 빽도 없는 민간인은 그저 동동거릴 뿐이었다.

장례식장에서 내게 명함을 주었던 남편의 동문 선배가 생각났다. 급히 도움을 요청했고 현직에 있는 의사를 찾았으나 사망진단서는 응급의학과 교수만 다룰 수 있는 고유 권한이었다. 지인 찬스도 소용이 없었다. 사망일에 사망진단을 내린 인턴을 다시 만날 수도 없는 상황이었다. 결국 응급의학과 교수를 직접 만나야 했다. 분주한 응급실을 뚫고 다시 들어가 면담 요청을 해서 응급의학과 교수를 만났다.

'상세 불명의 내인성 급사'라는 진단명은 아무 이유도 모른 채 죽었다는 애매한 뜻이다. 법적 보호를 받아야 하는 상황에서는 정말 아무것도 할 수 없는 진단명이었다. 내 남편은 아무 이유 없이 죽은 게 아니었는데 의사가 어떤 단어를 쓰느냐에 따라 망자는 억울한 죽음으로 편안히 잠들지 못했다. 글자 하나 날짜 하나 변경하는 것조차 의사에게 막중한 책임을 묻게 되는 사망진단서 수정은 단박에 거절당했다. 절대 할 수 없다는 이야기만 반복했다. 그대로 돌아가면 내가 해줄 수 있는 게 정말 아무것도 없었다. 두 번째 면담 요청에서는 의사 상세 소견서를 써주겠다는 약속을 받아냈다. 사망 당시 상황을 증명할 수 있는 증거자료를 준비해오라고 했다. 돌아서서 응급실을 나오다가 그 자리에서 나도 죽겠다는 각오로 다시 한번 더 면담 요청을 했다. 응급환자를 살피기 위해 응급실 입구에 나온 교수 앞에서 나는 오열했다. 눈물과 콧물이 범벅이 된 초췌한 얼굴로 간절히 사정했다. 지병도 없었던 건장했던 가장이 어느 날 갑자기 과로사로 사망했는데 애매한 진단명으로 억울한 죽음으로 남게 할 수 없다며 도와달라 매달렸다. 내가 해줄 수 있는 게 이것밖에 없다며 두 손을 꼭 붙들고 놓아주지 않았다.

진심이 통하면 길을 열리는 법이다. 나의 간절함이 하늘에 닿았는지 담당 교수는 냉랭한 목소리로 "사망진단서 다시 발급받아 가세요."라며 응급실 안으로 급하게 뛰어 들어갔다. 재발급 된 사망진단서에는 '심정지'라는 명확한 사인이 기록되어 있었다. 며칠 뒤, 사망당시 상황을 증명할 수 있는 세부 증빙서류를 준비해서 의사 상세 소견서를 받았다. 상세 불명의 내인성 급사를 왜 심정지로 재판단했는지에 대한 소견을 상세히 풀어주셨다. 내 모든 것을 걸겠다는 마음으로 간절하게 매달려서 받아낸 상세 소견서는 국가유공자 보훈 보상 대상자 재해 사망공무원 결정에서 의학적 판단을 증명하는 중요한 자료가 되었다. '심정지' 그 세 글자 속에서 다시 희망을 찾았다. 모든 것을 잃었던 순간, 남겨진 자의 숙제는 다시 나를 살게 했다.

지금 다시 생각해보니 사망진단이 내려진 바로 그날, 사망진단서를 발급받아 진단명을 확인했더라면 그렇게 피 말리게 사정하지 않아도 됐을거다. 최초 발급 담당 의사가 어떤 진단명을 내리는가에 따라 그 한 글자의 해석은 천 리 길 만 리 길로 달라질 수 있다. 혹여 법정 소송이 필요할지 몰라 명확한 진단명이 필요하다면 발급 즉시 문제를 제기해서 그 자리에서 수정 보완이 필요하다. 남겨진 자는 그 순간에도 정신줄 붙잡고 부검을 고려하고, 진단명을 꼭 확인해야만 한다. 뒤늦은 후회지만 어딘가에서 나처럼 울고만 있을 누군가에게 꼭 일러주고 싶다. 옆에서 누군가가 챙겨주기만 해도 큰 힘이 된다. 돌고 돌아 뒤늦게 깨달은 그 순간이 못내 아쉽다.

알. 쓸. 신. 사

  '알아두면 쓸모있는 신박한 사후 처리 팁'이라. 너도나도 들이대
는 꿀팁 정보가 넘쳐나는 세상이다. 주워들으면 피가 되고 살이 되
는 신박한 정보에 귀가 솔깃해지지만, 어쩐지 사후 처리에 대한 팁
은 미리 듣고 싶지 않은 불청객이다. 끝까지 미루고 미루다가 닥쳐
서 듣게 된다.

  2015.3.21. 엄마를 떠나보냈다. 갑작스러운 암 진단으로 6개월 시
한부의 삶을 선고받고 1년 동안 투병하시다 돌아가셨다. 큰 딸이던
나는 간병 휴직을 내고 달려가 엄마의 남은 시간 곁을 지켰다. 큰딸

이 중2, 둘째 딸이 6학년으로 한창 사춘기 손 많이 가는 시기였지만 내가 딸로서 엄마와 함께 할 수 있는 시간은 다시 돌아올 수 없는 시간이었다. 두 딸의 손을 잠시 놓고 엄마의 손을 꼭 잡아드렸다. '100세 시대'라기에 우리 엄마도 그럴 줄 알았다. 66세 고운 나이에 그렇게 급히 떠나실 줄은 상상도 못 했다. 항암치료에 희망을 걸고 한 방울 한 방울 떨어질 때마다 엄마 몸속의 모든 세포가 다시 소생할 수 있도록 함께 기원했다. 엄마가 끝까지 삶의 희망을 놓아버리지 않도록 24시간 밀착 케어하며 어릿광대가 되었다. 나물이라면 시금치 밖에 무칠 줄 몰랐던 내가 엄마를 살려내기 위해 여기저기 물어가며 항암 음식을 만들었다. 내가 해드리는 건 뭐든 맛나다며 맛있게 잘 드셨다. 그 힘으로 6개월을 넘겼고 또 6개월을 덤으로 함께 해주셨다. 꼬박 1년 동안 죽음으로 가는 과정을 천천히 지켜봤다. 병마와 싸우며 하루하루 컨디션에 울고 웃으며 검사 결과에 희비가 교차하는 순간이 켜켜이 쌓여갔다. 항암제가 효과가 있어 암 크기가 더 이상 커지지 않고 줄어든 시기에 우리는 세상 모든 것을 얻은 듯 감사했다.

세종–안산–삼성 서울병원 오가는 트라이앵글 코스는 끝이 보이지 않는 터널일 때도 있었다. 반짝 좋아진 시기에 엄마 살아생전에 꼭 이루고 싶으셨던 숙원사업도 했다. 막둥이 장가보내기 프로젝트는 다시 엄마를 살게 했다. 결혼식이 끝나고 엄마의 가장 곱고 예쁜 모습을 핸드폰 사진에 담았다. 마지막 할 일을 마치고 4개월 뒤 엄마는 편안히 잠드셨다. 결혼식장에서 내 손으로 찍었던 그 고운 사진이 엄마의 영정사진이 됐다.

엄마의 장례식이 끝나고 세종으로 내려와 다시 내 삶을 챙기던 시기에 아빠는 홀로 사후 처리를 하셨다. 사망신고를 하고 은행 업무를 보고 각종 서류처리를 혼자서 다 했다. 그때는 그게 어떤 의미인지 가늠하지 못했다. 혼자 감당하셨을 혼자 남은 자의 외로움과 당혹감은 남편의 사후 처리를 해보고 나서야 알 수 있었다. 다른 건 다 처리했는데 혼자 도저히 못 하겠다며 SOS를 쳤다. 장롱 가득히 엄마의 옷들이 매장되어 있었다. 장롱 문짝을 열고 엄마 옷가지를 주섬거릴 엄두를 못 내고 있었다. 그까짓 게 뭐라고! 다시 해결사 큰딸이 출동했다. 대수롭지 않게 옷장에 가득한 엄마 옷을 현관 앞 복도에 모조리 꺼내놓고 차곡차곡 정리해서 처분했다. 아빠는 끝내 옷에 손도 대지 못했다. 멀리서 바라보지도 못했다.

2017.12.23. 남편을 떠나보냈다. 엄마를 잃은 슬픔이 채 가시기도 전이어서 장례식의 기억이 오롯이 되살아났다. 엄마와는 1년의 투병생활 동안 떠날 것을 연습할 수 있었다. 남은 시간 후회 없이 잘해드리겠다 결심하고 작정했던 시간이었다. 떠나고 나니 오히려 우리 엄마 이젠 아프지 않아도 돼서 다행이라며 더는 애달파 하지 않았다.

남편은 준비가 없었다. 연습도 없었다. 건강을 자부하며 병원에 가는 일도 없었고, 오히려 늘 골골대는 내 건강을 더 걱정하던 사람이었다. 날벼락 같은 그의 죽음은 도저히 받아들일 수 없었다.

남편의 부재를 확인한 첫 증명서는 사망진단서였다. '상세 불명의 내인성 급사'라는 무시무시한 단어는 그대로 심장에 꽂혀버렸다. 사망신고를 할 때도 들키지 말아야 할 걸 들켜버린 듯 사망진단서를 내밀며 움츠러들었다. 은행 업무, 사후 처리를 위해 동사무소를 내 집 드나들 듯 자주 갔다. 가족관계증명서와 혼인관계증명서 남편 이름 옆에 문신처럼 박힌 '사망'은 친절하게도 네모 칸까지 둘러쳐져 있다. 뭐 그리 강조할 일이라고! 5년이 지났지만, 이 세상에 존재하지 않음을 글자로 또렷이 확인하는 순간 아직도 나는 심박수가 멈칫한다. 여러 번 연습이 되면 좀 익숙해질 법도 한데 증명서 발급받고 돌아 나오는 길은 늘 묵직했다. 사망 관련 증명서는 필요한 만큼만 찔끔찔끔 떼지 말고 한 번에 넉넉히 왕창 뗄 걸 그랬다. 그까짓 거 돈 몇 푼 한다고!

아빠에게 옷가지 처리가 아킬레스건이었다면 나에게는 집 문제였다. 마지막 보금자리라 생각하고 분양받아서 철근 세울 때부터 완공할 때까지 함께 지켜보며 설렜던 집이었다. 입주하고 6개월 만에 남편이 사라졌고, 그 흔적이 고스란히 담긴 집에서 6개월을 더 머물렀다. 옷을 치워내면 괜찮을 거로 생각했지만 동선 따라 그의 몸짓은 무시로 따라다녔다. 무심결에 마주친 사진 속 얼굴에 참았던 눈물샘이 예고 없이 터졌다. 한동안 가족사진은 뒤집어놓아야 했다. 추억이 가득한 그 집에서 더는 살 수가 없었다. 휴직과 동시에 세종에 그 집은 세를 주고 큰딸을 돌보기 위해 급히 이사했다. 1년 6개월 후에서야 심리적 CPR로 면역력을 키워 세종집을 처분했다. 판도사 상자는 영원히 가슴에 묻었다. 집을 처분하고 나니 비로소 아픔 가득했던 세종은 추억 가득했던 공간으로 재편집되었다. 남편을 사라지게 한 곳이 아니라 마지막까지 추억을 만들었던 소중한 곳으로 다시 바라볼 수 있었다.

사랑을 잃거나 소중한 대상을 상실한 후 그 감정을 제때 제대로 처리하지 못하면 심각한 병리적 후유증을 남긴다고 한다. 상실과 애도가 정신분석적 심리치료의 핵심 개념인 이유이기도 하다. 그런데 이별할 때 어떤 구체적인 방법으로 애도 작업이 진행되어야 하는지 친절한 안내가 없다. 장례 절차 3일 후 치루는 삼우제, 49일에 챙기는 사십 구제만 알려준다. 그 긴 시간 동안 심리적 정서적 애도는 그저 각자의 몫으로 남는다. 결혼할 때도 예식장에서 결혼 진행 과정을 패키지로 잘도 관리해 줬다. 결혼식이 끝나고 나면 아이를 낳아 어떻게 키우는 건지 사전 부모교육 없이 닥쳐서 해결했다. 정작 좋은 부모가 되는 방법을 모른 채 아이를 키웠다. 엄마를 남편을 어떻게 잘 떠나보내야 하는지 아무도 알려주지 않았다. 응어리진 마음은 천천히 속으로 곪았고, 뒤늦게 찾은 심리 상담실에서 깊어진 고름을 쭉 짜내고 나서야 천천히 새살이 차올랐다. 초기 응급처치를 놓쳐 시간이 좀 많이 걸렸다.

애도의 시간은 각자의 속도에 맞게 다 다른 거였다. 우당탕 해치운다고 삭제되는 것도 아니고 아직도 못 잊는다고 이상한 것도 아니다. 장례식 끝나고 집에 들어서자마자 옷장부터 털어 성급하게 옷 무덤을 만들었던 내가 건진 사후 처리의 팁이다. 어쩌다 장롱 한쪽 귀퉁이에서 나온 남편 양말 한 짝에도 피식 웃을 수 있으려면 그리 성급하게 비워낼 일이 아니었다. 정신 차리고 찬찬히 정리했더라면 빵구 난 양말 한 짝이라도 남겨뒀다 한 번씩 꺼내 보며 웃었을 텐데. 뒤늦은 후회는 내 성급함에 또 충고한다.

이 글을 쓰면서도 또 천천히 비워내는 중이다. 초고를 쓰며 수없이 울었고, 퇴고를 반복하면서 슬픔의 농도는 옅어졌다. 뒤늦게 왜 그걸 헤집느냐고? 그러면서 아픔은 슬픔은 아쉬움은 추억이 될 테니까. 그렇게 나만의 슬로우 애도를 즐기며 내 삶은 더 단단해질 테니까. 괜찮다. 그래도 되는 거다.

국가유공자 항소 재판에서 승소

　장례식이 끝나자마자 공무원 과로사 승소 경력으로 이름난 노무사를 소개받았다. 노무사는 사망 원인과 업무 관련성을 밝혀내는 '순직 유족 보상 청구'를 추진했다. 순직공무원이란 재직 중 공무로 사망한 경우 또는 재직 중 공무상 질병 또는 부상으로 사망하거나 퇴직 후 그 질병 또는 부상으로 사망한 공무원을 말한다(공무원연금법 제2조 제2항 2의2). 청구 절차는 먼저, 순직 유족보상금청구서에 사망진단서, 가족관계증명서, 재해유형별 입증자료 등을 첨부하여 연금 취급기관에 제출한다. 연금 취급기관장은 사망 경위를 조사·확인한 후 구비서류를 첨부하여 공무원연금공단으로 이송한다. 문제는 그다음이다.

공무원연금급여심의회 심의 과정이 상당히 까다롭다. 분과별 의사, 변호사, 복무 담당 공무원 등 위원장 포함 100명 이내로 구성되고 6~9인 심의위원이 출석해 출석위원 과반수 찬성으로 의결된다. 특히 과로에 의한 사망 시 내과, 신경외과 의사가 반드시 참석해 사인과 업무 관련성을 강도 높게 심의한다. 노무사는 고인의 사망 원인 및 평소 건강 상태, 지병 유무, 생활 습관, 가족력 등, 시간외근로·휴일근로 등 초과근무 정도, 담당업무 관련 과로·스트레스 유무 및 정도, 국회 업무(국정감사, 예산심의, 관련 법안 심의), 업무 관련 당면현안, 기타 재해 발생 직전 공무수행 과정에서의 과로·스트레스 정도, 고인이 받았을 업무 부하 및 중압감의 정도와 지속시간을 고려해 심의를 준비했다. 최초 면담 때 제공했던 최근 5년간의 업무수첩, 핸드폰 통화, 문자 내용을 참고로 숨어 있는 입증자료를 낱낱이 찾아냈다. 업무 관련 세부 복무 사항 및 초과근무 증빙자료 요청에 협조를 당부하기 위해서 유족을 대표해 노무사와 함께 세종청사를 방문했다. 직원의 과로사를 인정하는 것은 업무 과중의 부당함을 인정하는 것이기도 하다. 업무상 내부 기밀 사항을 받기 위해서는 동료들의 적극적인 협조가 없이는 불가능한 일이었다. 직원들의 탄원서와 진술서 등 숨김없이 투명한 자료 제공 협조 덕분에 순조롭게 증빙자료를 준비할 수 있었다. 노무사는 상사와 동료의 적극적인 협조 과정에서 고인이 얼마나 사회생활을 잘하셨는지 새삼 놀랐다고 했다.

내가 노무사에게 제공한 자료는 사망진단서, 119 구조구급증명원 및 구급활동일지, 고인과 유족 기준 혼인관계증명서, 가족관계증명서, 고인 소유 차량 자동차등록증 사본, 보험 가입 증명서, 사망 전날 행적 증빙자료로 사망 전날 세탁소 방문 영수증 사본, 사망 당일 고인 차량이 자택 지하 주차장으로 들어오는 CCTV 영상, 고인 신용카드 사용 내역(하이패스 및 교통카드 사용 내역 별도 발급), 고인 개인 이메일 아이디 및 비밀번호 등이다. 장례식을 마치자마자 들춰보고 싶지 않던 그 수많은 흔적을 혼자서 외롭게 챙겼다. 누구와도 나눠가질 수 없는 오직 나에게만 남겨진 아픈 숙제였다.

필요한 자료를 노무사에게 넘겨주고 직장 일을 병행하면서 세종에 남아 있었다. 심의 결과가 나오기까지 꼬박 6개월이 걸렸다. 상실을 안고 불안과 걱정으로 지새운 밤이 수도 없었다. 퇴근길에 최종 순직 처리 소식을 듣고 차 안에서 목놓아 울었다. 그제야 마음껏 울 수 있었다. 내 마음의 돌덩이를 비로소 내려놓았다.

공무원 순직 처리를 하게 되면 다음은 국가유공자 신청을 하는 게 통상적인 절차다. 2018.7.31. 보훈처에 국가유공자 유족 등록을 했고, 장장 10개월을 기다렸다. 결과는 2019년 제129차 보훈 심사 회의(2019.5.27.)에서 순직공무원 및 재해 사망공무원 요건 비해당으로 의결되었다. 과중한 업무 배정과 과로 사실이 명백함에도 결론은 본인이 건강관리를 잘못했다는 결정문을 받아들고 다시 어금니를 꽉 깨물었다. 남편을 대신해 다시 한번 더 여전사가 되기로 했다. 그런데 이번엔 노무사가 항소 사건을 맡을 자신이 없다고 했다. 보훈처를 상대로 한 법정 싸움이 순직 유족 보상 청구보다 훨씬 어렵고, 이 판결을 뒤집을 만큼 결정적인 증거를 제시하기가 어렵겠다며 정중히 거절했다. 노무사만 믿고 여기까지 왔는데 갑자기 끈 떨어진 연이 되어 허공을 헤맸다. 다시 허허벌판에 홀로 섰다.

수소문 끝에 지인의 지인 소개로 국가유공자 소송 경험이 많은 변호사를 찾아 연락했다. 지병으로 이제는 변호 업무를 맡을 수 없다는 소식에 또 연줄이 끊어졌다. 사무장을 붙잡고 믿을만한 변호사라도 소개해달라 부탁해 전주까지 내려가 후배 변호사를 만났다. 그 변호사 또한 100% 승소를 확신할 수는 없지만, 최선을 다해보겠다며 변호를 맡아주었다. 2019.8.16. 대전지방법원에 소송을 제기했고 보훈처에서 신속한 결정을 내려주지 않아 거의 1년 만인 2020.7.24. 분쟁의 신속한 해결을 위한 조정 권고를 신청했다. 그에 따라 소송

수행기관인 대전지방보훈청에서 보훈처 위원회로 2020.7.28. 직권 재심의를 의뢰했다. 2020.9.28. 충남동부보훈지청으로부터 조정 권고 수용 지휘에 따른 재심의 결과 보훈 보상대상자(재해 사망공무원) 등록 결정 통지를 받았다. 항소 일로부터 딱 1년 46일이 걸렸다.

마땅히 인정받아야 할 사실을 명백히 인정받기 위한 소송은 길고도 힘난한 싸움이었다. 보훈처 입장에서는 비해당 의결에 대한 과실을 인정하고 싶지 않아 어떻게든 안 되는 이유를 찾으려 사활을 걸었다. 우리 측 변호사는 비해당 의결 결과를 뒤집을 만한 새로운 증거로 과로사를 인정할 수밖에 없는 법적 근거와 업무 연관성을 풀어갈 새로운 논리가 필요했다. 사망 6개월 전부터 문자 내용을 찾아보며, 몸의 이상 증세를 호소했거나 혹시 모를 병원 진료 내역부터 다시 샅샅이 뒤졌다. 뜻이 있는 곳에 길이 있다 했던가. 남편은 국정감사 시기에 과로로 눈에 실핏줄이 터져 회사 근처 안과에 갔었다. 장시간 컴퓨터 작업으로 목덜미와 어깨가 돌덩이처럼 뭉쳐 내 손으로 끌고 가서 진료받게 했던 통증의학과 병원 방문도 기억났다. 이후 등과 허리 통증으로 회사 근처 정형외과 방문 기록도 찾아냈다. 다시는 발 딛고 싶지 않았던 곳이었지만, 병원 진료기록과 소견서를 받기 위해 어쩔 수 없이 세종을 다시 찾았다. 남편의 행적을 따라다니며 겨우 잊어가던 기억이 다시 생생하게 되살아났다. 비 내리는 밤, 돌아오는 고속버스 안에서 와이퍼는 쉼 없이 움직였지만 내 눈물까지 닦아주지는 못했다.

최종 재판일 아침, 변호사로부터 우리 측 대응 전략을 안내받고 온종일 간절한 마음을 모아 기원했다. 초과근무 시간의 산정 방법에서 보훈처와 의견이 달라서 첨예한 대립이 예상되었다. 보훈처에 제시한 초과근무 근거자료 반박이 결정적 변론이 되고, 판사가 그 변론에 100% 공감해 재판에 유리하게 작용하도록 구체적인 시나리오를 그리며 간절하게 기원했다. 기원한 그대로 판사는 우리 측 손을 번쩍 들었다.

내가 법정 드라마에 유난히 빠져드는 이유는 바로 그 피 말리는 법정 싸움의 현장을 법정 바깥에서 신랄하게 겪어봤기 때문이다. 남편의 최종 판결문에서 그 안에서 어떤 대화가 오고 갔을지 변호사의 명쾌한 목소리로 그려지는 이유다. 드라마 속 '우영우 변호사'의 힘은 사건을 다른 시각으로 바라보는 관점에 있었다. 최종 판결문을 자세히 따라가다 보면 우리 측 변호사의 초과근무 시간 산정 계산법에 대한 다른 관점과 의료감정원의 진료기록 감정 결과에 탁! 하고 무릎이 쳐진다. 정말 잘 싸우는 변호사는 따로 있고 제대로 해석하는 전문의는 상대편의 회유성 질문에 절대 휘말리지 않는 게 보인다.

살면서 내가 법정에 갈 일이 있을까 싶었다. 전혀 예상치 못한 장면으로 국가를 상대로 한 법정 싸움을 하며 새로운 시각을 갖게 되었다. 시간대별로 남편의 모든 행적에 대한 진술은 그를 뒷받침하는 증거자료가 있어야 한 줄이라도 끼워 넣을 수 있었다. 업무수첩에 끄적인 메모 하나, 문자에 남겨진 대화 기록 등 죽은 이가 남긴 모든 흔적이 증거가 되는 과정을 낱낱이 지켜봤다. 일상의 기록이 갖는 힘은 내가 그 자리를 떠난 뒤에 비로소 그 가치가 증명됐다. 내가 남기는 매 순간의 일상 기록이 소중해진 이유다.

증명서의 힘

당연히 나와야 할 결과를 최종 공문서 통보로 확인받기까지 마음 졸이며 기다린 지 두어 달. 잘 될 거야. 잘 되겠지. 재판에서 변호사는 보훈처에서 제시한 초과근무 산정 근거의 오류를 날카롭게 지적하며 날 선 법정 공방이 있었고 재판부에서는 그 오류를 인정하며 강도 높게 보훈 보상대상자 조정권고안 판결을 내렸다고 했다. 판결이 나면 끝나는 줄 알고 여기저기에 재판부가 우리 편에 손을 들어줬다고 소식을 전했는데 그게 끝이 아니었다. 국가보훈처에서 다시심의 회의를 열어야 했고 그 결과를 기다린 지도 벌써 두 달째였다. 이렇게까지 답이 없는 걸 보면 뭔가 꿍꿍이가 있는 거 아니야? 그걸 또 뒤집어 보훈처에서 재항소하면 어쩌지? 에이 설마 그렇게까지 싸워서 뒤집으려 할까? 온갖 시나리오는 이리저리 바람풍선 춤사위가 되어 나풀거렸다.

심의회의 결과를 우편 통지할 예정이라는 문자를 받고 다시 걱정 그네가 흔들거렸다. 그래서 대체 최종 결과는 뭔데? 보훈처 담당 직원도 보안상 정확한 결과는 말씀드릴 수 없다는 답변만 주며 대전 동부보훈청 담당자 연락처를 알려줬다. 담당자가 재택근무라 통화 불가였고 다음날 9시 출근하기를 기다렸다가 통화했다. 조정권고안 대로 최종결정문이 검찰청 최종 승인까지 난 상태이고 곧 우편발송 중이라고 했다. 지난 1년간의 법정 싸움이 드디어 끝난 거였다. 그제 야 안도의 한숨과 감사의 마음이 솟구쳐올랐다.

2020.9.28. 보훈 보상대상자(재해 사망공무원) 등록 결정 결과를 공문으로 최종 통보받았다. 그런데 그 전에 꼭 받아야만 하는 중요한 증명서가 있었다. 둘째가 고3이었고 국가유공자 보훈 보상대상자 자녀가 응시 가능한 수시전형으로 대입 원서접수를 해야 했다. 9월 22까지 수시 원서접수 증명서 우편발송 마감이었다. 엄마의 임무는 원서접수 날짜에 맞게 수시지원 서류가 도착하도록 '대입 특별전형 대상자 증명서'를 준비해야만 했다. 보훈처에 문의해 결정 통지서 통보 전 증명서 발급을 먼저 해달라 요청했다. 대입 원서접수에

필요한 핵심 서류였기에 흔쾌히 도와주시기로 했다. 그래서 그 말만 철석같이 믿고 편안히 기다렸다.

둘째는 언니를 살리기 위해 엄마 따라 급히 이사 오면서 강제 전학과 동시에 공부에는 뜻이 없어졌다. 대학입시에도 관심이 없던 차에 국가유공자 특별전형으로 대학 진학의 가능성이 열리자 뒤늦게 지원 가능 대학을 놓고 막판 입시전쟁이 시작됐다. 엄마는 입시정보에 문외한이요 언니는 외고 출신에 학교에서 알아서 척척 준비해준 맞춤형 입시였다. 내신 관리에 별 뜻이 없던 준비되지 않은 학교생활기록부였지만 그래도 고3 때 반짝 집중관리 해준 덕분에 집에서 통학 가능한 경기권 4년제 대학은 지원할 수 있었다. 몇 날 며칠 언니와 머리를 맞대고 수시지원 가능한 6개 대학을 고르고 골랐다. 아빠를 잃고 가장 아쉬운 점이 무슨 대학을 가고 뭘 전공할지 인생에서 정말 중요한 고민의 순간에 아빠가 함께할 수 없다는 거였다. 이성보다 감성이 먼저 작동하는 엄마는 늘 미덥지 않은 말썽꾸러기였다.

그에 비해 아빠는 늘 침착한 상담자였고 조언자였으며 엄마보다 늘 논리적이고 합리적인 솔루션을 안겨줬다. 대학입시도 아빠와 함께라면 문제 없을 것 같은 든든한 믿는 구석이었다. 둘째의 소원대로 결국 아빠가 만들어준 증명서를 믿고 머리를 맞대고 입시를 준비했다. 그 아이의 일념이 아빠에게 간절히 닿았나 보다.

원서접수 마감 일주일 전 보훈처에 다시 문의해보니 주민센터에서 뚝딱 발급해줄 수 있는 서류가 아니었다. 보훈처에서 결과를 통보하면 증명서를 담당하는 또 다른 부서에서 공문으로 확인하고 다시 충남동부보훈지청으로 공문으로 보내줘야만 증명서를 발급받을 수 있었다. 중간에 일 처리를 해줘야 할 증명서 발급 담당자가 휴가를 가서 업무가 지연되고 있었다. 여러 차례 전화했지만, 누가 대신해줄 수 있는 업무도 아니었고 담당자가 돌아와야만 해결될 수 있었다. 하루하루 불안과 조바심에 입이 바짝바짝 말랐다. 담당자가 오면 바로 발급해주겠다는 다짐을 받았는데 원서접수 전날이 되도록 소식이 없었다. 아침부터 출근하자마자 동부보훈지청 담당자에게 전화를 걸었다. 휴가에서 돌아온 담당자는 공문을 발송했다고 하고 동부보훈지청에서는 확인이 안 된다고 하고 미치고 팔짝 뛸 노릇이었다. 내가 가서 양쪽의 공문 시스템을 싹 다 뒤져서 찾아내고 싶었다. 양쪽 전화번호를 알고 있던 나는 두 사람이 직접 통화할 수 있게 연락처를 제공하며 다리를 놓았다. 애타는 마음으로 반드시 증명서를 받아내고야 말겠다는 엄마의 집념으로 화를 참아내고 두 사람을 어르고 달래서 소통하도록 중재했다.

공문을 받은 동부보훈지청에서 증명서가 발급되기까지 또 절차가 있었다. 결재권을 가진 상사가 자리를 비웠단다. 결국 타부서 상급자 권한으로 결재를 얻어 원서접수 마감 전날인 9월 21일 저녁 6

시가 넘어서야 국가보훈자격 증명서가 발부되었다. 하마터면 수시 지원 못 할까 봐 얼마나 마음 졸였던지. 동부보훈지청 등록 담당 주무관과 20번 넘게 통화하며 불안, 초조와 싸우느라 진이 빠졌다. 퇴근 시간도 훌쩍 넘겨 극적으로 증명서를 발급했지만, 우편발송 시간도 넘긴 터라 메일로 받았다. 담당자도 그 하루가 나만큼이나 애탔을 거다. 입시 앞에서 떨고 있는 부모의 간절함이 수화기 너머로 고스란히 전해졌을 테니까.

대학입시를 도와준 증명서는 아빠를 잃고 방황하던 둘째에게 '아빠 찬스'였다. 퇴근길에 딸을 위한 선물을 쓱 내밀던 그의 손길이 생각났다. 엄마는 9월 21일 마감날 무사히 6개 대학에 우편발송하고 언니와 동생은 마감 시간 1분 전까지 수정해서 자소서 입력까지 마쳤다. 수시 특별전형이라고 경쟁률이 낮거나 입학하기 수월한 건 아니었다. 입학 정원이 한두 명이어서 오히려 경쟁률은 치열했다. 하지만 그 증명서 덕분에 우린 아빠와 함께 입시를 준비할 수 있었고, 그럴 수 있는 자격요건이 된다는 사실이 더없이 든든한 '빽'이었다. 원서접수를 마치고 다음 날부터 추석 연휴가 시작되었다. 초치기하느라 심장이 몇 번씩 들락거렸던 마음을 토닥였다. 휘영청 둥근 보름달을 바라보며 아빠 찬스로 대학도 철썩 붙여 줄 거라 믿고 싶은 소원을 끌어모았다.

결코 옆집 이야기가 아니었습니다

나는 마흔셋에 남편을 떠나보냈다. 아직 나는 살아 있고 내 삶을
어떤 이름과 결과로 남길지 고민하며 지금 첫 개인 저서의 마지막
장을 쓰고 있다. 내 삶은 아직 수정 보완할 수 있는 '가능성'이 충분
히 남아있다.

남편은 마흔여섯에 과로사로 세상을 떠났다. 누구보다 성실한 이
나라의 일꾼이었고, 더없이 좋은 남편이었고, 존경하는 아빠였고,
자랑스러운 아들이었고, 든든한 오빠이자 남동생이었다. 그의 삶은
살아생전에 책 한 권 남기지 못하고 그저 앞만 보며 바쁘게 살았던

삶이었다. 자신을 돌보기보다 가족과 일을 먼저 챙겼고, 힘든 일은 그냥 혼자 삭히며 내색하지 않던 묵직한 사람이었다. 성실하고 책임 감 강하며 신중한 사람이었기에 어쩌면 보자마자 이 사람이라면 평 생을 함께해도 좋겠다는 촉이 단박에 와버렸는지도 모르겠다. 죽은 자는 말이 없다지만 다행히 국가는 그에 대한 마지막 기록을 남겼 다. 수정 보완이 불가한 그 기록은 어쩌면 그가 말하고 싶던 고된 절 규였을지도 모른다. 보훈 보상대상자(재해 사망공무원) 최종 결정 통지문을 받아들고서야 어떤 고된 업무 속에서 죽음에 이르렀는지 비로소 직면할 수 있었다.

일독에 파묻혀 허우적대고 있었을 때, 나는 그가 얼마만큼 힘든 지 가늠하지 못했다. 평소 업무에 대한 상세한 이야기를 한 번도 하 지 않던 남편이었다. 이상하리만큼 그즈음에는 업무에 대한 고민을 무시로 털어놓으며 내 조언을 구하기도 했다. 주말 데이트를 핑계 로 농촌 복지사업으로 추진했던 마을회관 리모델링 현장이나 마을 축제 출장지에 따라가기도 했다. 오고 가는 길에 나눈 이야기 속에 서 업무상 스트레스가 높다는 걸 짐작했다. 내가 어떻게 덜어줄 수 있는 것도 아니었고, 속속들이 힘든 이야기를 꺼내는 사람도 아니었 다. 그저 승진과 함께 직책이 무거울수록 업무 스트레스가 심하구나 짐작했을 뿐이다.

세종시에서 근무할 때 내 옆 동료의 남편도 후배의 남편도 늘 청사에서 야근하고 휴일에도 일하러 출근했다. 그게 청사에 다니는 공무원 남편의 일상이었다. 남들도 다 그렇게 사니까 우리도 그냥 그렇게 살아지는 줄 알았다. 청사에서 근무하던 타부서 직원이 어느 날 돌연사를 했다더라는 소식을 전해 듣던 날에도 그게 우리 집 이야기가 될 줄 상상도 못 했다. 그러니까 당신도 운동해서 뱃살을 빼야 한다는 잔소리만 늘어놨다. 타고난 건강 체질이라 뭘 해줘도 잘 먹었고, 소화력은 왕성했다. 웬만해선 병원에 갈 일도 없었고, 국정감사 시즌에는 날밤을 꼬박 세고 잠깐 집에 들러 옷만 갈아입고 다시 출근할 정도로 끄떡없었다. 원래 건강이 타고난 사람인가보다 방심했다. 믿는 도끼 마구 휘두르다 결국 도끼날은 뚝! 부러지고 말았다.

하루아침에 과로사로 사라진 남편을 억울한 죽음으로 남기고 싶지 않았다. 누구보다 국가를 위해 성실한 삶을 살았기에 과도한 업무로 인한 죽음이었음을 증명하는 것이 내가 해줄 수 있는 마지막 숙제였다. 최종 판결문을 받고 나서야 그의 삶이 얼마나 팍팍했는지 속속들이 알게 되었다. 떠난 이는 말이 없다지만 그가 남긴 이 세상에서의 마지막 기록은 그의 삶을 오롯이 말해주고 있다. 그때 좀 더 시시콜콜 물어봐 주고 알아주고 덜어주고 위로해 줄걸…. 그랬으면 함께할 수 있는 시간이 좀 더 길었으려나…. 그때 좀 더 강도 높은 잔소리로 평생 안고 살아온 그 뱃살을 훅 떼어버리게 했더라면…. 정 안되면 복부 지방 흡입 수술이라도 했더라면…. 그래도 건강 생각해서 몸에 좋은 재료로 요리를 해줬고, 간간이 주말 아침마다 산책과 등산으로 함께 운동을 챙겼다. 담배는 평생 절대 사절이라며 입에도 못 붙이게 잔소리했던 덕분에 고혈압과 당뇨가 오지 않았던 건 천만다행이었다. 결혼 전 가장 날씬했던 전성기 몸매를 되찾기 위해 한때 헬스와 골프로 몸무게 앞자리 숫자가 바뀌는 기적을 만드는 모습을 봤다. 이 사람이 한다면 하는구나 믿는 구석도 생겼다. 사무관 승진과 함께 운동보다 휴식이 더 필요한 만성피로에 시달리는 푸가 되어갔다. 뒤늦은 후회와 아쉬움은 '어땠을까…'를 무한반복으로 되새김질 했다.

공무원 연금관리공단의 공무원 재해 현황에 따르면, 2017년부터 2021년까지 지난 5년 동안 공무원 중 과로사로 인정받은 사람은 185명 신청자 중 승인 113명으로 총 공무상 사망자 341명 중 33%에 해당한다. 그중 한 명이 내 남편일 거다. 자살의 경우도 105명의 신청자 중 승인 35명으로 10%를 넘는다. 5년간 과로사 및 자살로 인한 재해보상 신청 290건 중 148건이 승인되었으니 아직도 누군가는 법정 싸움을 하고 있을지도 모르겠다. 공무원 과로사는 코로나19 방역과 소방공무원 등 특정 사안에서 사회 이슈가 되기도 했지만, 눈에 띄지도 않는 공무수행을 하며 과중한 업무에 희생된 공무원은 수없이 많다. 현재 산재 통계에서는 공무원의 재해, 사망이 포함되지 않는데, 공무원에 대한 재해도 전체 노동재해 통계에 반영돼야 예방이 가능하다는 의견도 있다.(〈메디컬투데이〉, 2022.3.24.) 공무원 재해보상법 개정안에 대해서도 공무상 인정기준을 넓힘과 동시에 더 이상 과로사가 만연하지 않는 근무 환경을 법과 제도적으로 마련해야 한다.

아직도 세종청사의 불빛은 밤새 꺼질 줄 모른다. 하얗게 지새는 불빛 속에서 또 누군가는 죽음을 향해 걷고 있을지도 모르겠다. 절대 내 일이 될 리 없다는 자만심은 언제든 깨질 수 있음을 몸소 체험했다. 청사 앞에서 밤새우는 직원 누구든 붙잡고 이제 그만 불을 꺼야 한다고 간절히 말해주고 싶다. 어느 날 갑자기 홀연히 떠나버리면 남아 있는 부인이 어떤 삶을 살아야 하는지 남겨진 자식들이 얼마나 힘든 터널을 빠져나와야 하는지 내 지나온 6년의 이야기를 낱낱이 펼쳐 보여주고 싶다. 그저 별일 없겠지 하며 집에서 마냥 기다리는 부인에게는 결코 남 일이 아니라며 잔소리를 한 바가지 쏟아부어주고 싶다. 잃어버리고 나서 후회하지 말고 서로의 스트레스를 덜어주며 함께 할 수 있는 시간을 조금이라도 더 늘려야 한다고 당부하고 싶다. 제발 그녀들에게는 나처럼 뒤늦은 후회 속에 눈물로 지새우는 밤이 없기를 진심으로 바란다.

그때는 정말 몰랐다. 함께하는 게 그저 당연했고 함께 늙어가는 게 당연했다. 그 함께는 언제든 깨져버릴 수 있는 유리란 걸 이제는 안다. 당신 곁에 함께 있는 그 시간이 어쩌면 마지막일 수 있음을 기억하고 순간을 온전히 사랑하기를. 함께 할 수 있을 때 후회 없이 사랑하기를. 그러면 설령 어떤 일이 생기더라도 그렇게 사랑했던 추억을 딛고 다시 환하게 웃을 수 있다는 때늦은 후회 속 부부특강을 덧붙인다.

과로사로 아빠를 잃은 큰딸이 장례식 마지막 날 탈진으로 쓰러져 영양제를 맞던 내 옆에서 했던 말이 아직도 선명하다.

"엄마, 나는 나중에 큰 사람이 되려나 봐. 위대한 사람들은 꼭 유년 시절에 큰 시련을 겪잖아. 독일은 노동자들에게 일정 시간 근무하면 반드시 휴가를 써야만 하도록 법적으로 보호하고 있대. 우리나라에도 과로사를 막는 노동자보호법 같은 걸 만들어서 내가 아빠 이름 따서 과로방지법으로 만들게."

고3을 앞두고 한때 사회정의를 구현하는 법조인이 되겠다는 꿈을 키우던 시절 이야기다. 그 아이 말대로 과로사가 당연시되지 않는 근로 선진국이 되었으면 좋겠다. 국민의 혈세로 나랏법 먹는 공무원은 열심히 일하는 게 당연하지만, 사지로 몰아넣을 만큼 일하다 죽는 공무원은 국민도 원하지 않는다. 누군가의 아빠이고 남편인 이 땅의 외롭고 고된 가장들이 다 함께 건강하고 행복하게 오래오래 잘 살았으면 좋겠다. 머리에 띠 두르고 간절한 마음으로 호소해본다.

사별을 경험하고 당황스러웠던 건 내가 뭐부터 어떻게 해야 할지 차근차근 알려주는 매뉴얼이 없다는 거였습니다. 얼떨결에 장례를 치르고 사후 처리를 위해 다시 사망진단서를 발부받고 나서야 내 남편의 사망 진단명을 처음 확인했습니다. 노무사는 왜 부검을 안 했느냐며 재해 사망공무원 순직 처리는 부검에 의한 명확한 진단명 없이는 시작도 할 수 없다고 말했습니다. 장례식장에서는 아무도 나에게 부검을 해야 한다고 말해주지 않았습니다.

삶도 처음이듯 죽음도 처음입니다. 업무야 한두 번 하다 보면 터득되고 익숙해지지만 갑작스럽게 가족을 떠나보내는 이별식은 매번 낯섭니다. 누구나 당황스럽고 충격에 빠지지만 슬픔 너머의 현실을 직시한 날카로운 챙김이 필요한 순간입니다. 예고된 죽음을 편안히 맞도록 도와주는 호스피스가 있다면 사후 처리를 챙겨주는 존재도 필요합니다. 장례 절차를 도와주는 장례식장 업무를 말하는 게 아니라 남아 있는 가족들이 장례식장 현장에서 꼭 놓치면 안 되는 게 무엇인지 조언하고 도와주는 맞춤형 사후 처리 컨설팅이 꼭 필요합니다. 그래서 집안에 법조인, 경찰, 의사 하나씩은 있어야 한다고들 하지 않습니까? 나처럼 빽도 줄도 없는 소시민은 누군가 먼저 경험한 이야기 속에서 해결 방법을 찾게 됩니다. 내 이야기가 믿는 구석이라곤 하나 없는 나 같은 소시민에게 작은 도움이라도 되었으면 합니다.

가장 예민한 사춘기에 가족 상실을 경험한 두 딸은 이제 성인이 되었습니다. 슬픔에서 빠져나와 각자 자기 삶에 충실한 지금이 있기까지 수없이 흔들리고 무너졌습니다. 아직도 서툴고 부족한 게 많은 엄마지만 그럭저럭 괜찮은 엄마로 자존감을 회복하고 있습니다. 그 좌충우돌의 경험담이 가족 상실을 경험한 자녀를 키우는 엄마에게 도움이 되었으면 합니다. 사춘기를 힘겹게 통과하는 자녀와 이제 막 성인이 된 자녀와 함께하는 부모에게도 공감의 이야기가 되었으면 좋겠습니다.

가족 상실 앞에 누구에게나 딱 맞는 메뉴얼은 없습니다. 개인적인 아픔의 농도와 깊이가 다르기에 감히 어떤 처방을 갖다 댈 수가 없습니다. 내게 해주었던 수많은 조언과 충고들도 지워지지도 않고 고스란히 남아 있습니다. "이젠 엄마가 정신을 똑바로 차려야지!" 앞으로 남편 없는 험한 세상을 남은 두 딸과 잘 살아가라는 뜻이었을 텐데, 그 말이 왜 그리 아프고 쓰렸는지 내겐 결코 덕담이 될 수 없었습니다. 내가 정신 못 차려서 이런 일이 생긴 겁니까? 정신 차리고 내 새끼들 잘 지켜내려고 이렇게 안간힘을 쓰고 있는 게 당신 눈에는 안 보여서 그런 말을 쏟아내는 겁니까? 되받아치지 못했던 말들이 쌓여 한동안 가슴에 멍으로 남았습니다. 사정없이 꼬여 있었고 뒤틀어지고 일그러져 있었습니다. 그래서 뭘 어떻게 해보라는 권유나 조언이 참 조심스럽습니다. 내 이야기가 솔루션이 될 수 없고, 상황과 처지가 다르기에 누군가에게는 팔자 좋은 넋두리로 비춰질 수도 있기 때문입니다. 내가 어떻게 비칠까를 고민하는 건 아직 맷집이 덜 커서인지도 모르겠습니다.

그래도 나 닮은꼴 누군가가 어느 한 대목이라도 공감이 되고 위로가 된다면 있는 그대로 내 비밀 일기장을 꺼내 보여주고 싶었습니다. 내가 어떻게 간절함을 담아 기원문을 적고 명상을 했는지. 사후 처리 과정에서 얼마나 피가 말랐는지. 미친 망아지처럼 날뛰는 사춘기 두 딸의 방황 앞에 얼마나 흔들렸는지. 속에서 천불이 날 것 같아 뭐라도 꺼내 글쓰기는 하고 싶은데 어떻게 시작할지 몰라 여기저기 기웃거렸는지. 예상치 못한 장면에서 어떻게 그리움이 훅 들어왔는지. 지금도 때때로 얼마나 흔들리는지……

시간이 약이라는 말. 가족 상실을 위로하는 불변의 진리입니다. 6년이 지나고 뒤돌아보니 일렁임도 쓰라림도 조금은 무뎌갑니다. 이만큼 시간이 지나주어 감사합니다. 지나온 시간을 되돌아보니 무엇이 나를 지금의 내가 되게 했는지 징검다리가 보입니다.

첫째, 우선 '멈춤'의 시간이 필요합니다. 배우자 상처는 3년은 지나야 한다더라. 누군가의 위로의 말에 기대어 어금니 꽉 물고 우선 3년을 버텨냈습니다. 그 깊은 한숨이 좀 가벼워질 때까지 왜 나에게 이런 일이? 질문을 사절하고 그 어떤 답도 철저히 외면했습니다. 자꾸 답을 찾으려 할 때마다 생각을 멈추고, 일단 나를 먼저 챙겼습니다. 휴직을 선택해 위급한 아이들 곁은 지켰고 나에게 충분한 시간을 주며 적극적인 치료의 시간을 가졌습니다. 매일 산책과 명상을 하며 일상 루틴을 만들었습니다.

둘째, 새로운 것을 시작할 수 있는 '용기'가 나를 살렸습니다. 내가 좋아하는 게 뭔지 물으며 낯선 배움으로 일상을 채웠습니다. 가득 채우고 나니 그제야 쌓였던 이야기를 풀어내고 싶어 글을 쓰기 시작했습니다. 글쓰기를 통해 나를 더 깊게 들여다볼 수 있었습니다. 감정에 빠지지 않고 객관적인 사건으로 바라보는 힘이 생겼습니다. 내 일상이 사소하지 않음을 깨달으며 지금, 이 순간의 나에게 감사하며 매일 글을 씁니다.

셋째, 앞이 보이지 않던 터널 속에서도 반드시 끝이 있을 거라는 '긍정'의 씨앗을 모았습니다. 혼자 두 딸을 키우며 어떻게 살아야 할지 막막했습니다, 아빠를 잃은 두 딸의 방황 앞에 수없이 눈물지었지만 우리는 반드시 잘 극복할 거라는 긍정의 메시지를 잊지 않았습니다. 매일 눈 뜨면 '그 무엇에도 흔들리지 않는 강한 생명력으로 긍정의 에너지를 파동치는 하루를 만들겠다'며 긍정 확언을 외쳤습니다. 불안이 올라올 때마다 긍정의 메시지로 가득 채운 기원문을 꺼내 들고 강한 생명력을 충전했습니다. 흔들리는 아이들 곁에 딱 버티고 서서 엄마 자리를 지켜냈습니다.

'멈춤', '채움', '용기', '시작', '도전', '긍정' 그 어떤 키워드를 가져가도 좋습니다. 결국은 당신도 나처럼 징검다리를 딛고 그 어두운 터널을 반드시 빠져나올 테니까요. 터널 속 작은 반딧불이가 되어 딱 한 발자국만 먼저 걸으며 함께 걷고 싶습니다. 우린 지금보다 조금 더 나아질 거고, 점점 더 좋아질 겁니다.

가족 상실은 누구에게나 다가옵니다. 더구나 사별은 숨겨야 할 아픔이 아닙니다. 죽음에 대해 누구나 이야기를 꺼낼 놓을 수 있는 광장이 필요합니다. 혼자 훌쩍이며 속풀이 하는 대나무숲이 아니라 함께 응어리진 마음을 달랠 수 있는 안전지대가 필요합니다. 아픔과 슬픔은 혼자 끌어안고 있으면 증폭되지만 함께 꺼내놓고 이야기하면 가벼워집니다. 이 책이 광장으로 나가는 마이크가 되었으면 합니다. 어딘가에서 힘든 시간 겪고 있을 또 다른 나에게 따뜻한 손길이 되고 싶습니다. 내 이야기가 누군가에게는 위로와 공감이 되어 혼자 아파하는 시간이 좀 더 짧아지기를 바랍니다. 그러다가 또 나처럼 자기만의 이야기를 천천히 풀어내면 좋겠습니다. 여기가 끝이 아니라 나답게 다시 써 내려갈 새로운 이야기의 시작입니다. 서로의 이야기에 귀 기울여주는 따뜻한 독자가 되어 광장에서 다시 만나고 싶습니다.

마흔셋에 '과부'가 되었습니다. 세상 슬픔을 다 짊어진 듯 고개 숙이며 살았습니다. 여기가 끝이 아니라 다시 살고 싶어서 글을 썼습니다. 모아놓고 보니 슬픔이 설렘이 되기까지 6년의 시간을 담아냈습니다. 더 이상 들춰내기 두려운 판도라 상자가 아닙니다. 살아내려고 애쓴 나와 두 딸을 만나는 보물상자가 되었습니다. 이젠 당당히 고개 들고 살아갈 겁니다. 이제부터 '과'하게 '부'러운 여자로 살기로 했습니다. 나만의 시간 여행, 다시 시작합니다.

2023. 9월.
오늘도 당당히 탄천을 걸으며
설렘 수집가 이영란

이 생에서의 마지막 기록

호랑이는 죽어서 가죽을 남기고 사람은 죽어서 이름을 남긴다. 그 상투적인 문장이 이젠 꽤 의미심장하게 다가온다. 결국 죽음 앞에 어떤 이름과 결과를 남기는가는 어떤 삶을 살았는가를 말해주기 때문이다. 거창한 자서전은 아니지만, 그의 삶에 존경을 담아 이 생에서의 마지막 기록을 소중히 남기려 한다.

남편의 일기장을 들추며 많이도 울었다. 삶의 매 순간을 참 소중히 했던 사람이었다. 나에 대한 뒤늦은 고백도 만났다. 가장으로서의 책임감과 스스로를 채찍질하는 다짐도 마주했다. 제 손으로 남긴 삶의 기록은 존재 자체만으로 가치 있고 의미 있다. 보고 싶지만 볼 수 없는 이의 남겨진 기록은 다시 그와 연결되는 새로운 길이 된다. 그 길에 두 딸을 초대하고 싶다.

〈처음 결혼을 이야기하던 날〉

1999.5.18.

해남 출장에서 돌아왔다. 업무에 관하여 L 과장님과 의사 교환을 하였다. 어렵다. 하지만 타협. 저녁 7시 영란이를 너무 오래 기다리게 했다. 43시간이 지난 후에 학교에서 만났다. 살이 너무 야위었다. 볼이 쏙 빠졌다. 제주도 여행 가는 이야기를 했다. 제주도 좋지…. 언제 결혼하는 것이 좋은가에 대하여 이야기했다. 가을이 좋겠다. 결혼까지 이야기하다니…. 나는 좋지만 영란이가 많이 고민했나 보다. 열쇠고리, 자동차 실내장식, 액자 액세서리, 작은 시 적은 것을 받았다. 아이~ 좋아라…Anyway Thank you! 충실히 성실히 영란이와 행복한 인생을 하나의 인생을 만들어 가야겠다.

〈연애하면서 결혼을 준비하고〉

1999.5.30.

에버랜드 장미축제에 갔다. 사진도 찍었다. 신혼부부 사진 찍는 흉내를 내면서 찍었다. 좋았다. 행복했다. Eeverland=Good & Cool. 6월 6일 저녁 식사를 하기로 했다. 선물은 갈비 한 짝을 사기로 했다.

〈결혼 D-10〉

1999.10.21.

결혼을 열흘 앞둔 날 저녁. 영란이와 함께 마주 앉았다.

YR Wrote : "뜨악! 나의 황금 같은 솔로의 시간이 이제 열흘밖에 남지 않았구나ㅠ 흑흑흑…. But! 이제부터는 언제나 함께 할 든든한 친구가 평생 함께할 테니까 걱정할 거 없단다. 그래도 머리가 참 많이 복잡한걸! 열흘 동안 그동안 내가 살았던 삶을 다시 한번 정리해봐야겠어. 새로운 인생의 출발이라는 '결혼' 앞에서 새로운 나로 다시 태어날 준비를 해야겠어."

SY Say : 삶을 헤매면서 행해지는 많은 일이 미래를 결정하지만, 항상 꿈을 간직하고 살아가고 싶다. 꿈을 이루는 커다란, 소중한 시간을 행복하게 이루고 싶다. 살고 싶다. 나의 인생이 아름다워질 수 있도록, 가치 있는 인생 행로의 방향을 다시 한번 점검하자. 이제는 나와 나의 연인을 위한 인생이어야 하니까.

〈처음 내 집이 생기던 날〉

2001.10.27.

내가 세상에 온 지 29년 6월 7일째 되는 날이다. (365×29+6+6×30+3=10,774일) 62일 후인 10,836일째 되는 날에는 내 소유의 집이 생긴다. S 아파트 607동 402호. 이제 세상 속으로 한 걸음 더 들어가게 되었다. 내 집이 생기다니! 전셋집을 얻었을 때의 기분과는 다른 느낌이다. 비록 회사융자 2000, 은행융자 4,000, 내 돈 5,500으로 구입하지만, 나와 나의 가족, 부모님이 함께 즐겁게 살아가야 할 공간이다. 앞으로 일어날 일들을 미리 준비하면서 잘해나가자. 오늘 밤은 무언가 다른 사람이 된 느낌이다. 더 열심히 살아야지. 그리고 잘 살아야 한다.

〈신혼 첫날 밤 편지〉

1999.11.1.0시 52분

전 멋진 남자 "SY"이에요. 영란이는 정말 정말 많이 많이 사랑해줄게요. 오늘은 우리가 결혼한 행복한 날이다. 이제 10월 31일이라는 새로운 출발은 5월 1일의 만남에서 11월 1일로 출발하는 새로운 기점이다. 아름다운 사랑, 행복한 사랑, 존경받는 사랑을 하자. 오빠는 검은 머리 파 뿌리가 될 때까지 삼세 영원히 너만을, 우리의 행복을 위하여 살아갈 거야. 이 맹세를 이 순간 영원히 이룰 것을 다짐한다. 오빠의 사랑을 전부 가져간 사랑하는 영란이에게 오빠가.

살아가면서 목표도 많이 바뀌고 모습도 많이 바뀌는 것이 삶이지만 나의 미래에 대하여 고집을 부려본다.

1) 영란이가 매 순간순간 최고의 교육자가 되도록 같이 격려해주는 든든한 동반가 될 것이다. 5년 후 10년 후에도 그 이후에도

2) 세상에 꼭 필요한 사람으로 나도 후학을 기르며 연구하는 사람

으로서 실력 있는 사람이 되겠다. 10년 후에는 반드시 촉망받는 대학교수, 연구자의 모습이 될 것이다. 위의 두 가지는 반드시 이루도록 노력하고 이루어내겠다.

쿠폰 1: 소원을 들어드려요.

우리가 하고 싶은 일을 정하여 이루게 하는 쿠폰이에요. 하고 싶은 것을 말하세요. 이룰 수 있어요.

1999.11.1. KSY

쿠폰 2: 난 당신을 사랑해, 난 널 사랑해, 우리에겐 사랑뿐 쿠폰

살면서 만나는 어떠한 어려운 일도 서로 사랑하고 위로해주고 안아주며 용서해주고 힘을 주고 격려해주는 쿠폰

1999.11.1. KSY

쿠폰 3: 해외여행 쿠폰

해외여행을 보내주세요

1999.11.1. KSY

쿠폰 4: 뽀뽀 100번 쿠폰

1999.11.1. KSY

〈공무원 7급 시험 합격 통지받던 날〉

2005.11.30.

2년여의 방황이 끝을 맺는 순간이 되었다. 2003.10.12.~
2005.11.30. 새로운 희망에 불탔다. 불안한 마음도 없지 않았다. 눈
물도 흘렸다. 코피도 흘렸다. 맹장도 떼어냈다. 뛰어내리고 싶었
다. 손가락이라도 잘라야 한다고 생각했다. 한 줄기 희망이 보였다.
(10.17) 눈물이 흘렸다. 죽지 않아도 된다고 생각했다. 오늘 11.30. 최
종 합격 소식을 들었다. 정말 다행이다. 열심히 살자. 가족의 행복을
지키는 삶. 즐겁게 승리의 모습을 보여드리자!

〈세종시로 새 출발〉

2012.9.1. 오전 10시 30분

참 시간이 빠르게도 흐른다. 지금은 세종시 첫마을 새집에 있다.
이 세상에 나온 지도 40년 4개월이 지났다. 전주를 떠난 지도 22년
7개월. 결혼한 지도 12년 10개월. 농림부에서 일한 지도 6년 1개월.
세종시에서 다시 새롭게 시작하고 싶다. '새롭게', '더욱 강하게',
'더욱 현명하게'

남편의 일기는 여기서 끝났다. 나에 대한 사랑은 한없이 뜨거웠
다. 결혼을 앞두고 항상 꿈을 간직하며 '살고 싶다' 말했고, 세종에서

273

새로운 꿈을 준비하고 있었다. 그는 중요한 순간마다 살아온 날들을 헤아리며 삶에 대한 열정을 온전히 불태웠다. 마지막 불꽃은 더없이 화려했고 함께했던 모든 순간이 이제는 소중한 추억이 되었다. 아무 말 없이 떠나버려 참 많이도 원망했는데 이제야 미리 남겨준 편지 속에서 대답을 찾았다. 그의 목소리를 다시 들으니 이렇게 아까운 사람을 잃어버린 애달픔에 나는 다시 수도꼭지가 터졌다.

마지막으로 떠난 이를 기억하는 시간의 기록을 여기 남긴다. 남겨진 자의 마지막 숙제에 내 지난 애도의 시간도 중첩된다. 먼 훗날 가장 힘든 터널을 함께 빠져나온 두 딸에게 아빠의 죽음이 무엇이었고, 지난 6년의 세월이 엄마에게 어떤 의미였는지 언제든 다시 들어주는 대나무 숲이기를 바란다.

조정 권고 수용 지휘에 따른 재심의 결과 보훈 보상대상자(재해 사망공무원) 등록 결정 통지

1. 故 ○○○ 님의 명복을 빕니다.
2. 대전지방법원 2019구단101108호 사건에 대한 조정권고안을 수

용하라는 대전고등검찰청의 지휘에 따라 귀하의 배우자이신 '故○○○'님에 대한 국가보훈처 보훈심사위원회의 재심의 · 의결 결과 붙임 '결정 이유서'와 같이 「국가유공자 등 예우 및 지위에 관한 법률」 제4조 제1항 제14호(순직공무원) 요건에 해당하지 아니하고, 「보훈 보상대상자 지위에 관한 법률」 제2조 제1항 제3호(재해 사망공무원) 요건에 해당하는 것으로 결정됨에 따라 귀하에 대한 '보훈 보상대상자 요건 심의 결과 비대상 결정 통지(충남동부보훈처장 보상과-4682, 2019.06.13.)'를 취소함을 통지합니다.

〈결정 이유서〉

(총 16페이지 중 종합판단 부분을 발췌해서 수록합니다.)

4. 종합판단

가. 재심의 경위

1) 신청인(〈故 ○○○, 1972년생, 2006.8.1. 임용, 2017.12.23. 사망〉)의 배우자, 이영란)은, 고인(故 ○○○)은 ○○○○○○부 ○○○○국 ○○○○○○과의 여성농업인 담당 사무관으로서, 고인이 여성농업인 육성정책 추진, 농촌보육 여건 개선사업 및 결혼이민여성 지원사업 추진 등의 과중한 업무를 수행하면서 만성적인 과로 및 스트레스를 받았었고, 사망하기 얼마 전에는 새 정부 100대 국정과제 선정으로 인한 업무부담이 가중되었으며, 국정감사 및 여성농어

업인 육성법 개정안 심의 등에 대한 국회 질의 사항 답변 보고서 작
성 각종 보고와 2018년도 여성농업인 육성 시행계획 수립 마감 시한
이 다가오면서 지속적으로 초과근무를 하고, 이로 인한 극심한 육체
적 과로와 정신적인 스트레스 상태여서 건강 상태가 좋지 않았었으
며, 사명 전인 2017.12.21.(목)에는 ○○○○○○과의 송년회를 겸한
직원 환송회를 하여 23시까지 하였고, 2017.12.23.(토) 사망하였다."
진술하며 2018.7.31. 국가유공자 유족 등록 신청하여, 2019년 제129
차 보훈 심사 회의(2019.5.27.)에서 순직공무원 및 재해 사망공무원
요건 비해당 의결되었음. 이에 불복, 2019.8.16. 대전지방법원에 소
송을 제기하여, 해당 법원에서 2020.7.24. 분쟁의 신속한 해결을 위
한 조정 권고가 있었음.

2) 이에 소송수행기관인 대전지방보훈청에서 우리 위원회로
2020.7.28. 직권 재심의 의뢰하였음.

나. 본 건 판단의 전제 및 심사기준

1)「국가유공자 등 예우 및 지위에 관한 법률」제4조 제1항 제14호
(순직공무원)는 국가공무원법 제2조 및 지방공무원법 제2조에 따른
공무원(군인과 경찰공무원은 제외한다)과 국가나 지방자치단체에서
일상적으로 공무에 종사하는 대통령령으로 정하는 직원으로서 국가
나 국민의 생명 · 재산 보호와 직접적인 관련이 있는 직무수행이나

교육훈련 중 사망한 사람(질병으로 사망한 사람을 포함한다)을 국가유공자 요건으로 인정하도록 규정하고 있고,

2)「보훈 보상대상자 지위에 관한 법률」제2조 제1항 제3호(재해사망공무원)는 국가공무원법 제2조 및 지방공무원법 제2조에 따른 공무원(군인과 경찰공무원은 제외한다)과 국가나 지방자치단체에서 일상적으로 공무에 종사하는 대통령령으로 정하는 직원으로서 국가나 국민의 생명 · 재산 보호와 직접적인 관련이 없는 직무수행이나 교육훈련 중 사망한 사람(질병으로 사망한 사람을 포함한다)의 경우 사망 원인이 공무수행과 상당인과관계가 있거나, 의학적으로 인정될 때 보훈 보상대상자 요건으로 인정하도록 규정하고 있으며,

3) 국가유공자 등 예우 및 지원에 관한 법률 시행령 별표 1의 2-8에 의하면 별표 1의 2-7까지의 직무수행 또는 교육훈련으로 인한 외상이 원인이 발생한 질병으로 사망, 2-1부터 2-7까지의 직무수행 또는 교육훈련이 직접적인 원인이 되어 급성으로 발생한 질병으로 사망, 해난구조 · 잠수작업, 감염병 환자 치료 또는 감염병의 확산 방지 등 생명과 신체에 고도의 위험을 무릅쓰고 직무를 수행하던 중 그 수행이 직접적인 원인이 되어 발생한 질병으로 사망, 화학물질, 발암물질, 감염병 등 유해 물질을 취급하거나 유해환경에 상당 기간 직접적이고 반복적으로 노출되어 질병이 발생하였다고 의학적으로 인정된 질병으로 사망한 경우로 규정하고 있음(기존 질병의 악화는

제외)

4) 사망 원인과 고인이 수행한 공무와의 사이에 상당한 인과관계가 성립되어야만 하고, 대법원 판례(대법원 1993.6.29.선과 92누14768판결 등)에서 판시된 바와 같이 보훈심사위원회와 국가보훈처장은 고인이 소속하였던 기관의 장이 확인·통보한 자료에 구속되지 않고, 통보된 자료 등을 참작, 고인이 국가유공자의 요건에 해당하는지의 여부를 독자적으로 심의·결정한다고 되어 있음.

5) 이에 보훈심사위원회에서는 고인의 사망 경위 등에 대한 사실관계를 확인하고, 전문의 등 외부 전문가가 위원으로 참여한 심사회의에서 실체적·의학적 사실 관계 등에 대해 심층적으로 검토, 고인이 국가유공자 등 예우 및 지원에 관한 법률 시행령(별표 1) 국가유공자 요건의 기준 및 범위의 요건에 해당하는지 여부와 보훈 보상대상자 지원에 관한 법률 시행령 (별표 1), 같은 법 시행규칙 (별표 1)에 해당하는지 여부를 논의함.

다. 판단내용

1) 요건 관련 사실확인서(2018.8.17.공무원연금공단이사장, 제2018-2-00036호) 상, 아래 기록 확인됨.—사망연월일: 2017.12.23, 사망 원인 및 원상병명: 상세 불명의 내인성 급사(내인성 요인에 의한 급성 심장정지 소견), 참고사항) 가결

2) 경위 조사서(2018.5월, ○○○○○○부) 상, 아래 기록 확인됨.

가) 사망 경위

고인은 2006.8.1. ○○부 7급 공무원으로 임용되었고, 2016.7.1.부터 ○○○○○○부 ○○○○국 ○○○○○○과에서 여성농업인 담당 사무관으로 근무하였던 자로, 2017.12.16.(토)과 12.17.(일) 이틀 연속 출근하여 현안 사항을 처리하여 과로한 상태에서 2017.12.21.(목) 23:00경까지 직원 전보 및 송년 행사를 겸한 회식을 한 이후 계속된 두통으로 머리가 깨질 듯한 신체적 이상을 호소해왔으며, 2017.12.23.(토) 18:30경 차량을 운전하여 본가에서 학교 다니는 큰딸을 보기 위해 부모님 아파트(경기도 ○○시 ○○구)에 20:00경 자녀에 의해 쓰러진 채로 발견되어 119 구급대에 의해 분당서울대병원으로 후송되었으나, 같은 날 22:15 상세 불명의 내인성 급사를 직접 사인으로 사망함. 분당서울대병원 전문의는 고인의 사망 원인을 '상세 불명의 심장정지(내인성 요인에 의한 급성 심장정지)'라는 소견을 제시함.

나) 주요 수행 업무

여성농업인 육성정책 기본계획 수립 및 시행계획 수립 총괄, 여성 농어업인 육성법 및 정책자문회의 운영에 관한 사항, 농촌 다문화가족 지원에 관한 사항, 여성농업인 단체 업무에 관한 사항, 농촌보육 여건 개선에 관한 사항, 농촌고령자 공동시설지원사업에 관한 사항, 성별 영향평가 관리업무 총괄, 여성농업인 광장 홈페이지 관리

다) 초과근무 내역(발병 전 6개월간 근무내역)

– 시간 외 근무 : 7월(62시간), 8월(50시간), 9월(48시간), 10월(53시간), 11월(87시간), 12월 22일(58시간)

– 휴일 근무 : 7월(3일 9시간), 8월(3일 5시간), 9월(3일 16시간), 10월(2일 10시간), 11월(3일 5시간), 12월 22일(4일 20시간)

라) 과로 내역(최근 6개월간 및 발병 1주일간의 과로 내역)

○ 과중한 업무수행으로 인한 만성적인 과로 및 스트레스 노출

– 농촌보육 여건 개선사업 및 농번기 주말 돌봄방 시행계획, 공동아이 돌봄센터, 결혼이민여성 지원과 관련한 다문화가족 정책 및 외국인 정책 시행계획, 농촌고령자 공동시설 지원사업 추진계획, 지자체 합동 여성농업인 육성분야 추진 등 여러 가지 사업들에 대한 세부 추진계획을 수립해 추진해야 했음.

– 농어촌 보육 여건을 감안해 마을회관 등 유휴시설을 리모델링해 운영토록 했고, 보육교사를 구하기 어려운 부득이한 경우에는 시도 지정 전문교육 훈련기관 등에서 교육받은 보육 인력을 활용토록 했음. 또한 농어촌 지역의 영유아 수 감소 등으로 보육시설의 수익

성이 작은 점을 감안해 보육시설 운영에 필요한 경비를 지원하는 한편, 장난감 도서관을 전국적으로 확대해 장난감, 동화책 등 놀이도구를 찾아오는 아이들이 이용할 수 있도록 하고, 농어촌 가정, 보육시설 등에도 대여해 주고, 필요한 경우 장난감 관리, 차량 임차 등에 소요되는 경비도 지원키로 하는 구체적 계획을 수립, 추진해 왔음.

- 결혼이민여성 농업교육 및 다문화가정 농촌 정착지원과정, 농촌방문 콘서트 등의 계획 수립과 지침 마련부터 시작해 운영현황 점검, 국고보조금 교부 등 사업 전반을 진행함.

- 농촌고령자 공동이용시설 지원사업을 부활시키기 위해 지자체에서 운영하는 시설을 방문해 운영현황을 점검하고, 수요조사 등을 진행했음. 그리고 2018년도 예산에 농촌고령자 공동이용시설 지원사업 예산을 35억원으로 편성해 제출했으며, 예산반영을 위해 기재부에 지속적으로 관련 자료 제출 등을 통해 대응했음.

- 매월 전국여성 농민총연합회, 한국여성농업인중앙연합회, 한국농식품 여성 CEO 연합회 등 주요 여성농업인 단체 간부들의 모임 가운데 여성농업인 육성 정책 실무회의를 개최했고, 참석자들은 현안 사항에 대한 의견수렴, 여성농업인의 요구사항 청취, 정책에 대한 모니터링 등을 위한 것으로 여러 사항을 건의하고, 불만 사항을 토로하기도 했음. 고인은 참석자들의 요구사항을 검토해 진행 중인 사업에 반영해야 했고, 새로운 이슈들은 관련 법령과 운영현황 등을

확인하고 관련 부처 담당자와 협조 등을 통해 제도화할 수 있는 방안을 모색해야 했음.

○ 재해 발생 직전 업무부담 급증

– 2017.5.10. 새 정부가 출범하고, 2017.7.19. 국정기획자문위는 새 정부 5년간의 밑그림이라고 할 수 있는 국정 5개년 계획을 발표했는데, 100대 국정과제 속에는 '여성농업인 권익향상'에 대한 내용이 들어있고, '여성농업인 권리 제고와 복리증진으로 양성평등 농촌구현'이라는 제목하에 세부 과제를 담고 있었음.

– 2017.10.12.~10.31. 2017년도 국회 국정감사가 진행되었고, 뒤를 이어 11.3.~11.14.에는 2018년도 예산안 심의가 예정되어 있었음. 국정감사 기간뿐만 아니라 그 이전과 이후에도 국회의원 질의는 계속 되었음. 특히, 국정감사 기간과 예산안 심의 기간 동안에는 여성농업인 육성 기본계획 추진 현황, 여성농업인 공동경영주 등록현황, 여성 농민 전담부서 설치 등에 여성농업인 업무 전반에 대한 질의가 계획되었고, 고인은 퇴근 시간 이후에도 사무실에 대기하면서 요구자료 준비와 질의 사항에 대한 답변 등을 작성해 보고해야 했음.

– 2017.11.24.(금) 국회 농림축산식품해양수산위원회 법안소위에서 여성농어업인 육성법 개정안에 대한 심의가 진행되었고, 2017.12.1.(금) 법안이 의결되어 2017.12.5.(화) 법제사법위원회 전체

회의에 심의 안건으로 상정이 되었음. 그에 앞서 2017.12.3.(일) 법사위 전문위원의 예비검토가 잡혀 고인은 법안에 대한 설명을 위해 직접 국회에 출장을 갔음. 개정안의 내용 중 '여성농업인 전담부서 설치'의 경우 여성 농업인단체에서 결사적으로 요구하고 있는 사항이었지만, 행안부와 지자체에서도 법 개정을 반대하고 있는 상태였기 때문에 법안 심의 과정에서 고인은 극심한 정신적 압박감에 시달릴 수밖에 없었음.

　- 2018년도 여성농업인 육성 시행계획은 연말 이전에 마무리할 예정으로 진행이 되고 있었기 때문에 고인이 사망한 당시 (2017.12.23.) 마감을 1주일 앞둔 상태에서 담당 사무관이었던 고인은 상당히 정신적 부담감을 안고 있었음.

　3) 순직유족보상금 결정 통보서(2018.6.28. 공무원연금공단 이사장) 상, 아래 기록 확인됨.

　-가결 결정

　4) 분당서울대학교병원 의무기록 사본(사망진단서, 소견서 포함) 상, 아래 기록 확인됨.

　가) 사망진단서 (2017.12.23.)

　- 사망 일시 : 2017.12.23.

– 직접 사인 : 상세불명의 내인성 급사

나) 소견서 (2017.1.22.)

– 임상적 병명 : 상세 불명의 심장정지/ 특별한 기저 병력 없이 발병 전까지 왕성한 사회활동 하던 분으로 발병 2일 전 직장에서 회식이 있었다고 하며 1일 전 오전부터 두통을 호소하여 일찍 귀가하였다고 함.

내원 후 시행한 혈액검사 결과만으로 사인을 특정할 수 없으며 내인성 요인에 의한 급성 심장정지로 진단함. 젊은 연령, 기저질환이 없는 평소 건강 상태(보호자 진술 및 건강보험자료) 등을 근거하여 급성 심장정지의 발병 요인에 대해 과로와 정신적 스트레스의 관련성을 배제할 의학적 근거는 없음.

5) 구급 증명서 및 구급활동일지 (2018.1.31. 경기 ○○소방서장)상, 아래 기록 확인됨.

– 신고접수일 : 2017.12.23.21:20, 사고 발생 장소 : 경기도 ○○시 ○○구 ○○동 ○○아파트 지하주차장, 사고 및 질환 : 심정지, 호흡정지

6) 근무상황내역, 초과근무 시간 내역(세부내역), 청사 출입 기록, 업무용 PC on/off 기록상, 아래 기록 확인됨.

○ 초과근무 시간 산정 결과

- 발병 전 1주일(2017.12.16.~2017.12.22.) : 초과 비율 28.96%(기본근무 40시간 대비 51시간 35분 근무), 휴일 근무 1일

- 발병 전 12주(2017.9.30.~2017.12.22.) : 초과 비율 23.7%(기본근무시간 480시간 대비 593시간 52분 근무), 휴일 근무 9일

7) ○○○○○○과 사무분장내역(고인 담당업무) 상, 아래 기록 확인됨.

- 〈2016.7.1.~〉

여성농업인 육성정책 기본계획 수립 및 시행계획 수립 총괄, 여성농어업인 육성법 및 정책자문회의 운영에 관한 사항, 농촌 다문화가족 지원에 관한 사항, 여성농업인 단체 업무에 관한 사항, 농촌보육 여건 개선에 관한 사항, 농촌고령자 공동시설지원사업에 관한 사항, 성별 영향평가 관리업무 총괄, 여성농업인 광장 홈페이지 관리

- 〈2017.12.4.〉

여성농업인 육성정책 수립 총괄, 여성농어업인 육성법 운용에 관한 사항, 농촌 다문화가족 지원에 관한 사항, 여성농업인 단체업무에 관한 사항, 농촌보육 여건 개선에 관한 사항, 여성농업인 건강검진 지원에 관한 사항, 공동경영주 제도 활성화에 관한 사항, 성별 영양평가 관리업무, 여성농업인 광장 홈페이지 관리

8) 건강검진 결과 및 문진표 상, 아래 기록 확인됨.

– 〈2014.5.20. 검진〉 총콜레스테롤 253g/dl(정상 200 미만), LDL-콜레스테롤 169g /dl(정상 130 미만), 정상 B, 일반질환 의심

– 〈2016.3.11., 검진〉 총콜레스테롤 271g/dl(정상 200 미만), LDL-콜레스테롤 161g /dl(정상 130 미만), 정상 B, 이상지질혈증 의심, 간장질환 의심, 음주 위험, 체중 관리(비만 1단계)

9) 분쟁의 신속한 해결을 위한 조정 권고(대전지방법원, 2020. 7.24.) 상, 아래 기록 확인함.

– 피고는 2019.6.14. 원고에게 한 보훈 보상대상자(재해 사망공무원, 망 ○○○) 요건 비해당 결정 처분을 취소하고, 보훈 보상대상자(재해 사망공무원) 요건 해당 결정을 한다.

– 피고가 제1항 기재 처분을 한 뒤에 원고는 곧바로 이 사건 소를 취하하고, 피고는 이에 동의한다.

– 소송비용은 각자 부담한다.

10) 진료기록 감정촉탁 회신(2020.6.8. 대한의사협회 의료감정원장) 상, 아래 기록 확인됨.

가) 원고의 이 사건 상병인 '상세 불명의 심장정지(I46.9)'란 의학상 어떤 질환을 말하는 것이며 위 상병의 증상은 무엇인지?

– '상세 불명의 심정지'란 원인이 확인되지 않은 심정지 상태를 이르는 것으로, 증상으로는 의식 소실, 맥박 없음, 심정지호흡 등을 보일 수 있습니다. 한편 이 사건에서의 상세 불명의 심장정지는 상병(disease)이 아니라 망인이 사망한 상태를 나타내는 것일 뿐이며, 심정지에 이르게 된 원인은 매우 다양할 수 있습니다.

나) 망 ○○○(이하 '망인'이라 합니다)의 작업 및 업무 내용, 과로 및 스트레스를 가중시킨 특히 사항이 망인 심장혈관의 기능에 영향을 줄 수 있는지?

– 근무시간과 관상동맥질환 및 뇌졸중의 연구를 종합하여 분석한 외국의 메타분석 연구에 의하면, 주당 55시간 이상 과로하는 경우 35~40시간 근무에 비해 심장의 관상동맥질환의 위험이 1.13배로 높은 것으로 보고되었습니다. 과로 및 심리적인 스트레스는 뇌의 시상하부–뇌하수체–부신 축에 영향을 주어 부신피질호르몬의 증가 및 교감신경계 활성화를 일으키게 되는데, 이는 혈압과 심박수의 상승, 말초혈관의 수축, 부교감신경의 억제, 인슐린 민감성의 감소, 혈관 내피의 기능이상을 유발하는 것으로 알려져 있습니다. 또한, 교감신경–부신–수질계의 활성화에 의한 카테콜라민의 방출도 유사한 효과를 일으키게 됩니다. 이러한 스트레스 반응은 단기적으로 심장의 부담 증가를 일으킬 수 있고, 장기적으로는 동맥경화 진행 속도 등

에 영향을 미칠 수 있습니다. (중략), 망인은 2017년 10월 이후 국정 감사, 예산심의, 사업계획 준비 등으로 인하여 상당한 수준의 정신적 스트레스에 노출되어 있었을 것으로 판단됩니다. 원고 측 주장에 의하면 망인은 발병 전 12주간 1주 평균 55시간 28분을 근무하였는데, 근무시간 및 정신적 스트레스 요인을 종합적으로 고려하면 자연경과적인 속도 이상으로 뇌 심혈관질환의 발병에 영향을 줄 수 있다고 할 것입니다.

다) 망인의 작업 및 업무 내용, 과로 및 스트레스를 가중시킨 특이 사항으로 볼 때, 망인에게 위 상병의 증세가 발현될 가능성은 큰지

− 심정지는 원인이나 질환이 아니라 상태를 이르는 것으로, 심장과 관련하여서는 심근경색, 치명적인 부정맥 등에 의해서도 발생할 수 있으나, 반드시 심장의 문제로 발생하는 것은 아니며, 뇌출혈 등 뇌혈관질환이나, 주요 혈관의 발리, 외상, 감염 등 매우 다양한 원인에 의해 심정지에 이를 수 있습니다. 따라서 본 질의 사항은 부적절합니다.

− 망인은 부검을 실시하지 않았으며, 제공된 병원 기록에서도 심정지 상태만을 확인할 수 있을 뿐, 심정지를 유발한 원인에 대해 추정할 수 있는 어떠한 내용도 확인할 수 없었고, 사망 2일 전 회식 이후 두통을 호소하였다는 점 이외에는 사망 당시의 정황 역시 알 수

없었습니다. 이와 같은 경우에는 업무 연관성의 판단이 제한적이나, 일반적으로는 급사 혹은 돌연사로 간주합니다. 급사 혹은 돌연사란 죽음이 돌연히 갑작스럽게 예기치 못한 상태에서 발생했다는 것을 의미하는 것으로 '갑작스러움'과 '예상하지 못함'의 두 가지 요소가 존재합니다. 시간적으로 급작스러움의 범주를 어디까지로 인정할 것인가는 저자 및 학회에 따라 매우 다양한데, 많은 임상의사 및 병리 의사들은 질병에 의한 증상이 발생한 후 1시간 이내에 사망하는 경우를 급사로 받아들이고 있으나, 세계보건기구에서는 질병의 증상이 시작된 후 24시간 이내에 사망한 경우로 정의하고 있습니다. 이 중, 특히 심장질환이 의심되어 발생하는 돌연사의 경우, 심장 돌연사 혹은 급성 심장사라고 하는데, 현재까지 알려진 돌연사의 원인으로 가장 많은 비율을 자치하여, 전체의 약 60~70% 정도를 차지합니다. 허혈성심장질환, 심근병증, 판막질환, 심부전, 전해질 이상 등 다양한 이유로 인해 심장의 리듬이 깨지는 부정맥 등이 발생하여 뇌 등 장기에 혈액이 공급되지 못하여 사망하는 것입니다. 급성 심장사의 90%는 치명적인 심실부정맥에 의한 것으로, 그중 80%는 심실빈맥 또는 심실세동이고, 20%는 심산 서맥이나 무수축으로 알려져 있습니다. 이러한 심장사를 유발하는 원인 질환은 약 80%가 관동맥질환이고, 10~15%는 심근질환이며, 그 외에 판막질환, 선천성 심장질환, WPW 증후군, QT 연장 증후군 등이 있습니다.

라) 망인의 직업 및 업무 내용, 과로 및 스트레스를 가중시킨 특이 사항으로 인하여 이 사건 상병의 증세를 자연적 진행 속도 이상으로 가속화 내지 악화하였다고 볼 수 있는지, 또는 그렇지 않은지 및 그렇게 판단한 이유와 근거는 무엇인지

– 나)에 대한 답변을 참고해주시기 바랍니다. 망인은 업무와 관련하여 정신적 스트레스가 일정 수준 이상이었을 것으로 추정되고, 원고 측 주장에 의하면 발병 전 12주간 1주 평균 근무시간이 55시간 28분이므로 종합적으로 만성적인 과중한 업무에 해당하는 것으로 볼 수 있습니다. 따라서, 원고의 주장이 사실이라는 전제하에 망인의 업무는 자연 경과적인 속도 이상으로 뇌 심혈관질환이 발병하는 데 영향을 줄 수 있다고 판단됩니다. 그러나 망인의 과로 여부의 판단에 중요한 근무시간의 산정에 있어, 원고 측과 피고 측 주장 사이에 큰 차이가 있으며, 제공된 자료만으로는 원고 측 근무시간 산정 근거가 명시되어있지 않은 점, 여기에 회식 시간이 포함되었다는 피고 측의 주장에 대한 사실 여부 판단은 불가능한바, 확인이 필요하다고 할 것입니다.

마) 망인의 건강검진 결과에 비추어, 망인이 이 사건 상병에 이를 만한 건강 상태에 있었는지, 기타 사망에 이를 기저 병력을 가지고 있었는지

– 건강검진은 질병의 예방을 목적으로 하는 것으로서, 현재의 심혈관질환 상태를 직접 확인하는 심전도검사나 CT 관상동맥조영술 등은 실시하지 않으므로 심혈관질환 여부를 정확히 판단할 수는 없습니다. 그러나, 죽상동맥경화에 의한 심혈관질환의 위험도와 관련된 인자들인 혈압, 혈당, 혈중 지질 검사, 흡연 등을 평가하고 있어 심혈관질환 발생 위험을 예측할 수 있습니다. 망인은 2014년 건강검진에서 총콜레스테롤 253g/dl, LDL-콜레스테롤 169g/dl, 이상지질혈증 의심, 간장질환 의심, 음주 위험, 체질량지수 29로 비만 1단계 소견이었습니다. 그 외 흡연력이나 고혈압, 당뇨 등은 확인되지 않고, 건강보험 요양 급여내용에서도 확인되지 않습니다.

바) 기타 이 사건 업무 내용과 망인의 위 상병 발현과 관련하여 감정기관의 기타 의견

– 망인의 사인이 명확하지 않아 급성 심장사로 추정, 망인의 업무와 급성 심장사의 연관성에 대해 작성하였습니다. 망인의 근무시간 산정에 대해 원고 측과 피고 측이 주장하는 시간이 매우 큰 차이가 있어 업무와의 관련성 판단에 어려움이 있습니다. 다만, 경위 조사서에 의하면, 2017년 10월 1일부터 발병일인 12월 23일까지 망인의 시간외근무와 휴일 근무시간은 233시간으로 이것을 12로 나누면 19.4시간이며, 여기에 1주 40시간을 합하면 발병 전 12주 동안의 1주

평균 근무시간은 59.4시간이 됩니다. 또한 발병 전 6개월 동안의 초과근무 시간은 423시간이고, 이를 6개월로 나누면 70.5시간으로 50시간을 훨씬 초과하여 만성 과로가 있었다고 볼 수 있는 것으로 판단됩니다. 이 경위 조사서 결과는 운영지원과장도 확인 및 서명한 문서이므로 공식적으로 인정할 수 있다고 생각합니다.

사) 망인에 대한 2016년 건강검진 종합소견 상 '이상지질혈증 의심(식이요법 후 추적검사 요함), 간장질환 의심(원인 질환 확인 및 관리 요함), 음주 위험 체중 관리(비만 1단계) 요함' 기록이 확인되며, 2016년 당시 망인이 작성한 건강검진 문진내역 중 음주 관련 문항 내용을 살펴보면 '1주 평균 2회, 술을 마실 때 보통 하루에 10잔 마신다'고 답한 사실이 있고 사망 이틀 전 있었던 회식 당시 과음 후 그다음 날 오전부터 두통으로 머리가 깨질듯한 신체적 이상을 호소하였음이 확인되는바, 위와 같은 망인의 신체 상태를 감안하였을 때 망인의 건강관리 미흡이 질환 악화를 유발하여 사망에 이르렀을 가능성으로 볼 수 있는지

– 망인의 건강검진 결과, 이상지질혈증이 지속적으로 확인되고, 음주 위험이 있는 점, 비만 1단계에 해당하는 점 등에서 망인의 건강관리가 미흡하였던 부분이 일부 확인됩니다. 그러나 다른 뇌 심혈관질환의 주요 위험요인이니 고혈압이나 당뇨, 흡연 등은 확인되지 않

고, 망인이 정신적 긴장이 유발되는 업무를 수행한 사실 등 업무상 부담이 심혈관계에 영향을 미쳐 사망에 이르게 하였을 가능성을 역시 배제할 수 없습니다.

11) 관련 자료를 종합 검토한 결과,

- 고인(故 ○○○, 1972년생)은 2006.8.1. 임용, 2017.12.23. 사망한 공무원으로, 과중한 업무를 수행하면서 만성적인 과로 및 스트레스를 받았었고, 사망하기 얼마 전에는 새 정부 100대 국정과제 선정으로 인한 업무부담이 가중되었으며, 국정감사 및 여성농어업인 육성법 개정안 심의 등에 대한 국회 질의 사항 답변 보고서 작성·보고와 2018년도 여성농업인 육성 시행계획 수립 마감 시한이 다가오면서 지속적으로 초과근무를 하고, 이로 인해 극심한 육체적 과로와 정신적인 스트레스 상태여서 건강 상태가 좋지 않았으며, 사망 전인 2017.12.21.(목)에는 ○○○○○○과의 송년회를 겸한 직원 환송회를 23시까지 하였고, 2017.12.23. '상세 불명의 내인성 급사' 기록은 확인되나,

- 국가유공자 등 예우 및 지원에 관한 법률 시행령 제3조 〔별표1〕 국가유공자 요건 인정 기준에 의하면, '국가의 수호·안전보장 또는 국민의 생명·재산 보호와 직접적인 관련이 있는 직무수행이나 교

육훈련으로 인하여 질병이 발생하거나 그 질병으로 '직접적인 원인'
이 되어 발생한 사고나 재해로 사망한 경우'에 해당하여야 하는바,

– 고인은 ○○○○○○부 ○○○○○○과 근무 중, 2017.12.23.
21:20 부모님의 아파트 지하 주차장인 ○○도 ○○시 ○○구 ○○
○동 ○○아파트 지하 주차장에서 심정지, 호흡정지로 사망한 것
으로 확인되고, 대전지방법원의 조정 권고(2020.7.24.) 상, '피고는
2091.6.14.자 보훈 보상대상자(재해 사망공무원, 망 ○○○)요건 비
해당 결정 처분을 직권취소하고, 보훈 보상대상자(재해 사망공무
원) 요건 해당 결정을 한다.'라는 기록도 확인되어, 고인은 국가의 수
호·안전보장 또는 국민의 생명·재산 보호와 직접적인 관련이 있
는 직무수행이나 교육훈련이 직접적인 원인이 되어 사망하였음이
인정되지 아니하여 국가유공자 등 예우 및 지원에 관한 법률에서 정
한 순직공무원 요건에 해당하지 아니함.

나) 그러나, 금번 행정소송 시 대한의사협회 의료감정원의 진료
기록 감정촉탁 회신상, '망인은 2017년 10월 이후 국정감사, 예산심
의, 사업계획 준비 등으로 인하여 상당한 수준의 정신적 스트레스
에 노출되어 있었을 것으로 판단됩니다. 원고 측 주장에 의하면 망
인은 발병 전 12주간 1주 평균 55시간 28분을 근무하였는데, 근무시

간 및 정신적 스트레스 요인을 종합적으로 고려하면 자연 경과적인 속도 이상으로 뇌 심혈관질환의 발병에 영향을 줄 수 있다고 할 것입니다.', '건강검진은 질병의 예방을 목적으로 하는 것으로서, 현재의 심혈관질환 여부를 정확히 판단할 수는 없습니다. 그러나 죽상동맥경화에 의한 심혈관질환의 위험도와 관련된 인자들인 혈압, 혈당, 혈중 지질 검사, 흡연 등을 평가하고 있어 심혈관질환 발생 위험을 예측할 수 없습니다. 망인은 2014년 건강검진에서 총콜레스테롤 253g/dl, LDL-콜레스테롤 169g/dl, 이상지질혈증 의심, 간장질환 의심, 음주 위험, 체질량지수 29로 비만 1단계 소견이었습니다. 그 외 흡연경력이나 고혈압, 당뇨 등은 확인되지 않고, 건강보험 요양급여내용에서도 확인되지 않습니다.', 또한 '망인의 건강검진 결과, 이상지질혈증이 지속적으로 확인되고, 음주 위험이 있는 점, 비만 1단계에 해당하는 점 등에서 망인의 건강관리가 미흡하였던 부분이 일부 확인됩니다. 그러나 다른 뇌 심혈관질환의 주요 위험요인인 고혈압이나 당뇨, 흡연 등은 확인되지 않고, 망인이 정신적 긴장이 유발되는 업무를 수행한 사실이 있는 등 업무상 부담이 심혈관계에 영향을 미쳐 사망에 이르게 하였을 가능성 역시 배제할 수 없습니다.'라고 소견을 제시한 점.

  – 또한 대전지방법원의 분쟁의 신속한 해결을 위한 조정 권고한 점 등을 감안할 때, 고인은 국가의 수호 · 안전보장 또는 국민의 생

명 · 재산 보호와 직접적인 관련이 없는 직무수행이나 교육훈련이 직접적인 원인이 되어 자연 경과적 진행 속도 이상으로 급격히 악화되어 사망하였다고 판단되어, 보훈 보상대상자 지원에 관한 법률에서 정한 재해 사망공무원 요건에는 해당함.